KB210150

바꿔볼래?

바꿔볼래?

조선희 지음

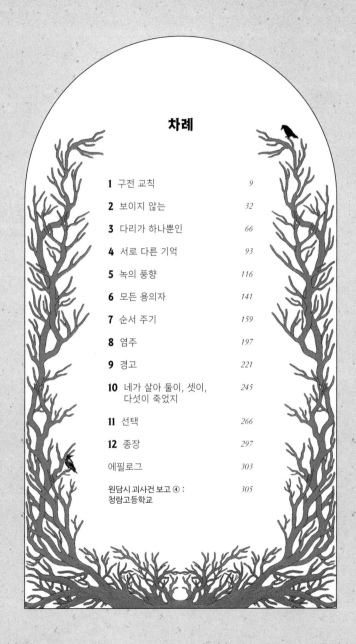

차례

1 구전 교칙   *9*

2 보이지 않는   *32*

3 다리가 하나뿐인   *66*

4 서로 다른 기억   *93*

5 녹의 풍향   *116*

6 모든 용의자   *141*

7 순서 주기   *159*

8 염주   *197*

9 경고   *221*

10 네가 살아 둘이, 셋이,   *245*
    다섯이 죽었지

11 선택   *266*

12 종장   *297*

에필로그   *303*

원담시 괴사건 보고 ④ :   *305*
청람고등학교

원담시 괴사건 지도

1 메아리산장
2 성모학원
3 원담힐타운하우스
4 바이오연구소
5 원담교도소
6 석모터널
7 원담여대 기숙사
8 석모저수지
9 청람고등학교
10 황 회장 대저택
11 오즈랜드
12 호가스포츠센터
13 원담역

구전 교칙

　야간 자율학습이 끝난 3학년 학생들은 모두 하교했고 교지편집부 동아리방만 아직 불이 켜져 있었다. 편집부장 홍남은 부원들이 아까부터 초조한 기색으로 시간을 확인하는 것을 알고 있었으나 모른 척했다. 불안한 시선으로 눈치만 보던 1학년 남학생 부원이 마침내 홍남을 향해 조심스럽게 입을 열었다.

　"저기, 우리 이제 가야 해요."

　홍남이 분위기를 바꾸려는 듯 책상을 가볍게 두드리며 말했다.

　"가야지. 근데 회의를 여기서 중단할 수는 없잖아. 쌤이 일정 늦어지고 있으니까 서두르라고 했거든."

　올해 쉰아홉 살인 편집부 담당 지도교사 권혁준은 그런 말을 한 적이 없었다. 그는 오늘 늦둥이 생일이라 일찍 퇴근

했는데 가기 전에 홍남에게 오히려 이렇게 당부했다. 오늘 편집회의는 간단하게 끝내. 3학년 야자 끝난 이후까지 학교에 쓸데없이 남아 있지 말고. 하지만 홍남은 지도교사가 없는 오늘 편집회의에서 밀어붙이고자 하는 다른 계획이 있었다. 2학년 부원도 나섰다.

"그래도 너무 늦었어. 내일 아침에 마저 하자."

"나라고 좋아서 이러고 있는 거 아니야. 시간 없으니까 불평하지 말고 협조해. 10분 안에 끝낼게. 교장 선생님 말씀은 우리 소관이 아니니까 넘어가고. 각 동아리의 활동 기사와 축제 후기는 작년이랑 판박인데 좀 다르게 쓸 수 없어? 그리고 대학생이 된 선배들의 인터뷰는 왜 이렇게 심심해?"

홍남의 팔꿈치가 책상에 걸리며 손가락들이 턱을 잡았다. 2학년 부원들의 표정이 굳었다. 저 똥고집을 누가 꺾어? 10분 좋아하시네. 본격적인 태클이 시작되면 족히 한 시간은 걸릴 것이다. 2학년 기사 작성자들은 시계를 보며 군소리 없이 입을 모아 다시 써보겠다고 말했다. 일단 수긍해주고 빨리 끝내는 수밖에 없었다. 하지만 1학년 부원들은 홍남을 다루는 요령을 몰랐다. 인터뷰 기사 작성자인 1학년 부원이 말했다.

"인터뷰라 제가 함부로 말을 바꿀 수 없어요. 나중에 선배님들이 내가 언제 그런 말을 했냐고 하면 곤란해져요."

부원들의 시선이 편집부 내에서 홍남을 꺾을 수 있는 유일한 구원자인 승곤을 향했다.

"그래도 좀 더 감동적으로 다듬을 필요가 있어. 무슨 말인지 알겠지? 교지의 전통 베이스는 이만하면 됐는데 아무래도 100호 특집치곤 전반적으로 너무 무난해. 뭔가 '꽉' 한 게 필요한데."

홍남이 깍지 낀 양손을 뒤통수에 대고 등을 펴며 부원들을 향해 진짜 하려던 말을 꺼냈다. 승곤이 못마땅한 표정으로 물었다.

"'꽉' 한 거 뭐? 대체 뭐가 문제야? 100호라고 특집기사와 기획기사 분량을 배로 늘렸잖아. 뭘 더 어쩌란 거야?"

홍남이 팔을 내리며 말했다.

"바로 그게 문제라고. 분량만 늘고 내용은 고만고만하다는 거. 그럼 올해도 일부 학생들만의 기념 책자로 끝나는 거야."

교지에 한 줄이라도 글이 실리는 학생들은 따로 있었다. 나머지 학생들은 교지에 등장하지 않았다. 그들 대부분은 3년이나 학교에 머물렀음에도 이름만 나뭇잎처럼 달렸다가 떨어져 나갔다.

"무슨 말인지 알겠는데 그렇다고 한정된 지면에 전교생 전부가 참여할 수는 없잖아."

"하지만 전교생 전부의 관심을 끌 만한 기사는 실을 수 있지."

기록 참여의 조건은 외부의 제약을 받는다. 하지만 우리 때 그런 게 있었지, 하는 강력한 공동의 관전 포인트는 그 시절 그 시간에 존재했던 자신을 드러낼 매개체가 될 수 있다.

"그래서? 지금 특집기사를 하나 더 얹자는 거야?"

"한두 쪽이면 돼. 100호잖아. 우리 다 같이 100호의 전설이 되어보자고."

홍남이 부원들의 동의를 구하는 듯 시선을 맞추며 생수병을 열고 물을 마셨다. 부원들은 전혀 내키지 않는 얼굴이었다. 전설이고 나발이고 일단 일이 늘어나는 것이 싫었다. 100호 특집을 맡게 된 영광은 잠시뿐이었고 이미 너무 많은 시간을 빼앗기고 있었다. 홍남은 부원들이 자신의 의견에 전혀 동조하지 않고 있다는 것을 알아차렸다.

"다들 그딴 얼굴 해봐야 소용없어. 어쨌든 올해는 내가 대장이니까."

부원들의 입이 씰룩댔다. 그럼 초기 기획 단계에서 말을 했어야지. 마감도 얼마 남지 않았는데. 불만이 있어도 1학년들은 감히 입을 떼지 못했다. 청람고등학교 교지편집부는 동아리 중에서 특히 군기가 확실했다. 같은 2학년이라고 해도 부장 감투를 쓴 동아리장을 거역하기는 쉽지 않았다. 하기 싫다면 차라리 동아리를 그만둬야 했다. 하지만 그건 입시에 요긴한 스펙 한 줄을 잃는 엄청난 손실이었다. 수십 대 일의 경쟁률을 뚫고 들어온 이 잘나가는 동아리를 포기할 사람은 아무도 없었다. 다행히 그들에겐 홍남의 '내 맘대로 할 거야'에 제동을 걸어주는 승곤이 있었다.

"그래서 부장님은 어떤 '꽉' 한 기사를 원하시는데요?"

승곤의 어딘가 빈정이는 듯한 어조에도 홍남은 상관하지 않고 꿋꿋하게 대답했다.

"우리의 100호 청람을 '솔로몬의 열쇠'와 같은 금서로 만들어줄 기사."

뭔 소리를 하는 거야? 인내심이 뚝 떨어진 승곤이 홍남의 입을 한 대 때려주고 싶은 충동을 누르며 자리에서 일어섰다. 홍남은 친구이기 전에 동아리장이다. 적어도 후배들 앞에서 체면은 세워줘야 했다.

"다들 부장님 말씀 잘 들었지? 내일까지 각자 금단의 기사를 하나씩 생각해 온다. 오늘 회의 끝. 다들 서둘러!"

승곤의 말이 떨어지기 무섭게 부원들이 가방을 들고 다투어 일어섰다.

"어? 야, 김승곤! 그거 내 멘트잖아."

"누가 하면 어때. 어차피 이렇게 마무리하려고 했잖아. 홍남이 너도 빨리 일어나."

승곤이 다그쳤다. 부원들이 정신없이 동아리방을 빠져나가는 것을 보자 홍남도 슬슬 마음이 급해졌다. 하지만 부원들을 잡아놓느라 참고 있던 소변이 더 급했다. 아무래도 집에 갈 때까지 버틸 수 없을 것 같았다. 1층 로비에서 홍남은 결국 화장실에 가겠다고 말했다.

"지금? 그냥 좀 참지."

승곤이 뭔가 더 말하고 싶은 듯 입을 우물거리자 홍남이 황급히 외쳤다.

"됐어. 제발 부탁인데 아무 말도 하지 마."

"나 아무 말도 안 했어."

"그러니까. 젠장, 이게 낮에는 까맣게 잊고 있다가 밤만 되면 생각이 난단 말이지. 입학했을 때 아예 귀를 막고 있어야 했는데. 야, 누구 화장실 같이 가줄 사람?"

로비에 있던 부원들이 못 들은 척 큰 소리로 인사를 하며 도망치듯 건물을 빠져나갔다. 승곤이 한심하다는 듯 말했다.

"그러니까 물 좀 작작 마시지."

"너도 종일 떠들어봐라. 목구멍이 쩍쩍 갈라지는데 물 안 주고 배길 수 있는지."

"그럼 작작 좀 떠들든가."

"누군 떠들고 싶어서 떠들었냐? 태생이 떠들지 않으면 목이 졸리는 고통이 찾아오는데."

"같잖은 소리 하지 말고 빨리 갔다 와."

"나 혼자?"

"늦었어. 미수 데려다줘야 해. 우리 먼저 가고 있을게."

"야, 이 의리 없는 자식아, 이놈의 학교가 100년을 묵었는데 다른 학교들처럼 재건축을 안 해서 사방 구석구석이 온통 귀신 소굴이야. 낮에는 애들이 버글거리니까 뭐 그러려니 할 수 있어. 근데 밤에는 혼자 있기 좀 그렇다고."

"이 시간까지 우릴 붙들고 있던 게 누군데. 자업자득이야."

"그래서 진짜 나 버리고 갈 거야?"

홍남이 비굴하게 매달렸으나 승곤은 무시하고 미수를 향해 가자고 손짓했다. 홍남이 다급히 말했다.

"솔직히 말해봐. 너도 지금 무섭지? 그래서 나 버리고 가려는 거지?"

"수 쓰지 마라."

승곤이 눈 하나 꿈쩍하지 않자 홍남이 한숨을 내쉬었다. 지켜보던 미수가 말했다.

"가자. 내가 앞에서 기다려줄게."

"그럴 필요 없어."

승곤의 제지에도 미수는 괜찮다며 남자 화장실 쪽으로 걸음을 옮겼다. 홍남은 재빨리 쫓아갔다. 별수 없이 승곤도 그 뒤를 따라가며 홍남이 아까 솔로몬이 어쩌고 하는 헛소리를 할 때 그냥 확실히 패줬어야 했다고 생각했다.

갑자기 홍남이 걸음을 멈추고 돌아섰다. 두 눈썹이 물결처럼 꿈틀거렸다. 쓸데없는 오기가 발동할 때 나오는 표정이었다.

"너야말로 필요 없으니까 그냥 꺼져라."

승곤은 어이가 없다는 듯 코웃음을 치며 말했다.

"알았다. 꺼져준다. 미수야, 난 로비에 있을게."

승곤이 가버리자 미수가 물었다.

"괜찮겠어?"

미수의 크고 잠잠한 눈이 홍남을 빤히 쳐다보았다. 어딘가 제대로 닫히지 않은 창문이 있는지 복도에 으스스한 바람이 맴돌았다. 갑자기 오한이 든 듯 홍남이 어깨를 흠칫 떨었다. 바람 때문인지 어색함 때문인지 알 수 없었다. 미수와는 중학교를 같이 다녔기에 알고 지낸 지 이미 여러 해였다. 그런데도 홍남은 여전히 미수와 함께 있을 때면 긴장하곤 했다. 홍남은 승곤이 미수를 스스럼없이 대하는 것이 부러웠다. 승곤과 미수는 초등학교 때부터 친구였다. 승곤이만큼 미수와의 시간이 더 쌓이면 그렇게 되겠지.

"당연히 괜찮지. 금방 갔다 올게."

홍남은 볼일을 빨리 끝내고 싶었지만 그건 맘대로 되는 게 아니었다. 소변 줄기가 끝도 없이 이어졌다. 문득 무슨 소리가 들린 것 같았다. 전등 불빛이 깜빡이더니 화장실 조명이 어둑해졌다. 홍남은 고개를 들어 천장을 올려다보며 불평했다.

"뭐야? 건물이 후지면 등이라도 제때 갈라고."

불빛이 다시 깜빡이더니 원래대로 환해졌다. 꼭 무슨 신호 같았다. 곧 소름이 돋을 만큼 공기가 차가워졌다. 홍남은 제 입에서 새어 나오는 하얀 입김을 보았다. 오싹해졌다. 아직 이렇게까지 추운 날씨는 아닌데? 이 학교는 밤이 되면 흡사

흉가로 변모하는 듯 아무리 문을 닫아둬도 어디선가 한기가 스며들었다.

홍남은 두려움을 쫓기 위해 생각나는 노래를 흥얼거렸다. 그러다 불현듯 알아차렸다. 자신의 흥얼거림에 다른 사람의 목소리가 섞여 있는 것을.

분명치 않은 가사를 읊조리는 누군가의 목소리에 온몸의 털이 곤두섰다. 홍남은 소스라치며 입을 다물었다. 그 순간 멀리서 바람 소리가 괴상한 비명을 내지르며 몰려들었다가 물러갔다. 무시무시한 정적 속에서 홍남은 귀를 기울였다. 아무 소리도 들리지 않았다. 착각이었나 여기는 순간 다시금 목소리가 들리기 시작했다. 아까의 읊조림이 가락을 탔다. 등줄기가 쭈뼛거리며 심장이 쿵쿵 뛰었다. 읊조림은 이윽고 노래가 됐다. 이제 노랫말이 분명하게 들려왔다.

"……자갈 던져 생긴 물수제비, 장대 끝으로 콕 집어내 네 눈알과 바꿔볼래?…….”

뭔 소리야? 아니 잠깐만, 이거 그 노랫말 같은데? 홍남은 바지를 추스르고 재빨리 돌아섰다. 화장실 칸마다 문이 조금씩 열려 있는데 중간의 한 칸만 닫혀 있는 것이 보였다. 홍남은 안도했다. 난 또 뭐라고. 누가 똥 싸면서 장난치고 있네. 홍남이 그렇게 생각하는데 갑자기 노랫소리가 뚝 끊겼다. 그러곤 몇 초 후에 다시 이어졌다.

"……자갈 던져 생긴 물수제비, 장대 끝으로 콕 집어내 네 눈알과 바꿔볼래?"

노래는 좀 전과 같은 구절에서 또다시 뚝 끊겼다. 마치 홍남의 대답을 기다리는 것처럼.

"개소리 말고 똥이나 싸라."

홍남은 물을 내리고 세면대로 향하면서 말했다. 노랫소리는 홍남의 목소리에 반응한 듯 한 번 더 마지막 구절을 반복해 물었다.

"네 눈알과 바꿔볼래?"

"미친놈, 안 바꿔. 내가 돌았냐?"

홍남이 세면대의 수돗물을 틀며 무심결에 대꾸하자 곧 노래의 다음 구절이 이어졌다.

"……장대가 삐뚤어지면 안 돼. 물수제비가 흘러내려서도 안 돼. 장대가 꼿꼿하게 서고 물수제비에서 옹이 눈알이 자라면 너도 볼 수 있을 거야. 지금 내가 보고 있는 것을. 바꿔볼래?"

홍남은 손을 씻다 말고 화들짝 놀라 고개를 들었다. 방금 뭔가 서늘한 것이 그의 귓가를 스쳤다. 거울에 비친 그의 주변에는 아무도 없었다. 고요 속에서 흐르는 물소리만 유독 크게 들렸다. 홍남은 황급히 수도꼭지를 잠갔다. 사방이 쥐 죽은 듯 조용했다. 그때 노랫소리가 다시 물었다.

"바뀌볼래?"

"아 씨, 너 누구야? 누군데 사람 빡치게 공포감 조성이야. 당장 나와!"

홍남이 잠긴 화장실 칸의 문을 두드리려는데 잠겨 있는 줄 알았던 문이 스르륵 열렸다. 안은 비어 있었다. 뭐야? 홍남은 멍해졌다. 그는 반쯤 열린 옆 칸 문을 열었다. 역시 비어 있었다. 홍남은 흥분한 채 모든 칸의 문을 열어 확인했다. 그러고 나서야 깨달았다. 화장실 안에는 처음부터 아무도 없었다는 것을. 공포가 피부를 뚫고 한 가닥씩 돋아 올랐다. 등이 축축해지고 머리끝이 곤두섰다. 그는 슬금슬금 뒷걸음 질을 치다가 저도 알 수 없는 신음을 내지르며 밖으로 뛰쳐 나갔다.

"왜 그래?"

복도에서 기다리고 있던 미수가 담담하고 차분한 목소리로 물었다. 미수를 보자 홍남은 이내 진정을 찾았지만 다리는 여전히 후들후들 떨렸다.

"화장실에서 누가 노래를 불렀어. 그 노랫말로 말이야. 근데 아무도 없더라고. 분명 목소리를 들었는데."

"그 노랫말이라면, 그거?"

"그래. 어떤 놈이 그 노랫말을……."

갑자기 홍남의 머릿속이 어수선해졌다. 설마, 이게 구전 교칙을 어긴 건 아니겠지? 아닐 거야. 내가 들은 건 남학생의 목소리였어. 절대 대답하면 안 되는 건 여학생의 목소리잖아. 그러니까 이건 어떤 놈의 장난질이 분명해. 그런데 왜 이렇게 찝찝하지.

"방금 누가 화장실에서 나오긴 했는데."

"정말? 어디로 갔는데?"

미수가 모퉁이를 돌아 나가며 이어지는 복도를 가리켰다. 그러면 그렇지. 홍남은 재빨리 그쪽으로 뛰어갔다. 잡히기만 해봐라. 하지만 복도 끝 현관 출구는 잠겨 있었고 아무도 보이지 않았다. 계단으로 올라갔나 싶어 기웃거리는데 어디선가 바깥바람이 불어 들었다. 돌아보니 복도 창문 하나가 반쯤 열려 있었다. 계단이 아니라 창문으로 도망친 모양이었다. 홍남은 창문을 마저 열고 밖을 내다보았다. 화단의 나무와 마른 꽃가지들이 바람에 흔들렸다. 어둠이 내린 운동장에서 사람의 흔적은 찾아볼 수 없었다.

미수는 승곤과 로비에서 기다리고 있었다. 승곤은 미수에게 이미 상황을 전해 들었는지 놀리고 싶은 기색이 역력했다. 하지만 아무 말도 하지 않았다. 미수가 말렸을 것이다. 미수 말이라면 끔뻑 죽는 놈이니까.

미수가 물었다.

"봤어?"

"아니, 놓쳤어. 아까 나 화장실 간다고 했을 때 로비에 누가 있었지? 내가 같이 가자니까 못 들은 척 도망간 놈 중 하나일 거야. 먼저 가서 기다리고 있었던 거지. 내일 아침에 내가 반드시 잡아낸다."

홍남이 씩씩거리자 승곤이 한심하다는 듯 말했다.

"장난인 줄 알면서 뭘 그렇게 자지러져. 애들이 너한테 쌓인 게 좀 있었나 보다 여기고 털어."

"내가 뭘 어쨌다고?"

"100호 핑계로 애들을 좀 혹사했어야지."

"100호에 걸린 게 내 탓이야?"

"그러니까 적당히 하라고."

"100호를 어떻게 적당히 해? 이렇게 최선을 다하는 사람한테 어떻게 이딴 짓을 하냐고. 나 진짜 식겁했단 말이야. 그놈의 구전 교칙이 언젠가 사람 놀래 죽이겠어."

홍남이 벌게진 얼굴로 불평을 쏟아냈다. 승곤은 기어이 웃음을 터뜨렸다. 완벽한 비웃음이었다. 평소 같았으면 홍남은 참지 못했을 것이다. 하지만 이번만큼은 받아들였다. 학생들은 툭하면 그 구전 교칙을 가지고 장난을 쳤다. 홍남도 누군가 당한 이야기를 들었을 때 웃겨 죽는 줄 알았다. 그런데 막상 자신이 당해보니 이게 웃을 일이 아니었다.

"편집부원이 아니야."

미수가 말했다.

"아니야? 편집부 말고 이 시간까지 남아 있을 사람이 없는데? 어떻게 생긴 놈이야?"

"키는 너만 하고 안경은 안 썼어. 코는 우뚝하고 입은 웃는 모양이야."

"됐다. 그렇게 생긴 애들이 한둘이냐. 거기에 승곤이랑 나도 포함이잖아. 아, 승곤이 입은 웃는 모양이 아니네. 암튼 같은 학교 안에 있으니 언젠가는 마주치겠지. 잘 기억해뒀다가 보이면 꼭 나한테 말해."

"화장실에서 누가 노래 좀 한 거 가지고 뭘 그렇게 복수를 다지냐. 그럴 시간에 네 담력이나 키워라."

승곤이 놀리자 홍남이 말했다.

"두고 봐. 넌 얼마나 놀라지 않고 버틸 수 있는지."

그때 홍남의 머릿속에 번개처럼 떠오르는 것이 있었다. 그래, 이거네. 100호에 어울리는 '뙈' 한 특집기사. 청람고등학교의 오래된 구전 교칙. 마침내 그 실상이 밝혀질 때가 됐다.

* * *

　승곤은 유치하다며 노골적으로 반대했고 부원들의 반응도 시큰둥했다. 홍남은 조바심이 났다.

　"잘 들어봐. 유치하지 않게 다시 말해줄 테니까. 이건 물질의 형태에 관한 주제야. 제4의 물질 상태인 플라스마의 안정화 원리를 찾은 것과 거의 비슷한 급이라고."

　"뭔 소리야?"

　승곤이 전혀 알고 싶지 않다는 듯 말했다. 뭔 개소리냐는 뜻이었는데 홍남은 질문으로 받아들이고 열심히 설명하기 시작했다.

　"플라스마는 현대물리학이 발견한 육안으로는 보이지 않는 전기를 띤 가스 형태의 기체야. 여전히 보이지 않지만 그런 물질의 형태가 있다는 것을 이제는 알지. 보이게 만들 수도 있고."

　부원들의 눈동자가 흔들렸다. 아, 우리 부장, 진짜 발악을 하는구나.

　"구전 교칙의 학생은 우리 눈에 보이지 않아. 하지만 우린 그 학생이 있다는 것을 알지. 그리고 구전 교칙을 위반하면 특정 현상이 벌어지고 볼 수 있게 돼. 이래도 관련이 없어? 다들 구전 교칙의 학생이 누군지, 정체가 뭔지 정말 궁금하지 않냐고."

궁금하냐고 묻는다면 당연히 궁금했다. 하지만 이런 종류에 관한 섣부른 호기심은 늘 파국을 가져왔다. 화학 작용에 관한 호기심이 원소의 발견을 가져온 것과는 다른 차원의 문제였다.

"알다시피 지난 몇 년간은 구전 교칙의 경험자가 없었어. 그런데 작년부터 노랫말이 다시 들리기 시작했지. 우리에게 기회가 주어진 거야. 애들아, 우리가 남길 청람 100호를 생각해봐."

홍남이 비장한 표정으로 부원들을 둘러보았다. 부원들이 조금씩 들썩였다. 하여간 저놈의 말재간을 누가 이겨. 저런 식으로 말하는 건 대체 어디서 배우는 거냐고. 가뜩이나 말수가 적은 데다가 짧은 직설밖에 할 줄 모르는 승곤이 여기서 홍남과 말로 이길 수는 없었다. 홍남은 부원들의 분위기가 바뀐 것을 알아차렸다.

"학교마다 전해져 내려오는 괴담은 대개 일정한 패턴이 있어. 학교 부지가 공동묘지나 병원이었다는 전설이 있으면 귀신이 등장해. 학교에 계단이 있으면 계단 숫자가 하나 더 늘거나 줄어들지. 동상이 있으면 한밤중에 동상이 돌아다닌다는 뭐 그런 식이고."

"학교 괴담을 모두 알게 되면 죽는다는 말도 있어요."

"어차피 버전이 워낙 많아서 다 알 수도 없어. 오히려 잘 됐네. 이거 하나 판다고 죽지는 않을 테니 우리 지레 겁먹지 말고 한번 해보자."

홍남의 부추김에 부원들의 눈빛에는 어느새 의욕이 찼다.

"우리 학교는 동상도 있고 언덕을 오르는 계단도 있는데 왜 하필 정체불명의 노래하는 학생이 등장할까? 보컬 동아리도 없는데 말이야."

"혹시 음악 시간과 관련된 처참한 사건이 숨겨져 있는 게 아닐까요?"

부원들이 한마디씩 내놓기 시작했다. 자고로 이런 이야기들은 사람의 호기심을 당기는 마력이 있다. 더구나 소속 집단의 내력에 관한 것이고 실제 경험자도 있기에 그저 황당한 이야기로만 치부할 수는 없었다.

홍남이 득의만만한 표정으로 승곤을 보았다. 승곤은 여전히 못마땅한 기색이었고 1학년 권은새 역시 고개를 갸웃거렸다. 홍남은 그들의 반응을 신경 쓰지 않았다. 어디든 반대 의견은 있는 법이다. 은새는 승곤이 반대해서 반대하는 것일 수도 있고.

"쌤, 어떻게 생각하세요?"

은새는 회의 내내 한마디도 하지 않고 자리만 지키고 있는 권혁준을 향해 물었다. 권혁준은 학생들의 이야기를 듣는 둥 마는 둥 휴대폰만 들여다보고 있었다.

"쌤? 쌤!"

은새가 연달아 부르자 권혁준이 그제야 휴대폰을 주머니

에 집어넣으며 되물었다.

"미안. 뭐라고 그랬지?"

권혁준이 홀린 듯 들여다보고 있던 것은 늦둥이 아들의 사진들이었다. 그는 수업 중에도 수시로 그러고 있었는데 학생들은 고의로 무시했다. 관심을 보이는 순간 귀가 아프도록 늦둥이 아들 자랑을 듣는 것으로 수업 시간을 고스란히 날리게 되기 때문이다. 홍남이 지금껏 오간 이야기들을 짧게 정리해 말해주었다.

"흥미롭긴 한데 뭐 일단 해봐. 아니다 싶으면 커트할 테니까 메인 삼지는 말고. 그럼 회의는 이제 끝난 것 같으니 나 먼저 일어난다."

권혁준이 나가자 홍남이 말했다.

"이 건은 내가 맡을게. 그래도 손발을 보태줄 인원이 필요하니까 일단 승곤이 네가 은새와 같이 취재 시작해."

"싫어."

승곤이 미간을 찌그러뜨리며 모두가 들으라는 듯 큰 소리로 말했다. 승곤의 노골적인 거부에 민망해진 은새의 얼굴이 붉어졌다. 홍남이 승곤을 힐끔 노려보면서 은새에게 말했다.

"마음 상할 거 없어. 승곤이가 못돼 처먹은 건 여기 있는 모두가, 아니 전교생이 다 알아. 야, 김승곤, 그냥 해. 이 조합이 최선이야."

"왜 최선인데?"

승곤이 은새의 기분을 아랑곳하지 않고 물었다.

"너희 둘만 기사 원고 마감해서 시간 비잖아."

"부지런한 게 죄냐?"

"부탁하는 거야. 거절하면 너 대신 다른 부원에게 맡겨야 해. 그 부원이 누가 될지는 모르겠지만 일이 배가 되겠지."

"협박하지 마라."

"일어날 일을 말하는 거야."

어쩔 수 없다는 걸 인정한 승곤이 인상을 잔뜩 구기며 물었다.

"하여간 쓸데없이 일을 만들어. 뭐 하면 되는데?"

"넌 구전 교칙이 만들어질 만한 사건 사고에 관해 알아봐. 은새는 구전 교칙의 노랫말을 들어본 학생들을 찾아 인터뷰하고. 나머진 내가 할게."

* * *

청람고등학교에는 오래전부터 알 수 없는 학생에 관한 이야기가 전해졌다. 전교생 수를 세어보면 언제나 한 명이 더 있는데 출석부를 대조하면 인원이 일치했다. 그래서 그 학생이 누군지 끝내 알아내지 못했다. 대개의 학교 괴담에 등장하는 그런 학생은 지박령이라 학교를 나갈 수 없다. 그 학생은 어서 날이 밝아 친구들이 다시 등교하기만을 기다린다. 한밤중 캄캄한 운동장에 서서 가만히 뒤돌아보라. 불 꺼진 어느 교실 창에서 누군가 홀로 남아 물끄러미 밖을 내다보고 있다면 바로 그 학생이다. 그런데 청람고등학교의 그 학생은 재학생을 따라 학교 밖으로 나갈 수 있었다. 구전 교칙과 함께 전해지는 이야기에 의하면 그랬다.

한 무리의 남학생들이 점심시간에 체육관에서 농구를 하는데 수업 시작 종이 울렸다. 다들 공을 놓고 뛰어나가는데 한 남학생만 여전히 바닥을 치는 공 소리에 기묘함을 느끼며 멈춰 섰다. 돌아보니 공이 저 혼자 움직이고 있었다. 시간이 제자리를 맴도는 듯 바닥에서 튀어 오르는 공의 높이가 일정했다.

어디선가 가늘게 노랫소리가 들려왔다. 앞의 가사는 정확히 들리지 않았지만 이렇게 물으며 끝났다.

"……바꿔볼래?"

남학생은 방금 들은 노랫말이 구전 교칙의 노랫말이라는 것을 알았다. 절대 대답하면 안 된다고 들었으나 호기심이 일었다. 남학생은 잠시 생각한 뒤 과감하게 대답했다.

"그래. 우리 서로 보지 못했던 것을 볼 수 있을 테니 바꿔보자."

그 순간 체육관 2층 관람석 쪽 계단에서 대여섯 명의 여학생이 '늦었다!'를 연발하며 다급하게 뛰어 내려오는 것이 보였다. 그중 한 여학생이 남학생의 곁을 스쳐 지나가면서 웃어 보였다. 그 미소가 너무 예뻐서 남학생은 잠시 멍해졌다.

여학생들은 출입구를 통해 쏟아져 들어온 햇빛 속으로 사라졌다. 시계추처럼 혼자 움직이던 공은 어느새 바닥에 얌전히 붙어 있었다. 사방이 물속처럼 적막했다. 남학생은 아주 잠깐 꿈을 꾼 것 같았다.

이후 남학생은 친구들 사이에서 웃거나 이야기하는 그 여학생의 모습을 멀리서 가끔 볼 수 있었다.

어느 날 하교하던 남학생은 교문 옆 느티나무 아래에 서 있는 그 여학생을 보았다. 남학생은 용기를 내어 여학생에게 다가갔다.

"우리 체육관에서 잠깐 본 적이 있는데."

"알아."

"기억하는구나. 여기서 친구 기다리는 거야?"

"그렇긴 한데."

여학생이 여지를 남기자 남학생이 물었다.

"나랑 같이 갈래?"

여학생은 웃으며 고개를 끄덕였다. 그렇게 여학생은 남학생을 따라 학교를 나갔다. 이후 그들의 이야기는 전해지지 않았다.

청람고등학교 신입생들은 입학식이 끝나면 선배들로부터 이 결말 없는 괴담 한 토막과 함께 공포의 구전 교칙을 들어야 했다. 학교 수첩에는 적혀 있지 않으나 이 구전 교칙은 3년 동안 안전한 학교생활을 하기 위한 필수 조건이었다. 선배들은 잔뜩 겁을 주며 경고했다.

"잘 들어. 20여 년 전에 실제 있었던 이야기야. 그 선배는 자기 눈에만 보이는 여학생과 함께 학교를 나갔고 이후 이야기는 전해지지 않으나 해피엔딩일 가능성은 거의 없어. 그러니까 너한테 뭘 바꿔보자고 묻는 여학생의 목소리가 들리면 절대 대답해서는 안 돼."

"뭘 바꿔보자는 건데요?"

"노랫말에 따르면 눈이야. 장대 끝에 매달린 물수제비와 네 눈을 바꾸자는 거지. 그럼 자기가 보는 것을 보게 해준다는 거야."

"그런 섬뜩한 가사를 듣고 누가 대답을 해요?"

"그래서 노랫말의 앞부분은 대개 읊조리는 투로 분명치 않게 들려. 물론 그 와중에 알아듣는 사람도 있지만. 그런 귀밝은 놈들 덕분에 그 노랫말의 일부가 얼추 전해졌으니 다행이지."

"대답하면 어떻게 돼요?"

"그때부터 네 눈에만 그 여학생이 보이게 돼. 하지만 교내에서 네가 보는 애들 중에서 누가 그 여학생인지는 절대 알 수 없어. 그 여학생은 너와 함께 조회를 서고 교실에 앉아 있지. 언제나 줄 속에, 무리 속에 구성원으로 있어. 그 여학생이 누군지 알고 싶다면 노랫말대로 하면 돼."

"그건 너무 끔찍하잖아요. 근데 대답해도 어차피 그 여학생이 누군지 구분할 수 없다면서요? 그럼 대답은 해도 되지 않아요?"

"아니. 대답하면 무서운 일이 생겨. 바로 네 곁에서. 하지만 너는 그 여학생이 누군지 모르듯 무슨 일이 벌어졌는지 몰라."

"제가 모른다면 무서울 게 없잖아요."

"그게 무서운 거야. 무서운 일이 생길 때 너는 몰라. 넌 나중에 알게 될 거야. 아주 나중에. 그러니까 대답하지 마. 절대."

보이지 않는

미수의 아버지 함봉규는 한식당 '미수가든'을 운영하며 독거노인 도시락 배달 봉사를 지원했다. 평일에는 복지관에서 자원봉사자들이 나왔고 주말에는 미수와 함께 홍남과 승곤이 돕곤 했다. 셋이 도시락 배달을 끝내고 돌아오면 함봉규는 수고했다며 딸의 친구들에게 떡 벌어지는 한 상을 차려주었다.

홍남과 승곤과 미수는 학교에서뿐 아니라 밖에서도 그렇게 붙어 다녔다. 홍남과 승곤은 미수가 자신들의 여왕이라도 되는 듯 늘 그 곁을 지켰다. 승곤은 미수의 초등학교 동창이었고 홍남은 중학교 동창이었는데 누구도 그들의 단단한 결속을 흔들지 못했다. 청람의 편집부장이자 입담 좋은 이홍남과 과묵한 유도 유단자 김승곤은 여학생들에게 인기가 많았다. 하지만 그 둘의 확고한 마음이 워낙 공공연한지라 한편으로는 철벽을 치느라 일부러 그러는 것처럼 보이기도 했는데, 어쨌든 여학생들은 감히 고백 행사를 벌일 엄두를 내지 못했다.

은새는 학교의 인기남 둘을 독차지하고 있는 미수가 부러웠고 어떻게든 그 삼총사의 일원이 되고 싶었다. 그래서 교지편집부에 들어갔고 도시락 배달도 자원했다. 내가 끼면 넷이니까 짝도 맞잖아. 그렇게 같이 다니다 보면 승곤 선배와 잘될 기회가 생길 수도 있고. 바로 승곤과 한 조가 되어 도시락 배달 봉사를 나가는 오늘 같은 날처럼.

은새는 봉사가 끝나면 무조건 승곤과 데이트를 하겠다고 다짐했다. 남은 시간을 함께 보낼 명분도 있었다. 구전 교칙 기사로 얼렁뚱땅 한 팀이 되었으니 그에 관한 취재 논의는 적당한 대화거리이자 공통의 일거리였다.

함봉규는 방마다 돌아다니며 방석들을 정리하는 승곤과 홀 바닥을 청소하는 홍남에게 말했다.

"얘들아, 제발 부탁인데 뭣 좀 하지 말고 그냥 앉아서 기다려. 휴일 아침에 늦잠도 못 자고 여기 오는 것부터가 고생이잖아."

말려봐야 소용없었다. 승곤과 홍남은 여기 오면 늘 각자 알아서 할 일들을 찾아냈다. 그래서 홀에 멀뚱히 앉아 있는 은새는 혼자 가시방석이었다. 굳이 왜 저렇게까지 하는 거야? 사람 눈치 보이게. 홀 청소를 끝낸 홍남이 손을 씻고 카운터에서 일을 보고 있는 함봉규에게 말했다.

"아저씨, 저 졸업하면 여기 취직시켜주세요."

"뭔 소리야? 성적도 좋은 놈이 대학 가야지."

"저 대학 안 가요."

"그럴 거면 왜 청람을 간 건데? 게다가 너 편집부장이잖아. 그것도 꽤 괜찮은 학생부 스펙으로 아는데."

청람고등학교는 사학 명문으로 입학부터 우수 학생들끼리 경쟁이 치열했는데 홍남은 성적 장학생이었다.

"제가 대학 가려고 청람에 입학한 건 아니거든요. 청람에 시험을 봤는데 붙었고 제 성적에 감탄한 학교가 장학금을 준다기에 다니고 있는 거예요."

"학교가 너한테 장학금을 주는 건 대학에 보내기 위해서야. 대학 잘 가려고 그 학교 시험 쳤다가 떨어진 놈들이 들으면 속상하겠다."

"그건 아니죠. 대학과 상관없이 전 좋은 환경에서 공부하려고 청람을 선택했고 정당하게 제 실력으로 들어왔어요. 그러니까 제 뒤에서 떨어진 놈들이 억울해할 이유는 없죠."

"아까워서 하는 소리잖아."

"전 그냥 빨리 졸업하고 돈 벌고 싶어요. 혹시 분점 낼 생각 없으세요? 여기서 일 제대로 배우고 나서 제가 해보고 싶은데요. 그때 미수도 주시면 돼요."

"뭐?"

함봉규가 하던 일을 멈추고 어이없다는 듯 홍남을 쳐다보았다.

"미수가 이 가게 복덩어리라면서요? 미수만 있으면 제가 본점 제치고, 아니 그냥 요식업계 재벌 1순위에 등극할 수 있을 것 같아요."

때마침 방 정리를 끝내고 나온 승곤이 그 너스레를 듣고 비웃었다.

"꿈도 꾸지 마라. 내가 여기 눈 시퍼렇게 뜨고 있는 거 안 보여?"

"넌 식당 할 생각 없잖아. 아저씨가 분점 내시면 나밖에 할 사람이 없어."

"아저씨는 분점 내실 생각이 없어. 그렇죠?"

"사람 일이 어떻게 될 줄 알고. 그렇죠? 아저씨?"

둘의 시선과 질문을 한 몸에 받은 함봉규가 너털웃음을 터뜨리며 고개를 절레절레 흔들었다.

"이거 참, 둘이 나가서 결투 끝내고 와. 그동안 나는 도시락을 준비하고 있을 테니."

직원들이 곧 출근할 테지만 도시락은 늘 함봉규가 직접 만들었다. 승곤이 주방으로 향하는 함봉규의 뒤를 따라가며 말했다.

"도와드릴게요."

"결투는 어쩌고?"

"결투할 필요 없어요. 무조건 제가 이겨요. 저 유단자예요."

승곤의 말에 홍남은 외쳤다.

"야, 우리의 운명은 결투나 아저씨의 총애가 아니라 미수의 간택으로 결정되는 거야. 그치, 미수야? 이제 솔직히 말해줘. 나야, 승곤이야?"

미수는 대답 대신 웃었다. 은새가 새침한 표정으로 미수를 흘겨보았다. 도대체 미수 선배의 어디가 그렇게 좋은데? 시샘과 분노가 치밀었다. 얼굴이 예쁜 건 인정. 턱선을 스치며 찰랑거리는 부드러운 단발, 햇빛조차 빨아들이는 것 같은 새까맣고 신비스러운 눈동자, 그린 듯 선명하고 우아한 눈썹, 맑고 매끄러운 하얀 피부, 낭창낭창하고 호리호리한 체형. 하지만…….

은새의 시선이 미수의 왼쪽 다리에서 멈췄다. 골반에서부터 비틀린 다리는 무릎이 바깥쪽으로 휘어 연약하고 불안해 보였다. 곧고 바른 오른쪽 다리와 발끝이 뒤쪽을 향해 있는 왼쪽 다리의 불균형으로 미수는 걸을 때마다 심하게 절뚝거렸다. 보고 있자면 동정심에 앞서 혐오감이 일었다. 오른발은 앞을 왼발은 뒤를 향해 걷는 모습이 기괴하고 섬뜩했다.

도대체 저 다리 병신의 어디가 그렇게 좋은 거야? 은새는 그런 속내를 절대 입 밖으로 내지 않았다. 그랬다간 여자고 남자고 간에 승곤에게 멱살을 잡혔다. 은새는 미수의 다리에 관해서는 승곤의 심기를 건드리지 않고자 극도로 조심했다. 하지만 승곤을 좋아하는 감정까지 숨기지는 않았다.

"하여간 선배들은 만날 미수 선배 타령만 해."

"내가 미수 타령하는 건 상관없잖아? 승곤이가 미수 타령하는 게 속상한 거지. 안 그래?"

홍남에게 정곡을 찔린 은새가 얼굴을 붉히며 뭐라 따지려는데 승곤이 함봉규와 함께 도시락 가방들을 들고나왔다.

"오늘은 한 집이 더 있어. 그 집 할머니 눈이 안 보이신다니 신경 좀 써드리고. 홍남이 똑바로 들고 있지? 나중에 내가 한 말 홀랑 까먹고 도시락 하나 남는 건 줄 알고 먹어 치우면 안 된다."

함봉규가 홍남을 콕 집어 말했다.

"아저씨는 절 뭘로 보고?"

홍남의 억울한 표정에 함봉규는 웃으며 말했다.

"뭘로 보긴, 호시탐탐 우리 미수 노리는 먹보로 보지."

"호시탐탐 미수를 노리는 건 제가 아니라 승곤이에요. 그리고 승곤이가 저보다 많이 먹어요. 운동하는 놈이잖아요. 다 알면서. 아저씨, 진짜 편애 너무해요. 저 서러워요."

"어쩌냐. 그렇게 나오는 네 반응이 재밌어서 아저씨가 자꾸 놀리게 되는데. 승곤이는 무뚝뚝해서 농담이 안 통한단 말이야."

"됐어요. 저 삐졌어요. 가자, 미수야."

미수가 불편한 다리를 절뚝거리며 천천히 일어서자 승곤

이 말했다.

"홍남이랑 잠깐 할 말 있으니까 너흰 5분 있다가 나와."

은새는 승곤이 홍남에게 무슨 말을 할지 듣지 않아도 알 것 같았다. 함봉규의 말대로 승곤은 농담이 통하지 않는다. 그러니까 좀 전에 홍남이 미수 아버지에게 미수를 달라고 했던 말에 대해 분명히 해두려는 것이다. 은새는 새치름한 시선으로 미수를 보았다. 역시 나는 아무것도 몰라요, 하는 표정이네. 언제까지 이런 식으로 어장 관리할 건데? 함미수, 정말 재수 없다.

밖으로 나온 홍남이 물었다.

"무슨 할 말?"

"경고하는데 미수는 안 돼."

"난 또 뭐라고. 그렇게 세게 나오지 않아도 네가 초등학교 때부터 미수랑 짝인 거 하늘이 알고 땅이 안다. 심지어 아저씨까지 무조건 네 편이시잖아. 하늘도 양심이 있다면 고작 나 같은 것 때문에 너희 둘을 갈라놓진 않겠지."

"요즘 하늘은 양심 없다는 거 몰라? 자꾸 쑤시고 들어오지 마라."

"그럼 땅을 믿어보든가."

"솔직히 말해봐. 너 미수 좋아하지?"

"좋아하지. 근데 네가 생각하는 그런 건 아니야."

"아니면 뭔데?"

"그냥 좀 그런 게 있어."

"그러니까 그게 뭐냐고."

"다리가 불편하잖아. 그래서 잘해줘야겠다는 뭐, 그런 거."

홍남의 시선이 땅으로 처박혔다. 절대 주눅 들지 않는 홍남의 어깨가 움츠러들었다. 승곤은 더 물고 늘어질 수 없었다. 홍남이 약한 모습을 보여서가 아니라 묻어두었던 자신의 가책 때문이었다.

* * *

비좁은 골목길, 낡고 깨진 슬레이트 지붕, 길바닥과 바로 접해 있는 초라한 출입문들. 여기저기 어지러이 쌓여 있는 생활 폐기물들은 어떻게 버려야 하는지 몰라 그냥 밖에 내놓은 것들이다. 홍남은 주소를 확인하고 문을 두드렸다.

"계세요? 도시락 가져왔어요."

안쪽에서 기척이 들리며 느릿한 걸음이 다가와 문을 열어주었다. 누워 있다가 일어난 듯 할머니의 머리가 부스스했다. 할머니는 고맙다고 말한 후 벽을 더듬거리며 허름한 주방과 옹색한 살림 도구들 사이를 지나 다시 방으로 걸음을 옮겼다. 홍남이 도시락 가방을 내려놓고 할머니를 부축해 방바닥에 깔린 이부자리 위에 앉혔다. 미수가 뒤따라 들어오자 할머니가 그쪽으로 고개를 돌렸다.

"냉장고에 넣을까요? 아니면 상을 차릴까요?"

미수가 도시락 가방에서 국과 반찬들을 꺼내며 물었다. 할머니는 눈이 먼 게 아니라 귀가 먼 사람처럼 대답이 없었다. 주름져 늘어진 눈꺼풀 안에 숨겨진 듯 자리한 탁한 눈동자는 뭐에 홀린 것처럼 미수만 물끄러미 보았다. 그 모습이 전혀 눈먼 사람 같지 않아 홍남이 말했다.

"할머니, 저도 좀 봐주세요."

"나는 앞을 못 봐."

그제야 할머니는 대답했다. 조금은 보이는 것도 같은데? 홍남은 의심이 들었다. 돌봐주는 이 없는 노인들은 누군가 찾아와 관심을 보이면 엄살도 심해지고 아픈 곳도 늘어난다. 홍남의 할머니도 생전에 그랬다. 가족들이 한 번씩 찾아가면 도착해서 떠날 때까지 여기도 아프고 저기도 아프고 종일 아프다고만 했다.

"저는 안 보이고 미수는 보이세요? 꼭 보이는 것처럼 보고 계시는데요."

"미수인가?"

"예. 쟨 미수고 전 홍남이에요."

"미수인데 어째 머리카락이 까마귀처럼 까만가? 나이를 거꾸로 먹는가?"

뭔 소리지? 홍남은 할머니의 말이 좀 기이하게 들렸다.

"할머니, 진짜 미수가 보이세요?"

"미수라서 보이는 게지."

"미수라서 보인다니 그게 무슨 말씀이세요? 미수를 아세요?"

"아주 어릴 때 한 번 봤어. 그땐 내가 눈도 밝고 몸도 갓 잡은 생선처럼 파닥파닥할 때였지. 그런데도 희한하게 보였어. 그게 아마 사경을 헤매던 터라 그랬던 같아. 꽤 여러 날 앓았지. 얼음 지치다가 감기에 걸렸는데 열이 펄펄 끓어서 죽다 살아났어."

"할머니가 어릴 때면 미수는 태어나지도 않았는데요?"

"미수는 말이야, 눈이 밝을 때는 잘 안 보여."

"그럼 할머니는 눈이 안 보여서 볼 수 있단 거예요?"

이게 무슨 소리야? 홍남은 물어놓고 말이 안 되는 질문이라는 것을 깨달았다.

"아니, 아니. 우리 어머니가 그러셨어. 죽다 살아나면 가끔 특별한 걸 보게 된다고. 죽음의 강물에 발을 적시고 눈을 씻은 사람은 살아가는 동안 죽음에 속한 것을 보게 될 때가 있지."

할머니는 혼자 중얼중얼 이야기를 늘어놓기 시작했다. 발음이 정확하지 않아 제대로 알아들을 수는 없었지만 어린 시절 앓아누운 자리에서 본 허깨비들 이야기 같았다. 아무래도 정신이 온전하지 않은 듯했다. 할머니가 이부자리 위에 느릿느릿 몸을 누였다.

"주무세요. 음식은 냉장고에 넣어둘게요."

홍남은 아기처럼 웅크린 할머니의 마른 몸에 이불을 덮어주고 방을 나왔다.

* * *

"오늘 저랑 영화 보러 가요. 예매는 제가 해놨……."

"나 영화 싫어해."

승곤의 거절을 예상하지 못한 건 아니었다. 그래도 이렇게 남의 말을 덥석 잘라버리다니. 은새는 상처받았다. 그렇다고 여기서 물러날 생각은 없었다.

"영화 싫어하는 사람이 어딨어요? 미수 선배하고는 잘만 보러 갔으면서."

"그걸 네가 어떻게 알아? 내가 잘 봤는지 잘 잤는지."

승곤이 뚱한 어조로 대꾸했다. 그는 바지 주머니에 손을 넣은 채 앞만 보며 걷고 있었다. 미수와 걸을 때 승곤은 옆만 보고 걸었다. 미수가 있는 옆. 그느라 가끔 헛발을 딛기도 했다. 심지어 이렇게 빨리 걷지도 않았다. 아무리 급한 일이 있어도 미수의 불편한 걸음에 속도를 맞췄다. 지금은 급한 일도 없는데 무지하게 빨리 걷고 있었다. 일부러 그러는 거겠지. 편집부 부원들이 모두 보는 앞에서 싫다고 말했던 것처럼. 참 못됐다. 그래도 은새는 승곤이 좋았다.

"그럼 자전거 타러 가요. 오늘 홍남 선배는 알바를 가야 하고 미수 선배는 과외가 있다니까 저랑 놀아요. 솔직히 미수 선배도 없는데 선배랑 저랑 둘이서만 밥 얻어먹긴 좀 그렇잖아요. 제가 밥 살게요."

"난 괜찮은데 넌 어색하겠네."

승곤의 말에 은새는 민망해졌다. 함봉규는 초등학교 때부터 자기 딸과 붙어 다녔던 승곤을 아들처럼 여겼다. 홍남도 중학교 때부터 미수가든을 제집처럼 드나들었다. 승곤의 말대로 은새만 어색했다. 그럼에도 은새는 자신이 억지로 끼어든 자리였기에 불편할 것을 각오했다. 그 각오는 오직 승곤 때문이었다. 그러므로 고작 그의 말 한마디에 비참함을 느껴서는 안 된다고 생각했다.

"아저씬 상관하지 않을 거야. 그러니 넌 가서 밥 먹어. 난 오늘 바빠서 어차피 못 가."

"뭐가 그렇게 바쁜데요?"

"내가 그것까지 너한테 말해줘야 해? 아, 말해줄게. 그래야 더는 귀찮게 안 할 테니까. 체육관 갔다가 도서관 갈 거야. 됐지? 잘 가라."

승곤이 돌아섰다. 은새는 저만치 걸어가는 승곤의 등짝을 노려보며 울컥 올라오는 뜨거운 화를 삼켰다. 그러고는 쫓아갔다.

"오늘 하루는 체육관 쉬면 안 돼요? 유도로 대학 갈 거 아니라면서요? 그럼 죽자고 운동할 필요 없잖아요."

"죽자고 운동을 하는지 살자고 운동을 하는지 네가 어떻게 알아? 그리고 내가 운동을 하러 가든 말든 네가 무슨 상관이야?"

진짜 너무하네. 도무지 곁을 주지 않는 승곤의 매몰찬 대꾸에 은새는 말문이 막혔다. 초등학교 때부터 유도를 했던 승곤은 전국 대회를 휩쓴 유망주였다. 하지만 체고로 진학하지 않고 미수를 따라 청람고등학교에 지원했다. 주위에서는 그의 선택을 이해하지 못했다. 승곤의 부모도 마찬가지였다. 승곤은 부모를 설득했고 운동 대신 공부로 대학을 가겠다는 약속을 지키기 위해 악착같이 노력했다.

운동하던 승곤이 청람고등학교 입학시험을 통과한 건 거의 기적에 가까웠다. 그가 진로를 바꾼 이유는 오직 미수 때문이었다. 미수를 따라가려고 초인적인 힘을 발휘한 것이다. 승곤은 여전히 유도를 하고 있었으나 언제나 유도보다 미수가 먼저였다. 그러므로 학교에 유도부가 있었어도 승곤은 교지편집부에 들었을 것이다. 승곤은 미수가 발레부를 했다면 스타킹을 신는 것도 불사하고 발레부에 들었을 사람이었다. 승곤의 미수바라기는 절대적이었다. 이를 잘 알기에 은새는 자기감정을 다스렸다. 조급하게 굴면 승자가 될 수 없어.

"그럼 운동 끝나고 같이 도서관 가요. 그 노랫말 관련 사건 사고 찾아보려는 거죠?"

"그건 내 일이야. 네가 할 일은 그 노랫말 들어본 애들을 찾아서 인터뷰하는 거고."

"도와드리려는 거예요. 우리 한 팀이잖아요. 같이 찾는 게 빨라요."

은새는 숨을 헐떡이며 말했다. 승곤이 걸음을 멈춰주지도 속도를 늦춰주지도 않았기 때문이다. 심지어 돌아보지조차 않았다.

"난 혼자가 빨라. 그냥 내 스타일대로 하게 둬."

내가 귀찮아서 미치겠나 본데. 은새는 모락모락 피어오르는 분노를 더는 누를 수가 없었다. 아무리 더 좋아하는 사람이 약자라고 해도 이렇게 막 나오면 기분 나쁘지. 은새의 머릿속에서 벼르고 있던 어떤 생각이 떠올랐다. 그 이야기를 언제 터뜨릴까 고민했는데 지금이 타이밍인 것 같았다.

"알았어요. 그만 귀찮게 할게요. 사실은 선배한테 할 말이 있었어요."

"하지 마."

"중요한 거예요. 시간이 지나면 선배도 눈치챌 줄 알았는데 여전히 모르는 것 같아서요. 아, 고백하려는 건 아니에요."

"그래도 하지 마."

"미수 선배 이야기인데요."

"미수가 왜?"

승곤이 은새를 향해 돌아보았다. 이제야 날 보네. 은새는 서운해서 미쳐버릴 것 같았다. 엄마가 쌍둥이 남동생 밥그릇 위에만 고기를 얹어줄 때와는 차원이 달랐다. 그때는 복수심 같은 건 느껴지지 않았다. 하지만 지금은 속이 까맣게 타 감정이 구석으로 몰렸다. 은새는 기어이 승곤의 속을 뒤집어놓기로 결심했다.

"선배는 미수 선배를 좋아하는데 왜 둘이 사귀는 사이가 아니에요? 미수 선배는 선배와 다른 마음이래요?"

"뭐? 얘 좀 봐라. 네가 뭔데 그딴 걸 물어? 좋게 말할 때 관심 꺼라. 분명히 말하는데 네가 뭘 노리든 그게 너한테 기회가 되지 않을 거야."

"선배에 대한 제 감정 때문에 이런 말 하는 건 절대 아니에요. 선배가 모르는 게 있어요."

"내가 뭘 모르는데?"

승곤이 멈춰 섰다. 그의 눈빛에 일종의 경고가 담겨 있었다. 은새는 바짝 긴장했다. 괜한 짓 하지 말고 그만둘까. 갑자기 이대로 도망치고 싶어졌다.

"뭐냐고."

승곤이 다그쳤다. 화들짝 놀란 은새가 그만 반사적으로 말을 뱉고 말았다.

"미수 선배의 진짜 남자친구는 따로 있어요."

승곤은 실소했다.

"네가 잘못 안 거야."

"지난주에 미수 선배네 집에서 잤어요. 엄마랑 대판 싸우고 집을 나왔는데 갈 데가 거기밖에 없더라고요. 새벽 한 시쯤이었는데 집에 미수 선배랑 남자친구가 같이 있었어요."

식당 일이 바쁜 함봉규는 미수가든에서 먹고 잤다. 그래서 미수는 아버지와 둘이 살기에도 큰 집에서 늘 혼자 지냈다. 그런 미수의 상황마저도 은새에게는 부러움과 질시의 대상이었다. 스무 평 남짓한 은새의 집은 저녁이면 할아버지와 장애가 있는 삼촌, 부모님과 쌍둥이 남동생들까지 일곱 식구로 북적였다. 두 개뿐인 방은 그들이 차지했기에 은새는 자기 방이 없었다. 은새는 그런 자신의 처지를 미수와 비교할 때마다 억울했다. 나도 공부 잘해서 청람에 들어왔어. 내가 미수 선배보다 못한 게 뭔데? 하지만 사배자 전형이 아니었다면 비싼 등록금을 감당할 수 없었다. 창피했다. 미수 선배의 자리가 내 자리였어야 했어. 은새는 자주 그런 생각을 했다.

"친척이겠지."

"아뇨. 제일 친한 친구라고 미수 선배가 말했어요."

제일 친한 친구? 그건 난데? 승곤은 미수에게 자신보다 더 친한 친구가 있었던가 생각해보았다.

"밤에 미수 선배 혼자 있으니까 자주 와 있는다고 했어요."

자주? 얼마나 자주? 얼마나 친하면 자주야? 승곤의 눈동자가 흔들렸다. 미수에게 그런 친구가 있었다면 내가 모를 수가 없는데? 승곤이 물었다.

"누군지 봤어?"

은새는 승곤의 불편해진 마음을 눈치챘다.

"목소리만 들었고 얼굴은 보지 못했어요. 미수 선배가 저 신경 쓰일까 봐 그냥 갔다고 했어요. 저만 아니었으면 그날 둘이서 밤을 새웠을지도 모르죠. 가끔 그런다고 했거든요."

승곤은 입술을 비죽거리며 열심히 주워섬기는 은새의 말을 곧이곧대로 믿을 수 없었다. 누가 있었다 해도 미수의 남자친구는 아닐 것이다. 은새의 의도를 모르지 않으니 지레 넘어가면 안 된다. 그러므로 은새로부터 뭘 더 알아볼 필요는 없다. 승곤은 대꾸하지 않고 돌아섰다.

은새는 말없이 홀쩍 가버리는 승곤을 바라보며 괜한 말을 했나 싶었지만 후회하지 않았다. 이건 다 미수 선배가 잘못한 거야. 승곤 선배가 좋아하는 거 뻔히 알면서 계속 남자친구를 숨겼잖아. 난 해야 할 일을 한 거야. 승곤 선배가 알아야 하는 것을 알려줬을 뿐이라고.

* * *

승곤은 체육관에서도 도서관에서도 집중이 되지 않았다. 집에 돌아와서도 저녁 내내 어수선한 심정으로 휴대폰을 들고 고민하다가 그냥 학교에서 자연스럽게 물어보자고 마음먹었는데, 시간이 지날수록 초조해지는 마음을 통제할 수가 없었다. 둘이 함께 자주 밤을 새운단 말이지? 여자애 혼자 있는 집을 그렇게 스스럼없이 드나들면 안 되지. 하지만 승곤도 한때 미수가 혼자 있는 집을 자주 드나들었다.

중학교 3학년 여름방학이었던 어느 날 오후, 여느 때처럼 별생각 없이 미수의 집에 갔다. 슈만의 곡이 나직하게 흐르는 방에서 그들은 침대에 나란히 엎드려 문제집을 풀었다. 승곤은 지금도 그 곡을 들으면 마법에 걸린 것처럼 그때 그 순간으로 돌아갔다. 아마도 평생 그럴 것이다. 열어둔 창밖으로 잎이 무성한 나뭇가지들이 바람에 흔들리며 빛이 그들 주변으로 어지러이 떨어졌다.

바깥 기온은 35도가 넘는 찜통이었지만 에어컨도 선풍기도 없는 미수의 방은 동굴처럼 서늘했다. 승곤에게 미수의 방은 매년 피서지였다. 딱히 이상하다고 생각해본 적은 없었다. 아마도 단독 주택 1층에 있는 미수의 방이 여름이면 느티나무의 울창한 그늘 속으로 잠기기 때문일 거라 짐작했을 뿐.

어느 순간 미수가 승곤을 향해 고개를 돌렸다. 미수의 하얀 목덜미와 살짝 벌어진 주홍색 입술을 코앞에서 마주하자 승곤의 무방비한 심장이 찌르르 울렸다. 승곤은 자기 안에서 발생한 묘한 기류를 감지했다. 이후로 승곤은 더는 미수의 집을 이전처럼 편하게 드나들 수 없었다. 그 순간을 떠올릴 때면 언제나 가슴이 새근거렸다.

승곤은 배신감이 들었다. 애써 비워둘 수밖에 없었던 그 자리를 어느새 다른 놈이 차지했다.

자려고 누웠으나 머릿속이 온통 들쑤셔놓은 벌집 같았다. 열 오른 눈두덩을 문지르며 뒤척거리다가 시계를 보았다. 새벽 한 시. 하필 은새가 말했던 시간이었다. 지금 함께 있을 까? 미치겠네.

승곤은 결국 이부자리를 박차고 일어났다. 딱히 뭘 확인하려던 건 아니었다. 마음이 어수선해서 그냥 가만히 있을 수가 없었다. 승곤은 조용히 집을 빠져나왔다. 미수의 집까지는 걸어서 10여 분 거리였다.

미수의 방에는 불이 켜져 있었다. 혼자 공부하고 있는 걸까. 아니면 그 녀석과 함께 있는 걸까. 인내심이 한계에 도달했다. 당장 확인해야겠다. 그 녀석이 누군지도 알아야겠고. 이 감정은 질투고 이 행동은 선을 넘는 것임을 모르지 않았으나 어쩔 수 없었다. 승곤은 대문 앞에서 전화했다.

"뭐 해?"

"이제 자려고."

휴대폰에서 미수의 목소리와 함께 낮은 볼륨으로 틀어놓은 음악이 들렸다. 그들이 예전에 함께 들었던 슈만의 '어린이의 정경'이다. 어쩐지 안도감이 들었다. 미수 혼자 있는 것을 알고 나자 초조했던 마음이 눈 녹듯 사라졌다.

"뭣 좀 물어볼 게 있는데."

"뭔데?"

"나 지금 너희 집 앞에 와 있어."

잠옷 차림으로 대문을 열어주는 미수를 보고서야 승곤은 자신의 성급함을 후회했다. 그냥 학교에서 물어볼걸.

"너무 늦었지? 미안."

"새삼스럽게. 들어와."

승곤이 거실로 들어섰다. 미수가 물었다.

"코코아 줄까?"

"응."

미수가 우유를 담은 컵을 전자레인지에 넣으며 말했다.

"잠깐 기다려. 옷 갈아입고 나올게."

미수가 자기 방으로 들어가면서 문을 닫았다. 전자레인지가 삑삑 울자 승곤은 데워진 우유를 꺼내려고 자리에서 일어섰다. 바로 그때였다. 미수의 방에서 낮은 말소리가 들려왔다. 뭐야? 그 녀석 오늘도 와 있었던 거야? 근데 왜 숨어 있어? 아니, 왜 숨겨놨어? 승곤은 미수의 방문 앞으로 다가섰다.

"오래 가라, 오래 가라. 자갈 던져 생긴 물수제비. 장대 끝으로 콕 집어내 네 눈알과 바꿔볼래?"

승곤은 흠칫했다. 이 노랫말이 왜 여기서 들려? 홍남이 학교 화장실에서 겪은 일이 떠올랐다. 혹시 그날 홍남에게 장난친 놈인가? 그때 미수가 그놈을 봤다고 했는데? 그제야 승곤은 뭔가 퍼즐이 맞춰지는 것 같았다. 그날 그놈이 밖에서 미수를 기다리고 있다가 홍남이 화장실에 들어가자 갑자기 골려줄 생각이 든 거야. 편집부 일로 미수가 바빠진 것에 대한 복수지. 그럼 미수는 그날 홍남이에게 장난을 친 범인이 누군지 알면서 모른 척했다는 건데.

"장대가 삐뚤어지면 안 돼. 물수제비가 흘러내려서도 안 돼. 장대가 꼿꼿하게 서고 물수제비에서 옹이 눈알이 자라면 너도 볼 수 있을 거야. 지금 내가 보고 있는 것을."

들을수록 노랫말이 귀에 익었다. 사실 물수제비와 장대가 어쩌고 하는 구전 교칙의 노랫말을 처음 알았을 때부터 그런 생각을 하긴 했다. 하지만 얼른 떠오르지 않았다. 그런데 지금 자신의 귀로 직접 음률을 탄 노랫말을 들으니 어렴풋이 기억이 났다.

초등학교 때 미수는 그네를 타면서 혹은 정글짐 꼭대기에 앉아서 가끔 이 노랫말을 흥얼거렸다. 그때는 노랫말이 이렇게 섬뜩한 줄 몰랐다. 그저 누구든 내가 보는 것을 함께 봐줬으면 하는 간절한 외로움이 느껴져 구슬프고 처량맞게 들렸을 뿐이었다. 그게 무슨 노래냐고 묻자 미수는 친구가 가르쳐준 노래라고 했다.

혹 그 친구가 이놈인가? 그럼 이놈은 초등학교 때부터 이 노래를 알고 있었단 건데. 청람고등학교의 구전 교칙은 설립 초창기부터 있었다. 100여 년 가까이 전해 내려오는 학교 괴담이라 주변에 청람고등학교를 나온 사람이 있다면 충분히 전해 들을 수 있었다

전자레인지가 계속 삑삑거렸다. 생각에 빠져 있던 승곤의 귀에는 아무 소리도 들리지 않았다. 방문이 열리고 옷을 갈아입은 미수가 나와 주방으로 갔다. 미수가 전자레인지를 열고 우유 컵을 꺼내는 동안 승곤은 재빨리 방 안을 살펴보았다. 아무도 없었다. 뭐에 홀린 것 같았다. 잘못 들었다고 하기에는 지나치게 생생한 노랫말이었다.

"미수야, 네 방에 지금 누구 있어?"

"왜?"

미수는 아니라고 대답하지 않았다.

"나 좀 들어갈게."

승곤은 방 안을 한번 훑어본 후 굳게 닫힌 벽장 문 앞에 서서 말했다.

"숨지 말고 나오지."

"내 방에서 누굴 찾는 거야?"

미수가 다가와 물었다.

"내가 방금 네 방에서 그 노랫말을 들었거든. 이놈이지? 홍남이에게 노랫말로 장난친 놈 말이야. 싸우자는 거 아니야. 그냥 얼굴 좀 보자고. 네 남자친구라면서?"

"남자친구 아니야."

"아니야?"

"응. 그리고 거기도 아니고."

"아니라고?"

"걘 지금 네 뒤에 있어."

미수가 승곤의 뒤를 가리키며 빙긋 웃었다. 평소 미수는 웃기는커녕 표정 변화도 거의 없어 다들 속을 헤아리기 어려워했다. 그런데 갑자기 묘한 미소를 드러내자 승곤은 이상한 기분이 들었다.

"어디?"

승곤이 쭈뼛거리며 돌아섰다. 아무도 없었다.

"장난치지 마."

승곤이 두리번거리며 말했다.

"장난 아니야. 거기 있어. 바로 네 앞에. 네가 보지 못하고 있는 거야."

미수의 얼굴에서 미소가 사라졌다.

"괜찮아. 너 말고 다른 사람들도 그랬어. 말해줘도 다들 보지 못하더라고. 홍남이도 못 봤어. 내가 어디로 갔는지 알려줬는데도 말이지. 그때도 걘 거기 있었을 거야."

미수가 실망한 어조로 말했다. 이게 대체 무슨 소리야? 혼란스러워진 승곤이 두 손으로 세수하듯 얼굴을 쓸어내렸다.

"잠깐만, 그러니까 네가 귀신을 본다는 거야?"

"아니. 난 걔만 보여. 그러니까 걔 귀신이 아닐 거야."

승곤은 미수의 말을 이해할 수 없었다. 하지만 홍남에게 일어난 일과 지금 상황 모두 장난이 아니라는 것은 알았다. 미수는 절대 장난치는 일이 없다. 미수가 놈이 여기 있다고 말하며 미소를 보인 것은 자신이 보는 것을 승곤도 볼 수 있을 거라는 기대 때문이었다.

"걔 그냥 나한테만 보여. 그래서 너희에게 소개해줄 수 없었던 거야."

미수는 거기서 뭘 더 어떻게 설명해야 할지 알 수 없다는 듯 승곤을 보았다. 승곤은 몸이 오싹 떨렸다. 그의 눈에는 여전히 아무도 보이지 않았다. 하지만 미수의 말 때문인지 이젠 거기 누군가 있는 것처럼 느껴졌다. 갑자기 속이 뒤틀리며 구토감이 들었다.

"갈게. 나중에 학교에서 다시 이야기하자."

승곤은 황급히 미수의 집을 나왔다. 더는 그 자리에 있고 싶지 않았다. 공포가 끈적거리며 달라붙었다.

"기다려. 승곤아!"

미수가 불편한 걸음으로 기어이 따라 나왔다. 승곤은 그런 미수를 뿌리칠 수 없어 결국 대문 앞에서 미수를 기다렸다.

미수가 물었다.

"화났어?"

"아냐. 들어가."

"너 화났어. 근데 왜 화가 났는지 모르겠어."

"화가 난 게 아니야. 그냥……."

승곤은 뭐라고 말해야 할지 알 수가 없었다. 어쨌든 이대로 가면 안 된다는 것을 깨달았다. 그날 이후로 다시는 혼자만의 감정에 치우쳐 도망치는 일은 하지 않기로 했다.

"난 딸기우유."

미수의 이 뜬금없는 주문은 화해하자는 뜻이었다. 둘은 싸우고 화해할 때마다 각자 서로에게 빨대를 꽂은 딸기우유와 바나나우유를 건넸다. 편의점으로 가면서 승곤이 말했다.

"우리 싸운 거 아니야."

"네가 화가 났으니 싸운 거랑 비슷해."

"화 안 났다니까."

"걔 때문에 화났어."

승곤은 말문이 막혔다. 화가 난지는 모르겠고 이 찝찝한 불쾌감은 확실히 그놈 때문이었다.

"일부러 말하지 않은 게 아니야. 걔가 있다는 것을 아무도 모르더라고. 말할 필요가 없었어."

"언제부터야?"

"기억나지 않아. 내 기억이 시작되는 거의 처음부터 걔가 있었어."

"귀신이 아니면 뭔데?"

"글쎄."

미수가 고개를 갸웃거렸다.

"이름이 뭐야?"

이름이 있다면 한때 산 사람이었을 테고 그럼 귀신이다. 어쩌면 그 이름으로 누군지 찾아낼 수 있을지도 모르고.

"내가 부르고 싶은 대로 불러. 어떤 이름도 될 수 있어. 난 그냥 미수라고 불러."

"그건 네 이름이잖아."

"뭐라고 불러도 상관없으니까. 걔도 내 이름으로 불리는 거 괜찮다고 했어."

"몇 살이야?"

"몰라."

"그렇게 오래 봤는데 왜 아는 게 아무것도 없어?"

"딱히 물어본 적이 없어. 알 필요도 없었고."

"놈이 혹시 우리 학교 구전 교칙에 등장하는 그놈이야?"

"그럴 수도 있지."

"하지만 우리 학교 구전 교칙에 등장하는 건 여학생이잖아."

"그렇긴 하지."

미수는 모호하게 대답했으나 승곤의 의심은 확신으로 변

했다.

"여학생이든 남학생이든 그놈이 구전 교칙의 학생이라면 넌 어떻게 알아보는 거야?"

노랫말에 대답하면 그 학생을 볼 수 있게 된다. 하지만 누군지는 여전히 알 수 없다. 그 학생이 누군지 알려면 노랫말대로 해보면 된다. 물수제비가 걸린 장대로 눈을 찌르고 그 자리에서 물수제비가 옹이로 자라나면 볼 수 있다. 그런데 물수제비는 장대에 걸릴 수 없고 물수제비에서 옹이가 자랄 리는 없다. 그리고 장대로 자기 눈을 찌를 수 있는 사람이 과연 있을까.

"내 눈에서 물수제비 옹이가 자랐나 봐."

"무슨 소릴 하는 거야?"

승곤이 질겁하자 미수가 웃었다. 승곤은 웃을 수 없었다. 농담처럼 들리지 않았다.

"그래도 넌 홍남이보다 덜 놀란 것 같아. 처음 듣는 게 아니라서 그런가."

"어릴 때 네가 부르는 걸 몇 번 들었던 기억이 났어."

"나 말고 걔가 부르는 거 말이야."

"무슨 소리야? 내가 언제 놈이 부르는 걸 들었는데?"

"잘 생각해보면 기억이 날 거래."

"지금 옆에 있어?"

"아니, 갔어. 걔가 그랬어. 예전에 말이야. 비 오는 날 다리 위에서……."

미수가 딸기우유 팩에 꽂힌 빨대로 입으로 가져가면서 느른한 어조로 천천히 말했다. 마치 승곤에게 기억을 더듬을 시간을 주려는 듯. 비 오는 날 다리 위에서……. 승곤의 머릿속이 뱅글뱅글 돌았다. 미수가 딸기우유를 두어 모금 빨고는 이어 말했다.

"그날 나는 우산을 쓴 채 다리 아래 흐르는 물을 구경하고 있었어. 너도 알다시피 내가 물소리를 좋아하잖아. 비 내리는 소리, 물 흐르는 소리……."

"잠깐만."

승곤의 호흡이 가빠졌다. 쥐고 있던 우유 팩을 저도 모르게 찌그러뜨렸다. 빨대를 타고 올라온 노란 우유 방울이 허공으로 튀었다. 미수는 말을 멈추고 승곤을 쳐다보았다. 승곤의 심장이 쿵쿵 뛰기 시작했다. 설마? 승곤의 기억 속에서 오랫동안 잊고 있던 목소리가 가물가물 떠올랐다. 그래, 그 목소리야. 미수의 방 안에서 들렸던 목소리. 그리고 그때 필사적으로 승곤을 붙잡던 목소리. 같은 목소리였다.

* * *

승곤이 초등학교 4학년 때 아버지의 사업이 기울어 집안 형편이 몹시 어려웠다. 아버지는 빚쟁이들에게 쫓겼고 생계를 책임지게 된 어머니는 새벽부터 늦은 밤까지 일을 다녔기에 하나뿐인 아들을 돌볼 겨를이 없었다. 승곤에게 하루중 제대로 된 끼니는 학교에서 주는 점심 급식뿐이었다.

승곤은 아무에게도 그런 사정을 말한 적이 없었다. 그런데 미수가 그걸 어떻게 알았는지 어느 날부터인가 매일 도시락 두 개를 싸 와서 하교할 때마다 그에게 내밀었다.

"하나는 저녁에 먹고 하나는 내일 아침에 먹어."

승곤은 고맙기는커녕 기분이 나빴다.

"내가 거지야?"

미수가 도시락을 내밀 때마다 승곤은 화를 내며 거칠게 집어 던졌다. 그러면 미수는 바닥에 흩어져 더러워진 밥과 반찬을 손으로 담담히 주워 담았다. 승곤이 그게 꼴 보기 싫어서 엎어버린 도시락통을 발로 뻥 차버리면 미수는 또 그 도시락통을 주우러 강아지처럼 달려갔다. 그리고 다음 날이면 미수는 어김없이 승곤에게 다시 도시락을 내밀었다.

부슬비가 촉촉하게 내리던 어느 가을날 등굣길에 승곤은 얄미운 미수가 다리 위에 서 있는 것을 보았다. 우산을 쓰고 뒤꿈치를 든 채 난간 밖으로 몸을 기울여 흐르는 하천을 구경하고 있었다. 승곤은 충동적으로 달려가 미수를 밀어버렸다. 그런 짓을 하면 미수가 어떻게 될지는 전혀 생각하지 않았다. 승곤은 그저 미수가 자신을 얄보지 못하게 겁을 주려고 했을 뿐 해치려던 것은 아니었다.

미수가 우산을 놓치고 다리 아래로 떨어졌다. 쿵, 소리가 났다. 위험하게 들렸다. 그제야 승곤은 자신이 무슨 짓을 했는지 깨달았다. 눈앞이 아득해졌다. 미수가 그렇게 힘없이 난간 너머로 훌쩍 넘어갈 줄 몰랐다. 승곤은 슬금슬금 다가가 다리 아래를 내려다보았다.

엎드린 자세로 얕은 하천에 처박힌 미수의 왼쪽 다리가 기괴하게 꺾여 있었다. 미수는 꼼짝도 하지 않았다. 죽은 것 같았다. 아니, 죽었다. 죽지 않고서야 저렇게 무시무시한 모습일 수 없었다. 겁이 더럭 났다. 승곤은 그대로 도망쳤다. 뒤에서 누군가 외쳤다.

"안 돼. 가지 마."

돌아볼 수도 멈출 수도 없었다.

"거기 서. 모른 척해도 소용없어. 내가 지금 보고 있는 것을 너도 봤잖아."

목소리가 목덜미에 달라붙어 계속 쫓아왔다. 건널목을 건너 길모퉁이를 돌자마자 뒤에서 건물이 무너지는 것 같은 굉음이 들렸다. 그래도 승곤은 돌아보지 않았다. 그저 필사적으로 달렸다.

며칠 후 미수는 왼쪽 다리에 깁스를 한 채 목발을 짚고 학교에 나타났다. 미수는 다리 위에서 자신을 민 것이 승곤인지 모르는 듯 이전처럼 도시락 두 개를 건넸다. 승곤은 모른 척 물었다.

"다리는 왜 그래?"

"누가 밀었어."

"누가?"

승곤의 가슴이 쿵쿵 뛰었다. 네가 그랬잖아, 하고 말하면 어떡하지. 괜히 물었어. 승곤은 후회했다. 미수가 승곤을 물 끄러미 쳐다보더니 고개를 저으며 천천히 입을 뗐다.

"누가 나한테 화가 많이 났었나 봐."

이제 승곤은 더는 미수를 향해 화를 낼 수도 가져온 도시락을 집어 던질 수도 없었다. 미수는 몇 달 후에 깁스를 풀었다. 승곤은 보기 흉하게 비틀린 미수의 왼쪽 다리를 보고 숨어서 한없이 울었다. 그때 그는 평생 울어야 할 눈물을 모두 쏟아냈다. 하지만 끝내 자신의 잘못을 털어놓지 못했다.

이후 승곤은 미수에게 다리에 대해 뭐라 하거나 손가락질 하는 사람을 보면 어른 아이 막론하고 가차 없이 응징했다. 그러기 위해 유도를 시작했다. 승곤은 자신이 무슨 짓을 저 질렀는지 잘 알고 있었다. 언젠가 때가 되면 그의 죄를 고백 할 생각이었다. 미안하다고. 너의 다리를 그렇게 만든 것은 나였다고.

* * *

"글쎄, 그런 비슷한 말을 한 적이 있긴 있었지."

함봉규는 마시던 소주잔을 비웠다. 그는 직원들이 출근하기 전에 늘 소주 몇 잔으로 하루를 시작했다. 여유롭게 술을 마실 수 있는 시간이 그때뿐이라는 것이 그의 변명이었다. 하지만 그는 밤에 잠들기 전에도 몇 잔씩 마셨다. 그가 빈 잔에 다시 술을 채우자 승곤이 말했다.

"그만 드세요."

승곤의 아버지도 한때 날마다 술을 마셨다. 아침부터 그렇게 마시는 건 마음속에 괴로운 일이 있다는 뜻이다. 그게 미수의 다리 때문이라면 모두 내 잘못이다.

"괜찮아."

"그래도 걱정돼요."

"네 걱정이나 해라. 근데 그거 물어보려고 이 시간에 여길 온 거냐? 학교는 어쩌고?"

"학교가 어쩌고 있는지 알 게 뭐예요. 하루 빠진다고 인생이 뭐 어떻게 되진 않아요. 그보다 미수 눈에만 보이는 사람이 있다는데 이상하단 생각 안 하셨어요?"

"미수가 원래 어려서부터 늘 누가 옆에 있는 듯 혼잣말을 했거든. 형제자매 없이 외롭게 자라면 상상 속 친구 같은 걸 만들기도 한다더라고. 그런가 보다 했어."

승곤도 형제자매가 없었다. 중학교에 들어가면서부터 새로 시작한 아버지의 사업이 자리를 잡아갔지만 빚을 갚는 중이라 살림이 확 피진 않았다. 승곤의 부모는 여전히 바빴고 승곤은 집에 늘 혼자 있었다. 그럼에도 승곤은 단 한 번도 상상 속 친구를 만들어본 적이 없었다. 친구는 고개만 돌리면 얼마든지 있었기에 굳이 허공에 대고 말을 걸 필요가 없었다. 하지만 미수는 그와 처지가 달랐다. 다리가 불편한 미수는 아마도 쉽게 친구를 사귈 수 없었을 것이다. 함께 어울려 다니려면 불편한 다리는 걸림돌이다. 배려를 받는 것도 한두 번이지 결국 스스로 물러날 수밖에 없다. 모두 내 탓이다. 죄책감이 승곤의 가슴을 짓눌렀다.

"미수가 언제부터 그런 혼잣말을 하기 시작했는지 기억하세요?"

"나는 미수와 배를 탔을 때 처음 들었어. 하지만 그 전부터 그러고 있었을지도 몰라. 내가 먹고살기 바빠서 애가 하는 말을 일일이 귀담아둘 여유가 없었거든. 진짜 힘든 시절이었지."

창밖으로 시선을 돌린 함봉규의 눈동자가 불안하게 흔들렸다. 바람이 지나간 자리에 낙엽이 수북했다. 이곳 미수가든은 정갈한 음식 맛뿐 아니라 잘 가꿔진 정원의 풍광까지 유명해 늘 문전성시였다. 그런데 예전에 그는 지독하게 가난했다. 시골에 있는 부모는 가진 것이 아무것도 없었고 늘 번갈아 아파서 생활비뿐 아니라 병원비와 약값까지 외아들에게 손을 벌렸다.

젊은 함봉규 부부는 갖은 허드렛일과 생활고로 자기 나이

보다 10년은 더 들어 보였다. 골골거리던 늙은 부모보다 임신한 아내가 먼저 쓰러졌다. 아내는 미수를 낳은 후 몸을 회복하지 못하고 죽었다. 함봉규는 한동안 절망에서 헤어 나오지 못했다. 간신히 정신을 차린 그는 아는 이들에게 돈을 빌려 보따리상을 해보기로 했다.

"다들 우려했지만 걱정하지 말라고 큰소리쳤지. 우리 미수 걸고서라도 내가 꼭 성공할 거라고. 그런 입방정을 떠는 게 아니었는데."

함봉규는 다시 제 입에 술을 털어 넣었다. 밧줄처럼 꼬여 있던 그의 미간 주름이 느슨해지고 숨겨져 있던 은밀한 이야기들이 꿈틀댔다. 취기가 돌자 그는 자기도 모르게 밧줄의 터럭을 조금씩 풀어냈다.

다리가 하나뿐인

인천에서 오후 한 시에 배를 타면 이튿날 저녁 다섯 시에 중국 천진에 도착한다. 거의 28시간이 걸리는 뱃길이다. 그날 함봉규는 네 살 된 미수를 보육원에 맡기려고 했지만 죽어라 떨어지지 않으려고 해서 데리고 나섰다. 화물은 25킬로그램짜리 세 개까지만 받아주므로 나머지 짐들은 모두 선내로 직접 옮겨야 했다.

짐과 아이를 챙기느라 기진맥진한 그는 대강 저녁밥을 때운 후 미수를 품에 안고 어떻게든 재우려고 애썼다. 미수는 낯선 장소가 이상한지 계속 두리번거리며 쉬 잠들지 못하고 칭얼거렸다.

"자자, 제발 좀 자자. 얼른 눈 감아야지. 이제부터 절대 눈을 뜨면 안 된다."

아버지의 가슴에 머리를 댄 채 눈을 감은 미수가 알아듣지 못할 노랫말을 잠꼬대처럼 흥얼거리다가 물었다.

"아빠, 보여?"

"뭐가?"

"여기 누가 있어."

"그래, 사람들이 있지."

"근데 다리가 하나뿐이야."

"응? 그게 무슨 소리야?"

미수는 대답 대신 다시 노랫말을 중얼거렸다.

"……내가 보고 있는 것을…… 보게 될 거야……."

미수의 목소리가 천천히 늘어졌다. 잠든 아이의 눈동자가 눈꺼풀 밑에서 쉴 새 없이 꿈틀거렸다. 꿈이라도 꾸고 있는 걸까. 함봉규는 아이를 내려놓고 팩 소주를 꺼내 들었다. 음료수를 마시듯 쭉쭉 빨아대다 보니 어느새 빈 팩들이 쌓였다. 취기가 돌자 속이 메스꺼워지고 두통이 밀려왔다. 바람이라도 쐬야겠다는 생각에 중요한 물건이 든 가방만 챙겨 들고 갑판으로 나갔다.

2만6천 톤급 대형 여객선 페리호는 항해 중에 흔들림이 거의 없다. 하지만 함봉규는 배가 요동치는 것을 느꼈다. 인당수구나 생각했다. 인당수는 백령도와 장산곶 사이의 바다다. 선박은 사실 그곳을 지나지 않는다. 그런데도 그곳에서 멀리 떨어진 이 바다를 지날 때면 이상하게도 파도가 드세졌다. 그래서인지 사람들은 여길 지날 때면 늘 말했다. 여기가 심청이가 빠져 죽은 인당수래.

시커먼 바다가 출렁이는 것을 내려다보자 현기증이 났다. 부슬비가 흩날리고 있었다. 문득 뒤에서 인기척이 느껴졌다. 돌아보려는 순간 웬 남자가 함봉규의 가방을 낚아채 달아났다. 정신이 퍼뜩 들었다. 함봉규는 욕을 하며 남자를 쫓아갔다. 어디선가 미수의 울음소리가 들려왔으나 그는 가방부터 되찾아야 했다. 현금과 카드 그리고 여권이 그 가방 안에 있었다. 남자를 따라 뛰는 내내 미수의 울음소리가 귀에 붙어 떨어지질 않았다.

함봉규는 기어이 남자의 점퍼 자락을 붙잡았다. 미수의 울음소리가 바로 곁에서 들리는 것처럼 자지러졌다. 남자가 우악스럽게 몸을 틀며 그를 향해 가방을 휘둘렀다. 가방에 머리를 얻어맞은 그는 중심을 잃고 휘청거렸으나 악착같이 손을 뻗어 자기 가방을 움켜잡은 채 놓지 않았다. 미수가 금방이라도 숨이 넘어갈 듯 비명 같은 울음을 내질렀다. 실랑이 끝에 그는 남자에게서 마침내 가방을 빼앗았다. 남자는 그대로 달아나버렸다.

허겁지겁 선실로 돌아가려던 함봉규의 귀에 더는 미수의 울음이 들리지 않았다. 제풀에 지쳐 잠이 든 듯했다. 그는 가방을 끌어안은 채 그 자리에 주저앉아 가쁜 숨을 몰아쉬었다. 그런데 가방이 이상하게도 묵직했다. 그는 가방을 열어보고 기겁했다.

미수가 좁은 가방 안에 담겨 있었다. 사지는 가방 크기에 맞춰 이리저리 비틀린 채 꺾여 있었고 반쯤 감긴 젖은 눈은 혈관이 다 터져버린 듯 시뻘겠다. 이 몰골을 하고 살아있을 수는 없었다. 그런데 죽은 줄 알았던 아이의 눈동자가 갑자기 꿈틀 움직였다. 아이가 눈꺼풀을 바짝 치켜뜬 채 함봉규를 빤히 쳐다보았다. 어찌나 놀랐는지 하마터면 가방을 놓칠 뻔했다.

바로 그때 언제 다시 다가왔는지 좀 전의 남자가 뒤에서 덮쳤다. 남자가 그에게서 뺏어 든 가방을 들고 그대로 달려가 난간 밖으로 던져버렸다.

"안 돼! 가방 안에 내 딸이 있어."

함봉규가 외쳤다. 어린 미수의 울음소리가 허공을 가로질러 밤바다 위로 울려 퍼졌다. 풍덩, 소리와 함께 그는 거친 숨을 내쉬며 눈을 떴다.

젠장, 꿈이었어. 그는 가슴을 쓸어내렸다. 미수를 재우다가 깜빡 졸았나 보군. 잠깐, 내 가방. 내 가방이 어디 있지? 미수는? 미수는 어디 있는 거야? 사색이 된 그가 미수를 찾아다니는 동안 요동치던 바다는 거짓말처럼 잠잠해졌다.

미수는 선내 어디에서도 발견되지 않았다. 아이가 바다 한가운데에서 사라졌다. 마치 모자나 손수건처럼 해풍에 날아간 것 같았다. 함봉규는 꿈 이야기를 했다. 꿈이라는 말만 빼고. 그런데 그건 꿈일 수 없었다. 미수와 가방이 동시에 사라졌기 때문이다. 그 꿈은 현실이었다. 술에 취한 나머지 그가 제대로 기억하지 못하고 있는 것일 뿐.

"딸아이를 재운 후 여권과 지갑이 든 가방을 들고 바람을 쐬러 갑판으로 나갔어요. 근데 어떤 놈이 제 가방을 빼앗아 바다에 던져버렸어요. 그 가방 안에 제 딸이 있었다고요. 얘가 어떻게 거길 들어갔는지 모르겠지만, 아니, 아니에요. 제 딸의 팔다리가 엉망으로 구겨져 있었어요. 분명 그놈이 억지로 그 가방에 집어넣은 거예요. 놈이 제 딸을 죽였어요. 놈을 찾아주세요. 제 가방도 찾아주세요. 그 가방 안에 저의 모든 것이 들어 있어요."

그러나 함봉규는 남자의 얼굴을 기억하지 못했다. 경찰이 승선인 전부를 조사했으나 끝내 그 남자를 찾아내지 못했다. 그는 그렇게 어린 딸과 얼마 되지 않는 그러나 전 재산과 다름없는 돈을 잃었다.

넋이 나간 그는 가져간 물건들을 다른 보따리상에게 헐값으로 넘기고 집으로 돌아왔다. 그러고는 한동안 아내가 죽었을 때처럼 절망의 나날을 보내다가 간신히 정신을 차렸다. 어쨌든 살아야 했다.

빚을 얻어 초등학교 근처에 분식집을 열었다. 세가 싼 점포 자리를 찾다 보니 한적하고 후미진 곳에 가게를 열 수밖에 없었다. 그는 분식집에 오는 어린 여자아이들을 보며 미수를 생각했다. 살아있었다면 저만했겠지. 그는 그 아이들에게 공짜로 떡꼬치를 쥐여주며 마음을 달랬다.

수년을 가게에 붙어 있는 쪽방에서 먹고 자며 아등바등 버텼지만 결국 가게를 접어야 할 지경에 이르렀다. 그는 한참을 괴로워하며 고민하다가 죽은 딸의 곁으로 가자고 결심했다. 그냥 그렇게 다 끝내겠다고 마음먹으니 그제야 눈물이 줄줄 쏟아졌다. 억울하고 원통하고 화가 났다. 복잡한 심경에 빠진 그는 밤새 통곡하며 울었다.

새벽녘 까무룩 잠이 든 그의 귀에 어린 딸이 배에서 사라지기 전에 불렀던 그 노랫말이 들려왔다.

"……내가 보고 있는 것을 보게 될 거야…… 바꿔볼래?"

그는 벌떡 일어나 창밖을 내다보았다. 아무도 없었다. 잘못 들었나? 그는 바다 한복판에서 잃어버린 어린 딸을 생각하며 방바닥에 머리를 처박고 흐느꼈다.

"미수야, 아가야, 널 다시 볼 수 있다면 내 눈알이든 뭐든 다 줄게. 내가 잘못했다. 내가 다 잘못했어."

승곤은 함봉규의 이야기를 듣고 의혹에 휩싸였다. 놈은 미수가 네 살이었을 때 이미 곁에 있었어. 미수가 본 대로라면 놈은 다리가 하나야. 승곤은 섬뜩한 기분이 들었다. 어쩌면 놈도 미수처럼 한쪽 다리가 불편한 걸까. 미수는 노랫말을 부르는 남학생을 본다. 나와 홍남이 그리고 아저씨가 들은 목소리도 남학생이다. 근데 왜 구전 교칙에 등장하는 것은 여학생이지?

"몹쓸 결심을 한 그날 아침에 밖으로 나갔는데 가게 앞에 미수가 서 있었어. 날 보더니 아빠, 하고 부르며 달려와 안기더라고. 5년 만이었어. 네 살 때 잃어버린 미수가 아홉 살이 되어서 돌아온 거야. 기적이 일어난 거지."

승곤은 기적이라기보다는 불가사의하다고 생각했다.

"미수가 돌아온 후부터 돈이 붙기 시작했어. 내가 지금 이렇게 번창한 건 전부 미수 덕이야. 미수는 나한테 생명의 은인이자 복덩이지. 그날 미수가 돌아오지 않았더라면 난 지금 산목숨이 아니었을 거야."

함봉규가 무거운 한숨을 내쉬며 승곤을 보았다. 완전히 풀려버린 그의 눈동자가 고통을 덜어낼 상대를 찾아 배회하고 있었다. 머릿속 회로가 뒤엉킨 그의 입에서 평소라면 절대 하지 않을 말들이 튀어나왔다.

"승곤아, 내가 너니까 이런 이야기 하는 건데. 미수 그렇게 사라지고 사는 게 지옥이었어. 어린 딸을 다리 병신 만든 것도 모자라 그 복잡한 뱃길에 데리고 나가 잃어버렸으니……."

"네? 미수 다리가 그렇게 된 게 아저씨 때문이라고요?"

"실수였어. 애는 보채고 나는 취해 있었고 어쩌다 보니 그만…… 됐다. 그 이야긴 그만해야겠다."

승곤은 멍해졌다. 아닌데? 미수 다리를 그렇게 만든 건 난데. 하지만 그 말을 지금 이 자리에서 차마 할 수 없었다. 아저씨가 뭘 착각하신 게 아닐까? 왜 아저씨와 내 기억이 다르지? 마치 내가 아는 미수와 아저씨가 아는 미수가 다른 사람이기라도 한 것처럼.

"그때 돌아온 미수가 진짜 미수가 맞는 거죠?"

"그럼, 미수지. 아무리 세월이 지나도 내가 내 딸을 못 알아보겠어. 그리고 그 비틀린 왼쪽 다리가 무엇보다 확실하잖아. 미수도 날 보자마자 아빠라고 불렀어. 내 새끼가 날 알아보는데 내가 내 새끼를 못 알아보면 안 되지."

승곤은 자신의 네 살 때를 기억해보려 했지만 생각나는 게 없었다.

"미수가 네 살 때 기억이 어렴풋이 남아서 아저씨를 알아봤다 해도 대체 어떻게 찾아왔대요? 배에서는 또 어떻게 된 거고요?"

"몰라. 미수는 배에서 사라진 후 5년 동안에 대해 전혀 기억하지 못해. 어쨌든 살아 돌아왔잖아. 다 지나간 옛날 일이고 두 번 다시 떠올리기 싫은 끔찍한 시간이었어. 그러니 차라리 잊는 게 나아. 미수가 잊었다면 나도 잊고 살면 돼."

* * *

　브레이크타임에 함봉규는 진한 블랙커피 한 잔을 들고 마당으로 나갔다. 그는 아침 일찍 찾아온 승곤에게 쓸데없는 소릴 했다고 후회 중이었다. 내가 미쳤지. 이게 다 술 때문이다. 옛날이야기를 하다 보니 저도 모르게 감정을 통제하지 못하고 계속 잔을 비우고 말았다. 배에서 미수를 잃어버린 후 한동안은 다시는 술을 입에 대지 않겠다고 결심했지만 마음뿐이었다. 술이 아니면 잊기 힘들었다.

　"정신 바짝 차려. 이러면 안 된다고."

　그는 쓰디쓴 커피를 삼키며 중얼거렸다.

　"아빠!"

　갑자기 들려오는 미수의 목소리에 그는 움찔하며 돌아보았다. 미수를 보는 그의 심장이 쇳덩이에 짓눌린 듯 오그라들었다. 지난 9년간 미수가 아빠라고 부를 때마다 그의 심장은 매번 그런 반응이었다. 그때마다 그의 머릿속에서는 그 순간이 떠올랐다. 팔다리가 아무렇게나 비틀려 꺾인 채 가방 속에 구겨 넣어져 있던 미수의 모습, 자신을 쳐다보던 피에 젖은 눈동자. 그 기억은 밤마다 악몽으로 찾아왔다. 어느 날은 미수가 아빠, 살려줘요, 하고 외쳤고 어느 날은 물고기처럼 입만 뻐끔댔다.

　"여기 웬일이야? 학교는?"

"오늘 개교기념일이야. 노는 날이라고."

미수가 그를 향해 걸어왔다. 절뚝절뚝. 한 걸음 걸을 때마다 미수의 가냘픈 어깨가 파도처럼 올라갔다가 내려가기를 반복했다. 그는 숨이 막혀왔다. 미수가 돌아온 후 살림이 급격하게 폈다. 덕분에 돈으로 가능한 건 뭐든 미수가 원하는 대로 해주었다. 그러니 이제 오래된 가책은 슬슬 떨쳐버려도 되지 않을까. 그렇게 마음먹을 때마다 저 망가진 왼쪽 다리가 비웃었다. 기괴한 스텝으로 어림없는 생각 말라는 듯 신호를 주었다.

"들어가자."

함봉규가 돌아섰다. 그의 뒤를 따라 들어온 미수가 홀의 현관에서 신발을 벗기 위해 몸을 기울이다가 비틀거렸다. 그는 못 본 척 시선을 돌렸다. 그의 심장이 다시금 조여들었다. 도와줄 필요 없어. 미수는 절대 넘어지지 않으니까. 젠장, 이런 생각 말고 다른 생각을 하라고.

미수는 걸음마를 뗄 때부터 비틀린 왼쪽 다리 때문에 숱하게 넘어졌다. 넘어진 아이는 제자리에 주저앉아 누군가 일으켜줄 때까지 울었다. 그랬던 아이가 아홉 살에 돌아온 이후부터는 절대 넘어지지 않았다. 계단에서도 오르막길에서도 자갈길에서도 산길에서도 걷는 것도 뛰는 것도 아닌 볼썽사나운 모습으로 바쁜 걸음을 걸을 때조차도 지금처럼 비틀거리기는 해도 넘어지지는 않았다. 마치 공기가 아이를 받쳐주는 것처럼 보였다.

미수는 제 왼쪽 다리가 왜 그렇게 됐는지 한 번도 물어보지 않았다. 이미 알고 있는 걸까. 내가 너를 불구로 만들었다는 것을. 그럴 리가 없다. 돌도 되지 않았을 때인데 그걸 어떻게 기억할까. 나만 입을 열지 않으면 아무도 모를 일이야. 그런데 그만 술김에 승곤에게 털어놓고 말았다. 아차 싶었다. 그래서 승곤에게 부탁했다. 때가 되면 직접 고백할 생각이니 지금은 말하지 말아 달라고.

승곤은 그 이야기를 듣고 꽤 충격을 받은 얼굴이었다. 하지만 사정을 이해한다는 듯 고개를 끄덕였다. 사실 함봉규는 고백할 생각이 없었다. 미수가 굳이 알고자 하지 않는다면 그냥 이대로 평생 덮고 살 작정이었다.

"노는 날이면 집에서 공부나 하지 여긴 왜 왔어?"

"노는 날이니까 도와주러 왔지."

"안 도와줘도 돼. 여기 일하는 사람 많아. 넌 이제 이런 일 안 해도 되니까 밥이나 먹고 얼른 집에 가. 아참, 아침에 승곤이 다녀갔다."

"걔가 왜 왔는데?"

"너처럼 학교 노는 날이라고 왔나 보지. 쫓아버렸다. 그러니 너도 가."

"싫어. 아빠 요즘 집에 안 온 지 한참 됐잖아. 오늘은 여기 있다가 오랜만에 아빠랑 같이 집에 가고 싶어."

미수가 크고 검은 눈동자를 애처롭게 굴리며 그를 빤히 쳐다보았다. 익숙하면서도 어딘가 낯선 딸의 얼굴을 보며 그는 괜스레 등골이 선뜩해졌다. '그때 돌아온 미수가 진짜 미수가 맞는 거죠?'라던 승곤의 질문은 정곡을 찔렀다. 그 역시 그런 의심이 들었다. 하지만 비틀린 왼쪽 다리뿐 아니라 죽은 아내의 얼굴이 이렇듯 오롯이 담겨 있는데 아닐 수가 없었다.

"소스 작업하는 날이라 오늘은 바빠. 혼자 있기 싫으면 승곤이든 홍남이든 불러다 같이 공부하든가."

"그렇게 바쁘면 일손 하나 보태. 나 일 잘하잖아. 기왕 이렇게 된 거 그럼 저녁 먹고 내일 아침에 갈게."

"미수야, 아빠 말 좀 들어라."

"아빠야말로 새삼 왜 그래? 옛날엔 내가 아빠보다 일을 더 많이 했어. 나 엄마만큼 일 잘해. 알잖아."

알긴 뭘 알아? 그리고 엄마만큼이라니? 그건 또 무슨 소리야? 함봉규는 목덜미가 뻣뻣해졌다. 아내는 죽도록 일만 하다가 미수를 낳고 몸도 제대로 추스르지 못한 채 죽었다. 미수는 제 엄마가 저를 낳다가 잘못된 줄로만 알지 가난 때문에 골병이 들어 그리된 줄 모른다. 그런데 마치 알고 있는 것처럼, 엄마의 비참한 죽음이 그의 탓이라고 비꼬는 것처럼 말했다.

"주방 아주머니들도 그랬어. 나 일 잘한다고. 오늘은 아빠랑 같이 있을래. 응? 그래도 되지?"

미수가 그의 팔에 매달렸다. 딸의 손은 따뜻했다. 하지만 그는 혈관으로 차가운 뱀이 기어들어 오는 듯 가슴이 서늘해졌다. 한편으로는 이럴 때면 잃어버리기 전의 딸 같다는 생각이 들어 잠깐 정을 느끼기도 했다. 원래 미수는 이렇게 칭얼대는 아이였다. 그래서 참 힘들었는데 아홉 살에 돌아온 미수는 너무 어른스러워서 이상하고 기묘했다.

"너 힘들까 봐 그래."

"안 힘들어. 아빠 옆에서 잘래. 옛날처럼 안아줄 거지? 자는 동안 절대 놓치지 말고 내 손 꼭 잡고 있어야 해."

뭐? 그의 심장이 철렁 내려앉았다.

"미수야, 너 혹시 배에서 있었던 일이 생각났어?"

"그건 아니고. 엊그제 나쁜 꿈을 꿨어. 분명 아빠 손을 잡고 있었는데 다시 보니까 누군지 모르는 시커먼 그림자의 손이었어. 근데 그 손을 놓을 수가 없었어. 놓으면 깊은 바다로 떨어질 것 같아서. 그러다가 깼는데 너무 무서웠어."

그 악몽은 아마도 미수의 무의식으로 가라앉은 어렴풋하고 모호한 기억의 반영일 것이다. 대체 그때 무슨 일이 벌어진 걸까? 깊은 바다로 떨어질 것 같은 두려움에 누군가의 손을 꼭 잡고 있었다면 미수는 그때 바다로 떨어진 게 아니었을지도 모른다.

"얼마나 무서운지 아빠는 몰라."

"아냐, 알아. 아주 잘 알아."

그 역시 그런 악몽을 꾸곤 했다. 놈에게서 딸이 갇힌 가방을 뺏으려다가 매번 자신이 바다로 떨어졌다. 깊고 캄캄한 바다가 그를 집어삼키고 그는 헤어나기 위해 발버둥을 쳤다. 그럴수록 무시무시한 어둠 속으로 빠르게 빨려들었다. 그러다 가빠진 호흡에 허덕이며 힘겹게 눈을 떴다.

"그럼 나 오늘 여기서 자고 간다?"

그는 마지못해 고개를 끄덕였다. 미수의 얼굴이 밝아졌다. 미수가 주방으로 들어가자 아주머니들의 반기는 목소리가 들려왔다. 아주머니들은 미수를 예뻐했다. 미수는 일머리가 좋고 손이 빨랐으며 부지런했다. 또 산더미 같은 설거지부터 쓰레기통 비우기까지 꺼리지 않았다. 아주머니들이 사장님 딸은 그런 거 안 해도 된다며 밀어내도 소용없었다. 하지만 홀에는 나가지 않았다. 불편한 다리로 카트를 나르거나 무거운 쟁반을 들다가 손님들에게 실수할 수 있기 때문이다. 미수는 언제나 주방 구석에 있는 듯 없는 듯 붙어서 필요한 일만 했다. 가끔 홍남과 승곤이 아르바이트를 하러 올 때도 미수는 친구들과 시시덕거리지 않고 착실하게 주방을 지켰다.

영업이 끝날 즈음 함봉규는 회식을 제안했다. 직원들이 박수 치며 환호했다. 상이 차려지고 다들 자리를 잡았는데 미수가 보이지 않았다. 함봉규가 주방 책임자인 정란에게 물었다.

"미수 아직 주방에 있어요?"

"아뇨. 잠깐 눈 좀 붙이겠다며 아까 방으로 들어갔어요. 깨우지 마세요. 먹는 것보다 자는 게 더 좋을 나이니까요. 오늘 소스 작업도 그렇고 손님들까지 어마어마하게 밀어닥쳐서 힘들었을 거예요. 미수니까 척척 해내는 거죠. 미수가 우리보다 일을 잘해요."

"맞아요. 걘 손이 네 개 달린 것 같다니까요."

"그래도 웬만하면 오지 말라고 해요. 미수만 오면 희한하게 손님들이 몰려들어요. 사장님은 돈 벌어 좋겠지만 우리가 너무 힘들어요."

직원들이 까르르 웃어대며 말했다.

"먼저 드세요. 전 미수 좀 들여다보고 올게요."

함봉규가 가고 나자 정란이 홀 직원 경선에게 말했다.

"다 큰 자식이라 해도 내 새끼 잠든 얼굴만큼 예쁜 것도 없지. 나도 애들 어렸을 때는 만날 들여다보곤 했는데 요즘엔 내 몸이 피곤하니 그런 생각이고 뭐고 이불에 고꾸라지기 바빠."

"난 보고 싶어도 못 봐. 차라리 그게 나아. 보면 천불이 나서 내가 먼저 타버릴 것 같거든."

경선이 한숨을 내쉬며 소주잔을 비웠다. 정란이 경선의 빈잔을 채워주며 말했다.

"은표는 여전해? 언니가 뒤늦게 자식 때문에 고생이네."

"내 신세가 이렇게 될 줄 누가 알았겠어. 어떻게 된 새끼가 나 들어가고 나갈 때 한번 내다보지를 않아. 행여 내가 방문이라도 열라 치면 방해된다며 지랄발광을 한다니까. 어이가 없어서. 죽어라 일해서 공부시켜놨더니 그냥 식충이가 됐어. 머리 큰 자식을 뭐 어떻게 할 수도 없고."

"근데 그 머리 큰 식충이가 밥을 안 먹으면 걱정되지?"

"그야 그렇지. 나올 때 차려둔 밥 그대로 있으면 어디 아픈가 싶기도 하고."

"맨날 굶는 건 아니지? 그럼 됐어. 밥도 안 먹고 게임만 하는 것보다는 낫잖아. 병원은 잘 다니고 있어? 약은 꼬박꼬박 챙겨 먹지? 어디 내버리고 있을지도 모르니까 쓰레기통 꼭 확인해보고."

"카드 사용내역 찍히는 거 보면 병원은 잘 가고 있어. 약은 밥상 차릴 때 같이 놔두는데 상 치울 때 보면 없으니까 먹고 있겠지."

"그럼 좀 기다려봐. 때가 되면 지 앞가림은 알아서 하는 날이 오겠지."

"그렇겠지?"

"당연히 그래야지. 언니가 얼마나 고생하면서 키운 아들인데."

경선은 정란의 말에 마음이 조금 편해졌다. 정란은 언제나 동정이 아니라 노고를 말했다. 그래서 경선은 정란에게는 이것저것 마음에 있는 말을 털어놓곤 했다.

"그러다 도저히 가망이 보이지 않으면 그땐 경찰에 신고해. 집에 머리 큰 벌레가 있다고. 그 벌레가 언니 삶에 위협을 가하고 있다고."

경선이 풋, 하고 웃음을 터뜨렸다.

"암만 그래도 어떻게 그래? 난 엄만데."

"그러니까 벌레라고 말했잖아. 자식이 아니라 벌레로 보일 때 신고하라고."

"세상에 자식이 벌레로 보이는 엄마는 없어. 만약 그렇게 되면 정신병원에 들어가는 건 나야. 다 내 업보지 뭐. 어찌됐건 내가 챙겨야지. 보자, 아들 먹일 고기나 좀 싸 갈까."

경선이 비척거리며 일어나려고 하자 정란이 붙들어 앉혔다. 그러고는 경선의 입에 주먹만 한 고기쌈을 넣어주며 말했다.

"그냥 언니나 잘 먹고 힘 키워. 나중에 자기가 낳은 벌레한테 잡아먹히지 말고."

* * *

함봉규는 불도 켜지 않은 방 안에 가만히 서서 방석들 위에 누워 잠든 미수를 내려다보았다.

미수가 사라진 당시 경찰은 배 안을 샅샅이 수색했다. 그의 진술을 받아들여 유괴됐을 가능성도 배제하지 않고 하선하는 승객들의 가방과 화물까지 꼼꼼하게 뒤졌다. 미수는 어디서도 발견되지 않았다. 하늘로 솟지 않았다면 아이는 바다에 떨어졌다. 그러므로 미수는 죽었다. 아무리 부정하려고 해도 그게 진실이다. 그런데 죽었다고 생각한 아이가 돌아왔다. 그렇다면 귀신이다.

하지만 귀신은 이렇게 매년 나이를 먹으며 성장할 수 없다. 따뜻한 체온을 지닌 채 벌건 대낮에 모두의 눈에 보일 수 없다. 뭔가 잘못됐다. 9년 전 돌아온 미수의 몸은 지금처럼 온기가 없었다. 미수는 얼음장처럼 차가운 작은 몸을 바들바들 떨며 그의 품에 매달려 다 죽어가는 목소리로 속삭였다.

"아빠, 나 추워."

그때 그는 자신에게 달라붙는 아이의 낯선 감촉에 소름이 끼쳤다. 그는 느낄 수 있었다. 그 축축한 몸은 이미 죽은 몸이라는 것을. 아이로부터 전해지는 한기가 그의 뼛속까지 시리게 했다. 그는 공포로 이가 따닥따닥 부딪혔다. 하지만 그 공포는 상황의 불가사의함에서 기인한 것이지 미수의 잘못은 아니었다. 그는 미수가 돌아와서 기뻤다. 미수를 잃고 얼마나 괴로워했는지 모른다. 그는 이제 딸을 사랑한다. 다만 그래도 무서운 건 무서운 것이다.

그는 미수와 한 집에 있을 수 없었다. 무덤에 갇힌 것 같았다. 집에 돌아가지 않는 것도 미수가 여기서 자고 가겠다고 했을 때 말린 것도 모두 그 때문이었다. 오늘 회식 핑계를 대고 사람들을 붙들어둔 이유도 최대한 미수와 둘만 있는 시간을 줄이기 위해서였다.

그는 자책했다. 내가 미수를 의심할 자격이 있을까. 그저 살아 돌아온 것만으로도 감사해야지. 미수가 돌아와서 내가 누리게 된 모든 것들을 생각해봐. 삶이 바뀌었어. 하늘이 내게 기회를 준 거야. 그러니 뭐가 됐든 받아들여야 해. 그런 마음과 상관없이 공포는 매일 조금씩 그를 갉아 부수고 있었다.

* * *

동아리방에는 구전 교칙에 관한 기사를 맡은 세 사람뿐이었다. 은새가 말했다.

"졸업생 포함해서 노랫말을 들었다는 일곱 명과 인터뷰를 했는데요, 그중 둘은 남학생의 목소리로, 다섯은 여학생의 목소리로 들었대요."

"그럼 둘은 장난질에 걸려든 거지. 확실히 어떤 놈이 작정하고 구전 교칙 귀신인 척 돌아다니는 거야. 그래서 대답은 했대?"

홍남이 물었다.

"두 사람이 얼떨결에 대답했대요. 한 사람은 시끄러워, 다른 한 사람은 싫어, 하고요. 반복해서 들리다 보니 자기도 모르게 입에서 튀어 나갔다는데 그러고 나서 딱히 달라진 건 없었대요. 자기 앞에 새로 나타난 학생이 그 학생인지 한 번씩 의심해본 것 말고는요. 그런데 구전 교칙의 노랫말이 다시 들리기 시작한 건 작년부터잖아요."

"맞아. 우리가 입학한 해부터야."

"제가 알아본 바에 의하면 원래는 남학생과 여학생의 목소리가 모두 있었대요. 그러다가 20여 년 전부터 여학생의 목소리로만 전해지기 시작했어요."

"그 느티나무 여학생 이야기가 등장했을 때구나."

홍남은 자신이 들은 남학생의 목소리는 여전히 누군가의 장난이라고 여겼다. 미수가 그를 봤기 때문이다.

"20여 년 전 그 이야기에서처럼 사라진 남학생이 있었는지 알아봤는데 실제로 실종자는 없었고요, 매년 자퇴생들은 몇 명씩 있었어요."

"그 에피소드의 당사자는 찾아낼 수 없단 거네."

홍남이 실망한 기색으로 말했다. 승곤은 머릿속이 복잡해졌다. 노랫말이 다시 들리기 시작한 시기가 우리가 입학한 해부터라면 남학생의 목소리는 미수가 보는 그놈이다. 미수가 그놈을 학교로 데리고 들어왔기 때문이다. 그럼 여학생의 목소리는 누구일까? 승곤은 불쑥 솟아오른 의심을 눌렀다. 그럴 리가 없지. 그건 아니야.

승곤의 눈치를 보던 은새가 준비해 온 인쇄물을 꺼냈다.

"이건 인터뷰했던 사람들이 들었다는 노랫말과 이전에 전해지는 노랫말들을 토대로 제가 작성해본 건데요, 완벽하진 않지만 그래도 거의 완성형에 가까워요. 승곤 선배는 뭐 좀 나왔어요?"

사실 은새는 지금 도시락 배달 봉사가 있던 날 승곤에게 했던 말이 어떤 여파를 몰고 왔는지 알고 싶어 미칠 지경이었다. 겉으로 봤을 때 승곤과 미수 사이에는 아무 일도 없어 보였다. 대놓고 물어볼까 싶었으나 그날 승곤의 태도를 보면 괜히 미운털이나 하나 더 박히지 싶어 참았다. 승곤이 뚱한 얼굴로 대답이 없자 홍남이 물었다.

"왜 그래? 둘이 싸웠어?"

"아니."

"아니면 왜 그렇게 인상을 쓰고 있어?"

"생각 좀 하느라."

"무슨 생각?"

"그게 말이야. 내 생각엔 노랫말을 들은 사람이 일곱 명이 아니라 훨씬 더 많아."

"당연히 그렇겠죠."

은새가 말했다. 승곤은 고개를 저었다.

"내 말은 여기 있는 우리도 들었단 소리야."

"에? 전 들은 적 없는데요."

"들었어. 미수네 집에서. 네가 정리해 온 이 노랫말이 그날 네가 미수네 집에서 들었던 거야. 잘 기억해봐."

"아뇨. 흥얼거리는 소리라 가사를 아예 못 들었어요. 선배, 지금 무슨 말을 하려는 거예요?"

"나도 이거 미수네 집에서 들었거든."

승곤의 말뜻을 알아챈 은새의 표정이 굳었다. 승곤의 말대로라면 그날 미수의 집에 있던 남학생은 미수의 남자친구가 아니라 구전 교칙의 귀신이다.

"미수네 집에서 들었던 노래라니? 그게 뭔 소리야?"

홍남이 안달 난 어조로 물었다.

"홍남이 네가 화장실에서 들었던 그 노랫말을 은새와 나는 미수네 집에서 들었다고. 우리가 들은 것도 남자 목소리였어."

홍남은 잠깐 생각해보더니 말했다.

"그럼 미수는 원래 놈과 아는 사이였던 거고, 둘이 작당해서 나한테 장난친 거란 소리네. 그래놓고 모른 척했단 말이지. 와, 함미수, 그렇게 안 봤는데."

"딴소리하지 마. 좀 전에 은새가 말한 거 못 들었어? 원래 이 노랫말을 부르는 목소리는 남자와 여자 모두 있었다고 했잖아."

"하지만 너희는 학교에서 들은 게 아니잖아. 너희도 미수와 놈의 장난질에 걸려든 거야."

"느티나무 여학생 이야기에 따르면 놈은 하교하는 학생을 따라 밖으로 나갈 수 있어. 나갈 수 있다면 들어올 수도 있겠지. 놈은 오래전에 학교를 나갔어. 그리고 미수를 따라 학교로 다시 돌아온 거야. 난 미수가 초등학교 4학년 때 그 노래를 부르는 걸 들었어."

"그럼 놈이 학교를 나간 지 적어도 8년이 됐다는 건데."

"아마 그보다 더 전일 거야. 지난 20여 년간은 여학생의 목소리만 남아 있었으니까."

"그러다가 작년부터 남학생과 여학생의 목소리가 모두 돌아왔단 거군. 근데 넌 그때 들었으면 이미 아는 노랫말이었다는 거잖아?"

"그게 내 귀로 직접 듣고서야 어렴풋이 기억이 나더라고. 그때 미수는 그 노랫말을 자기 눈에만 보이는 친구에게 들었다고 했어."

"자기 눈에만 보이는 친구라니?"

홍남의 표정이 급격히 어두워졌다. 미수는 화장실에서 나오는 놈을 보았다고 했다. 반면 홍남은 보지 못했다. 승곤이 미수의 집에서 겪은 이야기를 했다. 화장실에서의 일로 승곤의 비웃음을 받았던 홍남은 내내 벼르고 있었다. 승곤이 당하면 똑같이 웃어주겠다고. 하지만 홍남은 웃음이 나오지 않았다.

"미수는 놈이 내 눈앞에 있다고 알려줬지만 보이지 않았어. 거기 있다는 것만 느낄 수 있었을 뿐."

승곤은 무서웠다고 말하지 않았다. 그런데 그 순간의 공포는 홍남에게도 고스란히 전해졌다. 홍남은 입안이 바짝바짝 탔다. 노랫말이 들렸던 그 순간 그곳을 장악하고 있던 묘한 공기의 흐름과 귓가를 스쳤던 서늘한 숨결이 지금도 생생했다.

"미수네 집에서 은새도 놈이 흥얼대는 소리를 들었지만 보진 못했어."

승곤의 말에 은새는 뺨을 파르르 떨었다. 정적이 감도는 가운데 세 사람은 서로를 보았다. 승곤의 이야기는 그동안 꼭꼭 감춰져 있던 구전의 봉인을 해제하는 실마리였다.

"그럼 미수 선배만 그 귀신을 볼 수 있다는 건데, 어떻게요?"

은새가 물었다.

"그러게. 그게 그렇게 되려면 그 노랫말 가사대로 해야 하는데 실제로 가능한 것도 아니고. 미수는 뭐래?"

홍남이 승곤에게 물었다.

"몰라. 그냥 처음부터 보였대."

"그러니까 어떻게?"

"모른다고."

"아 씨, 추측 같은 거라도 해봐."

승곤은 대답 대신 미간을 접은 채 볼펜만 만지작거렸다. 함봉규의 이야기를 들은 후 승곤의 머릿속은 내내 뒤죽박죽이었다. 미수의 눈에만 보인다는 놈과 그 노래에 대해 알아보려고 했는데 이젠 미수마저 알 수 없는 대상이 되어버렸다. 네 살 때 배에서 사라진 미수에게 도대체 무슨 일이 벌어졌던 걸까? 미수는 어떻게 5년 만에 다시 집으로 돌아올 수 있었을까? 왜 미수는 그 5년간의 일을 전혀 기억하지 못할까?

"됐어. 직접 미수에게 물어보는 게 확실하겠다."

홍남이 답답하다는 듯 말했다. 승곤은 볼펜을 내려놓고 몸을 바로 세웠다.

"그 전에 할 말이 있어. 예전에 놈이 내게 말을 건 적이 있어. 난 그때 대답을 했어."

"그건 또 무슨 소리야?"

홍남이 의아한 얼굴로 물었다. 승곤은 고민했다. 그 일에 관해 털어놔도 될까. 은새에게까지? 하지만 이 문제에 있어서 은새는 이미 한 팀이었다. 승곤이 말했다.

"그 일에 관해 말하기 전에 먼저 약속해줘. 내가 용기 낼 때까지 당분간 너희만 알고 있겠다고. 이게 사실은 미수에게 먼저 말했어야 했는데 내가 비겁해서 아직 그러질 못했거든."

그렇게 말하고 나서 승곤은 흠칫 놀랐다. 이건 함봉규가 그에게 당부했던 말이기도 했다. 승곤은 두 사람에게 미수를 다리에서 밀어 떨어뜨린 이야기를 했다.

"그런데 아저씨는 다르게 말씀하시더라고. 미수의 다리가 그렇게 된 건 아저씨의 실수였다는 거야. 아저씨도 미수에게 아직 그 일을 말하지 못했대. 그러니까 아저씨의 일도 일단 너희만 알고 있어. 요는 아저씨와 내 기억이 다르다는 거야. 아저씨는 그 노랫말을 미수가 네 살 때 이미 들었어. 그렇다면 미수의 말대로 놈은 거의 처음부터 미수 옆에 있었단 거지."

승곤의 이야기를 가만히 듣고 있던 홍남의 얼굴이 점점 흙빛이 되어갔다. 홍남이 대뜸 승곤의 말을 끊었다.

"아냐, 그게 아냐."

홍남이 곤혹스러운 표정으로 말을 이었다.

"미수의 다리가 그렇게 된 건 나 때문이야. 승곤이 너도 기억날 거야. 우리 중학교 3학년 겨울방학 때⋯⋯."

4
서로 다른 기억

　사람들이 고개를 젖힌 채 4층짜리 낡은 상가 건물 옥상 난간을 올려다보며 웅성거렸다. 그들 틈을 비집고 소화기를 든 홍남이 앞으로 달려 나오며 고래고래 소리를 질렀다.

　"함미수! 야, 이 멍청아! 거기서 당장 내려와!"

　때마침 불어든 강풍에 미수의 몸이 휘청거렸다. 안 돼! 홍남의 가슴이 오그라들었다. 그는 소화기를 든 채 그저 전전긍긍하고 있을 뿐 뭘 어떻게 해야 할지 알 수 없었다. 미수가 바람에 헝클어진 머리카락을 정리했다. 그러고는 옆에 있던 휘발유 통을 집어 들어 제 몸에 끼얹었다. 미수의 발치를 타고 액체가 벽을 따라 흘러내렸다. 홍남은 머릿속이 하얘졌다.

　"미수야, 함미수!"

　홍남이 목이 터지도록 불러도 미수는 아래를 내려다보지

않았다. 미수는 턱을 꼿꼿하게 든 채 어딘가 먼 곳을 바라보고 있었다. 홍남은 안달이 났다. 저게 미쳤어. 미치지 않고서야 어떻게 저럴 수가 있냐고. 미수가 라이터를 꺼냈다. 홍남은 심장이 멎어버릴 것 같았다.

"미수야, 제발, 안 돼! 미수야, 여기 봐. 나 좀 보라고."

홍남이 필사적으로 외쳤다. 라이터에서 작은 불꽃이 튀어올랐다. 미수의 마음이 돌아서지 않을 것을 예감한 홍남은 주저앉았다.

"내가 잘못했어. 그러니까 제발 그만해."

흐느끼는 홍남의 목소리는 제 목구멍으로 삼켜져 거의 들리지 않았다. 그제야 미수가 시선을 내렸다. 홍남과 눈이 마주치는 순간 미수의 발이 난간에서 미끄러졌다. 미수의 손에서 떨어진 라이터의 불꽃이 꺼졌고 이어 픽, 소리와 함께 미수의 몸이 콘크리트 바닥으로 처박혔다. 정신을 잃은 미수의 왼쪽 다리가 이상한 방향으로 꺾여 있었다. 떨어지기 직전 몸에 불이 붙지 않은 것이 천만다행이었다.

나중에 병원에서 깨어난 미수를 붙들고 홍남은 어린애처럼 울었다. 미수는 담담하게 말했다.

"울지 마. 그냥 폼만 잡으려고 했어. 죽으려고 한 거 아니야."

"거짓말하지 마. 몸에 휘발유 뿌리고 라이터도 켰잖아. 까딱했으면 불붙었어. 네가 발을 헛디디지 않았다면 진짜 어떻게 됐을지 몰라."

어떻게 되긴 끔찍한 몰골로 죽었을 것이다. 하지만 홍남은 죽었을 거라는 말을 죽어도 할 수 없었다. 홍남이 깁스를 한 미수의 왼쪽 다리를 바라보며 눈물을 줄줄 흘렸다.

"다 나 때문이야. 내가 괜한 말을 해서……. 아냐, 내가 심했어. 그렇다고 이딴 짓을 하냐?"

홍남이 눈물을 훔치며 나무라고 후회하고 따졌다.

"그래서 내가 너한테 사과해야 해?"

"아니, 사과는 내가 해야지. 내가 잘못했어."

"근데 나 발 헛디딘 거 아니야. 누가 밀었어."

"무슨 소리야? 거기 아무도 없었어. 네가 옥상 문 잠가서 사람들 못 들어오게 했잖아."

"하지만 분명 누가 밀었는걸."

"아마도 바람일 거야."

홍남이 훌쩍이며 말했다. 그 바람에 내가 했던 못된 말들이 실렸다. 그러니까 미수를 민 건 나다. 갈 곳 잃은 내 분노가 하마터면 미수를 죽일 뻔했다.

"미안해. 정말 미안해."

미수가 눈을 감으며 말했다.

"난 괜찮으니까 그만 좀 울고 집에 가. 너 때문에 너무 피곤하다."

당시 홍남이 살던 동네는 재개발 강제 철거 문제로 시끄러웠다. 주민들이 떠난 동네에서 아버지의 오래된 세탁소는 수십 년 단골손님들을 잃었다. 오래전에 친구 빚보증을 잘못 서서 집을 날리고 세탁소 운영으로 그럭저럭 살림을 꾸려가던 처지였다. 대책도 없이 갑작스레 살던 곳에서 쫓겨나게 된 아버지는 밥줄이 끊겼다며 소리 없이 울었다.

어린 홍남은 아버지를 울린 사람들을 찾아가 복수하고 싶었다. 하지만 어디에 대고 외쳐야 하는지 알 수 없었다. 그때 홍남의 눈에 유명 한식당 미수가든의 외동딸 미수가 보였다. 그 집엔 돈다발이 낙엽처럼 마당을 굴러다니는 모양이었다. 미수는 그 낙엽을 주워 친구들에게 뭐든 사주었다. 미수가 가진 것은 머리핀부터 볼펜 한 자루까지 명품이었다. 홍남이 보기에 미수는 불공평한 세상 한가운데에서 혼자만 누리고 사는 공주님이었다. 얄미웠다. 타깃이 정해지자 홍남은 제가 가진 가장 강력한 무기인 말로 무자비한 공격을 시작했다.

"온몸을 던져 제 손으로 뭐 하나 이뤄본 적 없는 게 거저 누리지. 재수 없는 년, 확 죽어버려라!"

홍남의 화를 고스란히 받아 차곡차곡 쌓아두기라도 한 것처럼 어느 날 미수가 말했다.

"그래서 내가 너에게 어떻게 해주길 바라는데? 네 말대로 내 몸을 세상에 던지면 돼?"

다음 날 미수는 보란 듯 세탁소가 있던 상가 건물 옥상에 올라가 그런 참담한 짓을 저질렀다. 미수는 그 일로 왼쪽 다리가 망가졌지만 괜찮다고 말했다. 홍남은 나중에야 미수가 초등학교 때부터 아버지의 허름한 분식집에서 뼈 빠지게 일하며 고생했다는 것을 알았다. 알지도 못하면서 아무 말이나 한 대가를 자신이 아니라 미수가 치렀다는 것을 깨달았다. 후회하고 또 후회했지만 돌이킬 수 없었다.

이후 홍남은 두 번 다시 아무 말이나 입에 올리지 않았다. 물론 여전히 말을 많이 하기는 했다.

승곤이 뜨악한 얼굴로 말했다.

"아니야. 그때 미수 4층에서 떨어진 거치곤 거의 안 다쳤어."

"무슨 헛소리야? 왼쪽 다리가 말도 안 되는 각도로 꺾여버린 걸 내 눈으로 직접 봤는데."

홍남이 따지듯 말했다.

"발목만 삐끗했다니까. 그래서 내가 찜질도 해줬잖아. 분명히 말하는데 미수의 다리는 초등학교 때부터 그랬어."

"찜질은 무슨, 정신 차리고 잘 기억해봐. 그거 큰 사고였어. 퇴원한 후에도 계속 재활 센터 다녔잖아."

"네가 헷갈린 거 아냐? 걔 원래 주기적으로 물리치료 받으러 다녔어."

승곤의 언성이 높아졌다.

"와, 미치겠네."

홍남이 벌떡 일어나며 답답하다는 듯 외쳤다. 그는 이마에 손을 얹은 채 잠시 생각해보더니 말했다.

"그때 미수가 입원했던 병원에 알아볼까?"

"근데 난 어쩐지 입원 기록 자체가 없을 것 같은 기분이 든다."

"그게 말이 되냐?"

"그럼 내가 중학교 때 다리를 저는 미수를 보는 동안 너는 다리를 절지 않는 미수를 봤다는 건데 이건 말이 돼?"

홍남은 대꾸할 말을 잃었고 승곤은 미궁에서 길을 잃은 듯 심각해졌다. 그때 갑자기 은새가 울 것 같은 표정으로 입을 열었다.

"아니에요. 미수 선배의 다리가 그렇게 된 건 저 때문이에요. 선배들도 알잖아요. 지난 학기 때 그 교통사고요."

"너까지 왜 그래? 미수는 초등학교 때부터 다리가 불편했어."

"아니라니까. 미수는 중학교 때 우리 세탁소 상가 건물에서 떨어져 그렇게 된 거라고.".

"아뇨. 그 교통사고 때문이에요. 제 고백을 들으면 승곤 선배는 절 죽이고 싶겠지만……. 그때 제가 미수 선배를 밀었어요. 그래서 그 사고가 난 거예요."

은새가 맥없이 고개를 떨구며 기어드는 목소리로 말했다.

"뭐?"

승곤의 눈썹이 일그러졌다. 홍남이 진정하라는 듯 승곤의 팔을 잡았다.

"제가 한 짓이 선배들의 이야기와 관련이 없었다면 죽을 때까지 말하지 않았을 거예요. 근데 지금 우리한테 뭔가 이상한 일이 일어났어요."

그들은 각자 서로 다른 기억에 오싹함을 느꼈다. 왜 이런 일이 벌어진 거지? 우리가 구전 교칙에 관한 기사를 쓰려고 한 것 때문일까. 아니다. 이 이상한 일은 그보다 훨씬 더 이전부터 시작됐다. 그저 모르고 있었을 뿐. 구전 교칙의 경고가 사실이라는 것을 깨달았다. 대답하지 마. 대답하면 네가 모르는 사이에 무서운 일이 생길 거야.

"왜 그런 짓을 한 거야?"

승곤이 물었다. 울먹거리던 은새가 머뭇머뭇 이야기를 꺼냈다.

"그때 저는 미수 선배가 죽어버렸으면 좋겠다고 생각했어요. 그래서……."

지난 5월의 일이었다. 버스가 도착하자 은새는 한 걸음 앞으로 나서며 미수를 재촉했다. 제일 뒤쪽 좌석이 비어 있었다. 거기 앉아서 가려면 다른 사람들보다 먼저 타야 했다.

"미수 선배, 빨리요."

그날따라 날은 덥고 버스는 늦게 와서 승객들이 바글거렸다. 취재 장소까지는 차가 막히면 한 시간 넘게 걸렸다. 은새는 가는 내내 북적이는 버스 안에서 이리저리 부대끼며 서 있고 싶지 않았다.

100년의 역사를 가진 학교이다 보니 초기 교지 몇몇 호는 분실되어 없었다. 그 분실 호 중 일부가 몇몇 도서관에서 가끔 발견되곤 했다. 옛날 졸업생들이 기증한 것이다. 그걸 보러 가던 참이었다. 미수가 그 일을 맡게 되자 승곤이 자기 일을 팽개치고 함께 가겠다며 나섰다. 그 둘이 붙어 있는 게 싫었던 은새는 자신이 가겠다고 해야만 했다.

버스에 오른 은새는 뒤쪽으로 쏜살같이 비집고 들어가 착석에 성공했다. 사람들에게 밀린 미수는 앞쪽에서 더 들어갈 수 없었다. 버스가 출발했다. 한참 속도를 내며 달리던 버스 바퀴가 노면의 팬 곳을 밟았다. 순간 버스가 들썩이며 크게 움직이더니 방향을 잃었다. 잡을 것을 놓친 사람들이 한 뭉텅이가 되어 이리저리 휩쓸렸다. 버스는 사거리에서 멋대로 커브를 돌다가 보도블록에 걸리며 간신히 멈춰 섰다. 버스 아래쪽 어딘가에서 연기가 일었다. 버스 안은 아수라장이었지만 크게 다친 사람은 없었다. 버스 기사가 문을 열어 주며 말했다.

"죄송합니다. 타이어가 터졌어요. 다음 버스 타세요."

버스에서 내린 승객들이 보도 여기저기에 주저앉아 아이고 나 죽네, 여기가 결리네, 저기가 뻔 것 같네, 하며 아우성을 쳤다. 기껏 자리 맡았는데 재수가 없으려니까. 은새는 짜증이 났다. 미수는 사람들 무리에서 조금 떨어져 선 채 반대편 차선을 보고 있었다. 이른 더위에 달궈진 아스팔트에서는 아지랑이가 모락모락 일었다.

바로 그때 도로 끝에서 신기루처럼 덤프트럭이 나타났다. 인근 공사장으로 향하던 덤프트럭은 중앙선을 넘나들며 모든 신호를 무시하고 승객들을 향해 달려왔다. 사람들이 어, 어, 하며 피할 곳을 찾아 움직였다.

그 찰나에 은새는 소망했다. 저 덤프트럭에 치여 미수가 죽었으면 좋겠다고. 품지 말아야 할 소망이 부풀어 오르면서 은새의 마음이 잔인한 방향으로 엇나갔다. 저 덤프트럭에 자신이 죽을 수도 있다는 생각은 하지 않았다. 그때 누군가 은새를 거칠게 밀었다.

"……내가 보고 있는 것을…… 바꿔볼래?"

그 누군가는 마치 약을 올리듯 그렇게 속삭이며 지나갔는데 누군지 확인할 겨를도 없이 은새는 그 힘에 떼밀려 튀어나가며 속수무책 넘어졌다. 은새가 소리쳤다.

"너나 똑바로 보고 다녀. 왜 사람을 밀치고 난리야."

분에 겨워 흥분한 은새는 두리번거리며 자기를 밀친 사람을 찾느라 정신이 없었다. 사람들이 은새를 향해 다급히 외쳤다.

"학생, 일어나! 빨리 뛰어!"

그제야 은새는 자기 앞으로 달려오는 덤프트럭을 보았지만 뛰기는커녕 일어날 수도 없었다. 무지막지한 공포로 온몸이 굳어버린 은새는 눈을 질끈 감았다. 그때 누군가 또다시 은새를 밀쳤다. 이번엔 천사가 날개를 펴서 감싸 안은 것처럼 아늑한 고요함을 느꼈다. 몸이 옆으로 굴러갔다. 눈을 번쩍 떴지만 환한 햇빛이 정면으로 눈을 찔러 잠시 아무것도 보이지 않았다. 뜨거운 햇빛이 이마를 때렸다. 머릿속이 왕왕 울렸다. 시야를 가리던 빛이 흩어지자 몇 발자국 앞에 미수가 서 있는 것이 보였다.

가슴 속에서 뜨거운 충동이 일었다. 은새는 벌떡 일어나 덤프트럭이 달려오는 쪽으로 미수를 밀어버렸다.

그러곤 정신이 번쩍 들었다. 내가 방금 무슨 짓을 한 거지? 말도 안 돼. 이런 건 실제로 할 수 없는 거야. 그냥 생각만 하는 거라고. 나 미쳤나 봐. 하지만 곧 깨달았다. 잠깐 미친 게 아니라 진심이었다는 것을. 그래서 이 기회를 놓치고 싶지 않았다. 은새는 억지로 끼어든 불편한 삼각관계가 어서 끝나기를 바랐다. 미수를 향한 증오는 승곤에 대한 마음 때문만은 아니었다. 미수가 가진 전부가 탐났고 그 전부를 부숴버리고 싶었다.

돌진하는 덤프트럭과 부딪힌 미수의 몸이 공중으로 붕 떴다가 풀썩 떨어졌다. 운전사는 브레이크 파열로 말을 듣지 않는 덤프트럭을 어떻게든 해보려고 필사적이었다. 마침내 덤프트럭은 노천카페 테이블과 의자들을 부수고 카페 통유리 앞에서 아슬아슬하게 멈췄다.

"누가 밀었어."

미수가 병문안을 온 편집부원들에게 그렇게 말했다. 그 범인이 자신이라는 것을 미수가 모른다는 사실에 은새는 안도했다. 영원히 비밀로 묻어둘 생각이었다. 그런데 이런 식으로 당사자도 아닌 다른 사람들 앞에서 고백하게 될 줄은 몰랐다.

"네가 한 짓도 나만큼 최악이었네. 근데 그때 미수는 덤프트럭에 치이지 않았어. 덤프트럭이 미수를 아슬아슬하게 스쳐 지나갔지. 꽤 큰 사고였는데 미수가 운이 좋았어."

"입원했을 때 왼쪽 다리에 깁스하고 있었잖아요."

"아닌데. 내 기억엔 미수 아버지가 혹시 몰라 이것저것 검사하게 하려고 하루 입원시킨 거였어."

승곤이 말하자 홍남이 고개를 끄덕였다.

"맞아. 나도 그렇게 기억해. 생각을 해봐. 덤프트럭이야. 거기 치였으면 다리가 부러지는 정도가 아니라 죽었어. 그리고 그 덤프트럭 사고 이틀 후 편집부 회의 때 우리 전부 미수를 봤잖아. 은새 너도 그 자리에 있었고."

"알아요. 그래서 제가 얼마나 놀랐는데요. 확실한 건 미수 선배는 그 사고 전에는 다리를 절지 않았어요. 그리고 전 미수 선배가 덤프트럭에 치이는 것을 제 눈으로 똑똑히 봤다고요."

"나도 미수가 건물에서 떨어진 것을 내 눈으로 봤어."

홍남이 말했다.

"저만 본 게 아니에요. 그 사고 버스에 탔던 승객들도 봤어요."

"마찬가지야. 나도 나만 봤겠어? 거기 있던 동네 사람들하고 같이 봤다고."

"이게 대체 어떻게 된 거지?"

승곤이 돌아버리겠다는 얼굴로 외쳤다. 대화가 끊겼다. 이렇게 다퉈봐야 부질없는 짓이라는 것을 깨달았다. 미수의 왼쪽 다리에 대한 세 사람의 기억이 모두 달랐다. 무언가를 착각한 것이 아니라 애초에 기억이 일치하지 않았다. 승곤이 말했다.

"내 생각엔 말이야, 그때 노랫말을 속삭이며 은새를 밀쳤던 게 놈인 것 같아. 그럼 은새도 나처럼 그때 놈의 말에 대답한 게 돼."

"하지만 난 화장실에서 대답한 게 처음이야."

홍남이 말했다.

"아니. 그 전에 너도 분명 놈인 줄 모르고 대꾸했을 거야. 네가 지금 기억하지 못하는 거지."

"그럼 이제 어떻게 되는 거야?"

"구전 교칙에 따르면 그걸 모르기 때문에 무서운 것이라고 했어. 그러니까 우리가 모르는 사이에 무슨 일이 벌어졌는지 알아봐야지."

"나는 어쩐지 미수도 이상하다는 생각이 드는데 너흰 안 그래?"

홍남이 쭈뼛거리며 물었다.

"미수가 왜? 이상한 건 미수에 대한 우리 기억이야. 우리 기억이 이상한 건 놈 때문이고. 놈이 노랫말로 우릴 홀린 거지. 그러니까 놈이 누군지, 아니 뭔지부터 알아내야 해."

"일단 뭐가 어떻게 된 건지 미수에게 물어보자. 그럼 우리 중 누구 기억이 맞는지 알 수 있을 거야."

홍남이 휴대폰을 들며 말하는데 편집실 문이 벌컥 열리며 미수가 들어왔다. 세 사람은 동시에 숨을 들이켰다.

"웨……웬일이야?"

방금 미수에게 전화를 하려고 했던 홍남이 더듬거리며 물었다.

"가방 가지러 왔어. 여기 두고 갔거든. 근데 다들 표정이 왜 그래?"

미수의 새까만 눈동자가 셋을 번갈아 보았다. 각자 서로의 죄를 고백한 직후라서 그런 것인지, 미수 옆에 그들의 죄를 아는 보이지 않는 누군가가 있다고 생각해서 그런 것인지 기묘한 공포가 파고들었다. 승곤이 말했다.

"미수야, 좀 앉아봐. 우리가 지금 취재하고 있는 구전 교칙의 학생 말이야, 아무래도 너한테만 보인다는 그놈인 것 같아. 구전 교칙에는 여학생의 목소리라고 했지만 조사해보니까 20여 년 전에는 남학생의 목소리도 있었대."

"그래서?"

"놈의 정체가 뭐야?"

"말했잖아. 모른다고. 그냥 어릴 때부터 나한테만 보이는 애였어. 그땐 커다란 오빠였는데 지금은 내 또래가 됐지."

"너 어릴 때부터 같은 모습이었단 거구나. 혹시 걔가 우리 학교 구전 교칙의 남학생인지 좀 물어봐줄래?"

"그래. 너한테만 보이니까 네가 우리 대신 인터뷰를 하는 거야."

홍남이 거들었다.

"내가 물으면 말해주지 않을 것 같은데."

미수가 허공으로 시선을 돌리며 살짝 웃었다. 마치 거기 그 남학생이 있는 것처럼.

"혹시 지금 여기 있어?"

홍남이 눈동자를 불안하게 굴리며 물었다.

"그렇다고 해도 상관없잖아. 어차피 안 보이는데. 안 보이면 없는 거야. 보여야 있는 거지. 지금 나처럼."

"지금 너처럼?"

"그래. 그리고 지금 너희처럼. 그래서 걔가 노래하는 거야."

절대 하고 싶지 않은 의심이 또다시 승곤의 머릿속에서 툭 불거졌다. 사실 승곤은 미수도 이상하지 않냐던 홍남의 말을 고의로 무시했다. 구전 교칙에서 노래하는 남학생이 여기 있다면 여학생은? 미수는 어릴 때부터 그 노랫말을 불렀다.

"오늘 좀 바빠서 먼저 갈게."

미수가 가방을 들고 돌아서자 승곤의 마음이 급해졌다.

"잠깐만, 미수야. 네 다리 말이야. 언제부터 그랬던 거야? 아니, 누가 그랬어?"

미수는 멈칫하더니 다시 돌아섰다. 승곤은 심장이 쪼그라드는 것 같았다. 홍남은 목에 뭔가 걸린 듯 딸꾹질 같은 신음을 삼켰다. 은새는 비장한 표정으로 이를 앙다물며 시선을 내렸다. 이제 엎질러진 물이었다. 그들은 심판대 앞에 선 마음으로 미수의 대답을 기다렸다. 미수의 입가에 얄궂은 미소가 어렸다.

"누가 그랬냐고? 그거야 그랬던 본인이 알겠지. 자기가 한 것과 남에게 들은 것 중 어느 것이 진실이겠어?"

미수의 시선이 세 사람을 차례로 보며 눈을 맞췄다. 여기서 우리 죄를 고백해야 할까? 세 사람의 심장에서 피가 세차게 소용돌이쳤다.

"말 돌리지 마. 진실은 하나뿐이야. 내가 알기로 넌 초등학교 때 다리에서 떨어져 다쳤어. 근데 홍남이는 중학교 때 네가 건물에서 떨어져 다쳤다고 하더라. 은새는 지난 학기 교통사고 때문이라고 하고."

"아, 그런 일들이 있었지. 근데 나는 한 번도 내 두 발이 나란히 있는 것을 본 적이 없어."

뭐? 승곤은 당혹스러웠다. 그럼 우리가 가지고 있는 기억은 뭐지? 시간상으로는 미수 아버지의 이야기가 가장 진실에 가까웠다. 미수가 말했다.

"하지만 걘 아니라고 하더라."

세 사람은 온몸의 피가 빠져나가는 듯 아찔함을 느꼈다.

"사실 난 잘 몰라. 알고 싶지도 않고. 이제 와 그게 뭐가 중요해? 누가 그랬는지 알면 비틀린 내 다리가 다시 펴지나? 아니잖아. 그럼 굳이 알 필요가 없지. 근데 걔는 알아. 전부다 봤대. 하지만 내겐 이야기해주지 않아. 내가 본 게 아니라 걔가 본 것이니까. 나한테는 그냥 들은 이야기가 되는 거라나."

"거짓말하지 마. 그게 어떻게 알 필요가 없는 일이야? 네가 당한 일이잖아. 넌 분명 알고 있어. 네 다리가 언제 망가졌는지. 솔직히 말해줘. 우리 중에 누가……."

"미수 선배, 언제예요?"

은새가 얼굴을 붉히며 승곤의 말을 황급히 제지했다. 지금 미수는 범인이 누군지 모른다. 그리고 알 필요 없지 않나. 그러니 언제인지만 알면 되는 것이다. 셋 중 최악의 짓을 저지른 것은 자신이었다. 초등학교 때 승곤이 미수를 다리에서 밀어버린 것은 어린아이의 심통이었다. 아이는 제 분노만큼 있는 힘껏 밀었지만 죽이려는 의도는 없었다. 홍남은 미수를 향해 죽어버렸으면 좋겠다고 막말을 했지만 실제로 옥상에서 직접 밀지는 않았다. 하지만 자신은 미수를 진짜 죽이려고 했다.

"말했잖아. 내 기억엔 처음부터라고. 걔가 뭘 알고 있는지 궁금하면 너희가 직접 물어보는 수밖에 없어. 나한테는 말해주지 않으니까. 근데 그걸 꼭 알아야겠어?"

"우리 기억이 엉망진창이라서 그래. 어쨌든 미수 너한테만 보이는 그 녀석이 구전 교칙의 남학생인 것 같으니까 어차피 인터뷰도 해야겠고. 그래서 말인데 어떻게 하면 볼 수 있어? 미수 넌 어떻게 볼 수 있는 거야?"

홍남이 물었다.

"나도 몰라. 근데 인터뷰를 꼭 얼굴 보고 해야 하는 건 아니잖아. 목소리만 들을 수 있어도 되는 거 아닌가."

"그러니까 그 대화를 어떻게 시작할 수 있는데?"

승곤이 물었다.

"노랫말에 대답하는 것과 같은 방식으로 말을 주고받으면 되지. 걔한테 말할 차례를 줘. 아, 그 전에 걔를 너희에게 불러내는 게 먼저겠구나."

"네가 부르면 되잖아."

"걔는 늘 내 곁에 있어. 하지만 너흰 여전히 모르지. 내가 알려줬는데도 보지 못했어. 대신 들을 수는 있잖아."

미수의 휴대폰 알람이 울렸다.

"가야겠다. 과외 있는데 늦었어. 뭔가 방법을 찾게 되면 나한테도 알려줘."

* * *

경선은 병원에 들렀다 오느라 출근이 늦었다. 사장님은 카운터에서 등을 돌린 채 통화 중이었다. 경선이 탈의실에서 허겁지겁 옷을 갈아입고 있는데 정란이 들어왔다.

"아프면 그냥 하루 쉬지."

"그 정도는 아니야."

"우리 같은 사람이 근무시간 빼먹고 병원 갈 정도면 크게 탈이 난 거지."

"괜찮아."

정란은 경선을 이모저모 뜯어보며 물었다.

"언니, 혹시 머리 큰 벌레한테 물린 건 아니지?"

앞치마를 두르던 경선이 눈을 흘기며 말했다.

"남의 귀한 아들한테 그런 소리 하지 마. 우리 은표 원래 착한 애야."

"착한 애였지."

정란이 명백한 과거형으로 대꾸했다. 어릴 때부터 은표는 얌전하고 공부도 잘했다. 대학도 좋은 데 갔고 졸업 후에 괜찮은 회사에도 취업했다. 살면서 실패라곤 모르던 아이였다. 하지만 회사 생활에 적응하지 못하고 몇 번 직장을 옮겨 다니더니 지금은 제 방문 뒤에 숨어 나오지 않게 됐다. 그리고 그 좁은 방에서 우울하고 난폭한 괴물로 변했다. 걱정 많은 경선이 초기에 정신과 상담을 받게 했을 때만 해도 그리 우려할 정도는 아니었다. 그러나 은표의 상태는 점점 나빠졌다.

경선이 오른손으로 허리를 짚고 왼쪽 어깻죽지를 한번 돌려보더니 얼굴을 찌푸렸다. 들어 올린 왼쪽 팔의 소맷자락이 흘러내리며 드레싱 밴드가 얼핏 보이자 정란이 물었다.

"그건 뭐야?"

"아무것도 아니야."

경선이 얼른 소맷자락을 내려 감췄다.

"아니긴. 척 봐도 예사롭지 않은데. 은표 짓이지?"

"별거 아니야. 칼날에 살짝 스친 거야."

"칼? 망할 새끼가 미쳤나. 은표가 언니를 칼로 찌르려고 했어?"

"그게 아니고. 걔가 감정이 격해져서 커터 칼을 집어 들고 휘둘렀는데 내가 잘못 맞은 거야."

"커터 칼이 다음엔 식칼이 될지도 몰라. 이러다 언니 진짜 큰일 나겠어."

"걱정하지 마. 그 정도는 아니야. 얼른 일하러 가자."

경선이 서둘러 탈의실을 나가버리자 정란이 한숨을 푹 내쉬었다. 걱정해주는 거 말고 뭘 할 수 있을지 알 수 없었다. 내 아들이었어도 별 뾰족한 수가 없기는 마찬가지였다. 다 큰 아들을 팰 수도 없고. 나도 경선 언니처럼 그냥 당하지 싶은데. 신고해봐야 나를 죽이기 전까지는 일회성 처벌일 거고 오히려 더 큰 패악을 부리겠지. 정란은 무기력함을 느끼며 홀로 나왔다.

"네, 네, 선생님. 그럼 우리 미수 잘 부탁드려요."

함봉규는 허공에 대고 고개까지 숙여가며 대화하는 중이었다. 정란이 말했다.

"사장님도 고충이 많겠어. 혼자서 식당 운영도 잘 해내야겠고 딸내미도 잘 챙겨야겠고."

"나도 형편이 넉넉했으면 사장님과 미수처럼 은표와 잘 지낼 수 있었을 거야. 걔가 너무 없는 집에 태어나서 쌓인 게 많았던 거지. 다 내 잘못이야."

경선의 말에 정란은 코웃음을 쳤다.

"그건 아니지. 사장님에 비하면 언니는 은표한테 날 때부터 다 해주며 키웠어. 우리 사장님 옛날에 엄청 가난했을 때 미수가 험한 일 많이 했다더라. 그게 미안해서 지금 저렇게 이것저것 해주려고 안달인 거야. 사장님 말씀이 그 고생하면서 미수가 불평 한마디 한 적이 없었대. 그런 애가 원래 착한 애지. 그래서 지금도 착하고.”

“은표는 마음이 아파서 그런 거야.”

경선은 자신의 변명이 초라하다는 것을 깨닫고서 말을 돌렸다.

“그래서 미수가 아빠, 하고 부를 때 사장님 표정이 마냥 좋기만 하진 않았구나. 딸내미 얼굴 볼 때마다 죄책감이 들어서 그랬나 보네.”

“나도 우리 애들이 엄마, 하고 부를 때 가끔 긴장해. 자식 어렵지 않은 부모가 어디 있겠어. 근데 자식이 무서우면 그땐 뭔가 잘못된 거야.”

경선은 흠칫했다. 그녀는 은표가 무서웠다.

“언니, 명심해. 무슨 일이 생긴 다음엔 늦어. 돌이킬 수 없다고. 은표가 더 망가지기 전에 언니가 통제할 수 없다면 강제로 시설에라도 집어넣어야 해.”

“애를 정신병원에 보내란 거야?”

“은표 말고 언니를 생각해. 언니의 안전이 먼저야. 언니가 무슨 짓을 해도 은표는 안전하니까. 응?”

경선은 마지못해 그저 고개만 끄덕였다.

*　*　*

　지난 5월 덤프트럭 사고가 났던 사거리에서 은새는 사방을 두리번거렸다. 덤프트럭이 덮칠 뻔했던 통유리창이 있던 카페 건물을 찾을 수가 없었다. 그날 버스가 멈춰 섰던 보도블록에서 덤프트럭이 달려갔던 방향으로 은새는 시선을 돌렸다. 분명 저기가 맞는데? 하지만 카페 건물뿐 아니라 그 옆 건물까지 기억하고 있는 것과 달랐다. 기억이 잘못된 게 아니라면 몇 달 사이에 새 건물이 들어선 것이다.

　당시 덤프트럭은 카페 통유리에 실금조차 내지 않았다. 미수가 다친 것 말고는 인명 사고도 없었다. TV 뉴스에도 나오지 않았다. 그래서 은새는 그날 자신이 충동적으로 저지른 그 일에 대해 잊으려고 했다. 아예 일어나지 않은 일처럼 모른 척하고 살았다. 하지만 승곤이 큰 사고였다고 말했던 게 마음에 걸렸다.

　은새는 휴대폰을 꺼내 검색했다. 손가락이 달달 떨렸다. 사고 기사의 헤드라인을 보자마자 가슴이 덜컥 내려앉았다. 덤프트럭이 카페 건물로 돌진. 다섯 명 사망, 네 명 중상.

　스크롤을 내리며 기사를 읽었다. 브레이크가 파열된 덤프트럭이 건물과 충돌하면서 가스 배관이 터졌다. 그 사고로 연쇄 폭발이 일어나 주변 건물 세 채가 무너지고 다섯 명이 건물에 깔려 죽었다.

아니야. 내가 본 건 이렇지 않았어. 분명 덤프트럭은 카페 통유리창 앞에서 멈췄다고. 내가 그 자리에서 내 눈으로 봤단 말이야. 그리고 그 눈으로 미수가 덤프트럭에 치인 것도 보았다. 초조해진 은새가 지나던 동네 아주머니 한 분을 붙들고 물었다.

"여기서 지난 5월에 트럭 사고 있었던 거 아세요?"

"알지. 큰 사고였으니까. 다섯이 죽고 저기 있었던 건물 세 채가 전부 무너졌지."

"그때 트럭에 부딪힌 학생이 하나 있었다던데 어떻게 됐대요?"

"그건 모르겠네."

은새는 맥이 빠졌다. 기사 내용과 아주머니의 말이 일치하니 그 부분은 확실히 사실이다. 그럼 미수 선배의 다리는 누가 다치게 한 거지? 은새는 알 수 없는 두려움으로 머리끝이 쭈뼛 섰다.

노랫말에 대답하면 무서운 일이 생긴다. 바로 네 곁에서. 하지만 너는 무슨 일이 벌어졌는지 모른다. 그게 무서운 것이다. 너는 그 무서운 일에 대해 나중에 알게 된다. 아주 나중에. 그게 지금일지도 모르겠다. 어쩌면 지금부터 시작일지도 모르고.

녹의 풍향

"아빠도 알잖아. 내 잘못이 아니야. 엄만 아팠어. 그래도 날 무척 보고 싶어 했지. 나도 보고 싶었어. 이게 다 아빠 때문이야. 아빠가 만날 자신은 몸이 약해서 힘든 일을 할 수 없다며 손가락 하나 까딱하지 않고 불평만 했잖아. 그런 아빠를 대신하느라 엄마는 골병이 들었지. 아빠가 엄마를 죽인 거야. 근데 왜 내 탓을 해? 엄마가 날 낳다가 힘들어서 죽었다고?"

머리맡에서 흐느끼는 목소리에 함봉규는 온몸이 땀에 젖은 채 눈을 떴다. 사지가 결박된 듯 꼼짝할 수가 없었다.

"엄마는 날 낳을 때 이미 죽은 몸이나 다름없었어. 나한테 세상을 주려고, 내 얼굴 한 번 보려고 안간힘을 쓰며 버티고 있었던 거지. 그런 엄마의 마음을 아빠는 무자비하게 짓밟았어."

함봉규는 꿈인지 생시인지 알 수 없는 어둠 속에서 방구석에 웅크리고 앉아 있는 작은 아이를 보았다. 흠뻑 젖은 긴 머리칼이 아이의 얼굴을 거미줄처럼 덮고 있어 누군지 알 수 없었다. 하지만 아이의 이야기는 그의 이야기였고 아이의 목소리는 어린 미수의 목소리였다.

갑자기 아이가 그를 향해 도마뱀처럼 후다닥 기어오더니 몸 위에 올라탔다. 서너 살가량의 작은 몸이 가진 무게가 천 근 쇳덩이인 듯 무거웠다. 뼈와 근육이 짓눌리는 엄청난 고통이 가해졌다. 신음은커녕 숨도 제대로 쉴 수 없었다. 아이가 뱀처럼 몸을 뒤틀며 속삭였다.

"아빠, 꺼내주세요. 아빠, 잘못했어요. 아빠, 나 이제 안 울어요. 앞으로도 울지 않을게요. 아빠, 날 봐요. 아빠, 나 아파요. 열이 펄펄 끓어요. 내 머리에 손을 대봐요. 뜨거워요. 아빠, 제발……."

머리카락 사이로 새까맣고 공허한 눈동자가 그를 빤히 쳐다보았다. 아이가 고사리 같은 손가락으로 제 얼굴을 덮은 머리카락을 젖히고 축축한 얼굴을 드러냈다. 아이의 얼굴은 어린 미수였다가 곧 아내로 바뀌었다. 그러곤 물에 불어버린 종잇장처럼 흐물흐물 흩어졌다.

"미수야!"

함봉규가 소리치며 잠에서 깼다. 마비가 풀린 사지가 뻐근했다. 승곤이 다녀가고 한동안 꾸지 않던 악몽이 또 시작되었다. 애써 묻어두었던 의혹과 공포가 다시금 비죽거렸다. 미수가 대체 어떻게 돌아왔는지 여전히 답을 찾을 수 없기에 그 불가사의함은 떨칠 수 없는 공포로 남았다. 그 공포는 잊을 만하면 그에게 악몽을 불어넣었다.

미수가 배에서 사라졌던 날의 기억은 시간이 지날수록 모호해졌다. 그날 그는 술에 곯아떨어져 두 가지 꿈을 꾸었다. 하나는 경찰에게 말했다. 모르는 남자가 그의 가방을 훔쳐 미수를 담아 바다에 버렸다고. 다른 하나는 누구에게도 말할 수 없었다. 너무 끔찍했기 때문이었다.

선실에서 그는 내내 술을 마셨다. 아이가 자꾸 칭얼대며 매달렸다. 그는 아이가 귀찮아 미칠 지경이었다.

"시끄럽다고 했지. 계속 그렇게 울면 가방 속에 넣어서 갖다 버린다. 무슨 말인지 알아들어? 여기 처박아 바다에 던져버릴 거라고."

그는 가방의 지퍼를 우악스럽게 열어 보이며 짜증을 냈다. 아이는 계속 울었다. 화가 치민 그는 아이의 덜미를 낚아채 가방 속으로 밀어 넣고 지퍼를 닫았다. 가방에 갇힌 아이는 발버둥을 치며 울어댔다. 아이의 울음소리가 커지면서 그의 화도 점점 자랐다. 왜 이리 화가 나는지 모르겠다. 그냥 화가 났다. 뭐라도 부숴버려야 진정이 될 것 같았다.

아이가 이렇게 울어대는데 같은 선실의 승객들은 잠만 잘 자고 있었다. 이 쥐방울만 한 년이 나한테만 들리게 울고 있어. 속에서 시커멓고 뜨거운 덩어리가 꾸역꾸역 차올랐다. 토할 것 같았다. 그래, 내 말이 말 같지 않단 말이지. 백날 울어봐라. 내가 꺼내주나. 누가 이기는지 어디 한번 해보자고.

그는 가방을 들고 갑판으로 나갔다. 찬바람이 칼날처럼 그의 얼굴을 후벼 팠다. 발밑이 일렁였다. 아직도 인당수인가, 아니면 술이 덜 깬 건가. 시커먼 가방 속에서 아이는 꿈틀거리며 쉬지 않고 울어댔다. 역겨웠다. 머릿속에서, 뱃속에서 아이의 울음소리가 구토물처럼 꿀렁거렸다.

"시끄러워, 시끄럽다고!"

그가 고함을 내지르며 가방을 바다로 던졌다. 울음소리가 사라졌다. 사방이 고요했다. 그는 선실로 돌아와 남은 술을 마셨고 잠이 들었다.

깨어보니 가방도 딸도 없었다. 그저 지난밤에 꿨던 두 개의 꿈만 생생하게 기억이 날 뿐이었다. 만약 그 꿈 중 하나가 사실이라면? 근데 어느 쪽이 사실이지? 내가 아무리 취해서 제정신이 아니었어도 어린 딸을 가방에 넣어 바다에 던졌을 리가 없잖아.

하지만 확신할 수 없었다. 사실 그는 아이가 태어났을 때부터 버리고 싶은 충동에 자주 시달렸다. 수면제를 먹인 후 쓰레기 봉지에 담아 거리에 내놓고 싶다는 것부터 냄비 속

에 넣고 불 위에 올려 삶아버리고 싶다는 것까지 우울감이
극에 달하면 온갖 끔찍한 생각들이 머릿속에서 곰팡이처럼
자라났다. 돌도 안 된 아이는 자꾸 보챘고 그의 심기는 점점
비틀렸다.

한번은 욱해서 아이를 밟았다. 아니다. 술 때문에 저지른
실수였다. 그때도 잔뜩 취해 있었으니까. 자지러지는 울음소
리와 함께 아이의 왼쪽 다리가 뚝, 하는 소리와 함께 이상한
각도로 비틀렸다. 아이는 숨을 헐떡이다가 조용해졌다. 그
는 가슴이 철렁 내려앉았다. 그는 아이를 안아 들고 미친 듯
이 후회하다가 자기가 한 짓을 잊으려고 다시 술을 마셨다.
마시다 보니 점점 자기 연민의 나락에 빠져들었다. 하루하
루 사는 게 힘들어 죽겠는데 이런 혹까지 달고 있으려니 미
칠 것 같았다. 그에게 필요한 건 아이가 아니라 아내였다. 그
를 대신해 생계를 꾸려줄 생활력 강한 아내. 이 아이가 없었
다면 아내는 죽지 않았을 것이다.

아홉 살에 돌아온 미수는 그의 그런 생각을 이제 안다는
듯 그가 바라는 대로 움직였다. 아이는 다리를 절뚝거리며
그를 대신해 재료를 다듬고 김밥과 떡볶이를 만들어 팔고
설거지를 했다. 가게 문을 닫은 후에는 다시 다리를 절뚝거
리며 그의 밥상을 차리고 빨래와 청소를 했다. 부지런한 아
이가 가져다준 행운으로 그의 주머니가 불어갔다. 그는 새
식당을 열었고 그 식당을 넓히며 집도 샀다. 그렇게 미수 덕

에 그의 새 삶이 시작되었다.

이제 그는 미수를 버리고 싶다는 생각 따위 하지 않는다. 미수 때문에 아내가 죽었다는 생각도 하지 않는다. 5년간 그를 괴롭혔던 죄책감은 지난날 가졌던 원망이 얼마나 사악하고 모질었던 것인지를 일깨워주었다. 미수는 아무것도 모른다. 어린 미수가 그를 원망하는 꿈은 가책이 만들어낸 악몽이다. 배에서 꿨던 끔찍했던 두 번째 꿈처럼.

그는 여전히 그 두 개의 꿈 중 어느 것이 사실인지 구분할 수 없었다. 지금 그의 걱정은 미수가 돌아왔을 때처럼 어느 날 갑자기 사라지는 것이었다. 그는 미수가 없으면 다시 가난해질 거라는 두려움이 있었다. 어쩌면 지금까지 모은 재산 전부가 저 마당에 수북하게 쌓인 낙엽처럼 변해버릴지도 모른다. 모든 것을 잃고 원점으로 돌아가는 것보다는 이 공포와 불안을 끌어안고 사는 편이 나았다. 그는 그 비참했던 가난과 절망 속으로 두 번 다시 들어가고 싶지 않았다.

* * *

홍남이 편의점 테이블 위에 놓여 있는 컵라면 뚜껑을 열고 젓가락으로 휘저으며 말했다.

"야, 퍼진다."

멍하니 시선을 놓고 있던 승곤이 그제야 자기 컵라면 입

구에 물려났던 젓가락을 빼 들었다. 홍남이 승곤의 눈치를
보며 말했다.

"괜히 건드렸어. 그치?"

"네가 시작했잖아. 난 반대했다."

"이게 우리하고 이렇게 엮여 있을 줄 내가 어떻게 알았겠
냐. 그냥 '빡' 한 특집기사 거리 찾으려고 했던 거지. 솔직히
말하면 나 요즘 미수 보기 좀 그래. 무서워."

"남이 보지 못하는 것을 보는 것뿐인데 뭐가 무서워? 세
상에 그런 사람 종종 있어."

"그렇긴 한데."

홍남이 도시락 배달을 나갔을 때 미수를 보고 이상한 말
을 했던 눈먼 할머니 이야기를 했다. 승곤이 말했다.

"미수가 그놈 이름도 미수라고 했어. 그럼 그 할머니는 미
수가 아니라 그놈을 본 거야."

"할머니가 말씀하시기를 죽다 살아난 적이 있어 그런 게
보이는 거라고 했거든. 혹시 미수도 그런 걸까. 우리 때문에
죽다 살아난 적이 여러 번이잖아."

"말 된다."

승곤은 고개를 끄덕였다. 홍남이 말했다.

"여기서 그만두고 싶은데 안 되겠지?"

"넌 우리가 가진 이 괴상한 기억을 이대로 덮을 수 있어?"

"뭔가 더 나가면 안 될 것 같아서 그래. 노랫말에 대답하

면 무서운 일이 생긴다. 하지만 너는 무슨 일이 벌어졌는지 모른다. 그게 무서운 것이다. 그 말이 마음에 걸려. 내가 지금 딱 그래. 무섭다고. 무서운 일이 생길 때 우리는 몰라. 나중에 알게 된다고 했지. 지금 우리가 아는 건 고작해야 우리의 기억이 서로 다르다는 것뿐인데, 그게 나중에 우리가 알게 될 무서운 일의 시작일 것 같다는 생각이 들어."

"그러니까 이미 시작된 거야. 그리고 무서운 일은 지금도 우리가 모르는 사이에 계속 진행되고 있겠지."

"절대 빠져나갈 수 없단 소리군."

홍남이 곤혹스러운 얼굴로 중얼거렸다. 승곤은 젓가락을 내려놓고 휴대폰을 들었다.

"뭐가 어떻게 된 건지는 그놈을 불러 물어보면 돼. 방법을 찾아보자."

"인터넷 없는 세상에 태어났으면 우리 어쩔 뻔했어. 어디 물어봐야 할지 감도 못 잡았을 거야. 뭘로 검색할 건데? 귀신 부르는 법?"

"귀신 아니라고 했잖아."

"그럼 뭐라고 해? 이런 건 어쨌거나 귀신이지."

홍남도 자기 휴대폰에 검색어를 넣었다. 귀신, 순서 주기. 그리고 검색어를 하나씩 더 넣어 범위를 좁혔다. 무서운 동요, 대답, 장대, 물수제비. 입력 단어가 늘수록 내용은 점점 산으로 갔다. 홍남은 잠깐 생각해보더니 청람고등학교 괴담, 노래, 목소리를 입력했다. 그러자 전혀 생각지 못한 것이 떴다.

* * *

'녹(錄)의 풍향(風響)'은 작자 미상의 오래된 연극 대본이
다. 이 대본에 얽힌 괴담이 청람고등학교 괴담과 연관되어
검색에 걸렸다. 이 대본을 처음 무대에 올리려 했던 제작자
이자 연출자인 조해을은 청람고등학교 16회 졸업생이었다.
그의 '녹의 풍향'은 결국 공연되지 못했다. 이후 몇 번의 제
작 시도가 더 있었으나 그 과정에서 일어난 설명할 수 없는
현상으로 실패했고 지금은 무대에 올리는 것이 금기시되었
다. 이후 이 대본은 위저보드, 즉 귀신을 부르는 장치로 알려
졌다.

이야기의 배경은 1920년대 후반이다. 등장인물인 무진과
형우와 안락은 신분과 상관없이 어릴 적부터 소꿉동무라 사
이가 돈독하다. 무진과 안락의 아버지들은 재력을 갖춘 사
업가들이고 고아인 형우는 안락의 집안에서 부리던 노비의
자손으로 신분제가 철폐된 후에는 고용인으로 남은 처지다.

스무 살이 된 무진은 일본으로 유학을 떠나게 되고 안락
은 저도 함께 가고 싶다고 아버지를 조른다. 하지만 평소 총
명하고 수완 좋은 형우를 눈여겨보던 안락의 아버지는 안락
이 아닌 형우의 유학을 결정한다. 안락이 이를 따지자 냉철

한 사업가인 안락의 아버지는 이득이 큰 쪽에 투자를 한 것이라고 답한다. 3년 후 섣달 그믐날 형우는 동경 뒷골목에서 살해된 시신으로 발견된다. 그리고 안락과 무진을 비롯한 등장인물들이 차례로 용의 선상에 오른다.

극의 절정에 이르면 안락과 무진은 죽은 형우를 그리워하며 셋이 어릴 적 함께 불렀던 동요를 부른다. 안락과 무진이 번갈아 노래를 부르는 바로 그 장면에서 갑자기 죽은 형우의 목소리가 끼어든다.

형우 역을 맡은 배우가 내는 목소리가 아니다. 형우는 대본상에서 배역이나 목소리가 없다. 형우는 오직 배우들의 대사를 통해서만 존재한다. 그래서 그 상황은 실제로 억울하게 살해당한 형우가 귀신이 되어 돌아온 것 같았다.

조해을의 리허설 중에 처음 이 기이한 현상을 접한 배우와 스태프들은 난리가 났다. 조명이 밝아지고 사람들은 목소리의 주인을 찾았다. 그때 무진 역을 맡은 배우의 눈에 무대 장치 가벽 뒤에서부터 뻗어 나온 기묘한 그림자가 보였다.

"거기 누구요?"

무진 역을 맡은 배우의 물음에 사람들의 시선이 향했다. 그림자는 대답 대신 천천히 오그라들더니 어느 순간 공중으로 동동 떠올라 조명 불빛 속으로 사라졌다. 누군가 슬그머니 가벽 뒤를 들여다보았지만 아무도 없었다. 공포가 그들 사이로 스멀스멀 퍼졌다. 안락 역을 맡은 배우가 앓기 시작했고 다른 배우들도 알 수 없는 통증과 후유증에 시달렸다. 이어 조해을이 의문의 교통사고로 죽으면서 공연은 결국 무산됐다.

이후 세 번의 제작 시도 역시 모두 비슷한 전철을 밟았고 배우들의 정신은 천천히 망가졌으며 사람들이 죽어 나갔다. 저주받은 '녹의 풍향' 대본은 수거되어 불태워졌고 절대 무대에 올리면 안 되는 금기의 작품으로 남았다.

작자 미상이라고 하지만 첫 번째 제작자이자 연출자였던 조해을은 작자가 누군지 알고 있을 것으로 보인다. 조해을이 이 대본을 공연하려 했을 때 작자가 반대했다는 말을 인터뷰 중에 언급했기 때문이다. 조해을의 말에 의하면 작자는 이 대본이 무대 공연을 위한 것이 아니라고 했다. 그렇다면 처음부터 위저보드로 사용하기 위해 만든 것일까?

작자가 위저보드 대본을 만든 목적은 무엇이었을까? 작자는 어떻게 위저보드 만드는 방식을 알아낸 걸까? 배우가 아닌 자신의 목소리를 가지고 극에 끼어드는 허구 인물 형우의 정체는 무엇이었을까? '녹의 풍향'이 불러낸 형우가 만약 실제 인물이라면 대체 누구의 원혼이 불려 나온 걸까?

* * *

"어떻게 생각해? 이 대본에서 형우의 목소리가 끼어드는 장면에 번갈아 부르는 노래가 있다는 거 말이야. 어쩌면 그 노래 때문에 대본이 위저보드가 된 건 아닐까?"

홍남은 승곤의 의견이 궁금했다. 승곤이 말했다.

"만약 이 대본이 실제 사건을 바탕으로 쓴 거라면 작자의 목적은 살해당한 형우의 귀신을 불러와서 범인이 누군지 물어보는 것일 수도 있어. 하지만 조해을이 우리 학교 출신이라는 것을 생각하면 그건 아닐 거야. 미수가 그랬어. 놈은 귀신이 아니라고. 그럼 형우와 같은 존재라는 거지."

"어쩌면 대본의 작자도 우리 학교 출신이겠는데."

"그리고 위저보드를 만들 수 있을 정도로 구전 교칙의 노랫말이 가진 원리를 잘 알고 있었겠지."

"그래서 자기를 밝히지 않았던 거군. 그 대본이 그런 결과를 가져올 것을 알았던 거야."

"노랫말을 주고받는 장면으로 형우를 불러내서 대화를 시도할 수 있다면 우리도 같은 방식으로 놈을 불러내서 대화할 수 있을 거야. 그 대본을 좀 볼 수 있으면 좋겠는데."

"다 태워버렸다잖아. 구할 수 없을 거야. 그리고 대본의 그 장면을 연기하려 시도해봤자 불려오는 건 형우지 놈이 아니잖아."

"그래도 대본이 있으면 세 사람이 불렀다는 노랫말과 구전 교칙이 어떻게 다른지 비교해볼 수 있어. 우리는 놈이 먼저 노랫말을 걸어올 때까지 기다려야 해. 근데 '녹의 풍향'에서는 반대야. 형우는 배우들이 무대에서 그 노랫말로 자기를 불러줄 때까지 기다려야 하니까. 대본을 다 태웠다 해도 아마 몇 부는 남아 있을 거야."

"우리 작은누나가 구할 수 있을지도 모르겠다. 한번 물어볼게."

홍남이 메시지를 보내는 동안 승곤은 계속 휴대폰 검색을 하다가 또 다른 것을 찾았다.

"'녹의 풍향' 네 번째 제작연출자 이산현도 우리 학교 선배였는데."

"잘됐다. 어차피 관련 기사 취재 중이잖아. 이보다 적합한 인터뷰 적임자도 없네. 다른 건 몰라도 '녹의 풍향'에 대해서는 잘 알고 있을 테니까. 그리고 미수 말이야……."

홍남이 잠시 머뭇거리다가 말을 이었다.

"내가 편집부 애들 몇 명에게 물어봤는데 미수가 누군지는 아는데 본 적 없다는 애들이 있더라고."

"그럴 수도 있지."

승곤의 담담한 대꾸에 홍남은 답답하다는 듯 물었다.

"야, 전체 편집부 회의가 몇 번이나 있었는데 미수를 본 적이 없다는 게 말이 돼?"

"우리 동아리방이 좁잖아. 회의할 때 두 겹 세 겹으로 앉으니까 안 보일 수 있지."

"미수는 어디에 있어도 눈에 띄어. 그 다리 때문에. 너도 알잖아."

"쓸데없는 소리 말고 그만 가자."

승곤이 먹은 쓰레기를 치우고 서둘러 편의점을 나왔다. 홍남이 뒤따라 나오며 말했다.

"승곤아, 마냥 미수를 감쌀 게 아니야. 혹시 모를 가능성을 생각해봐야 한다고."

"감싸는 게 아니라 놈 때문이야. 너야말로 미수가 이상하다고 생각한 이후부터 계속 이상하게만 보려고 하잖아."

"근거 없는 생각이 아니라는 거 알잖아. 구전 교칙의 노랫말은 지난 몇 년간 들리지 않았어. 그러다가 우리가 입학한 해부터 다시 들리기 시작했지."

"의심하자고 들면 끝이 없는 거야. 그 망할 노랫말은 원래 들리는 해도 있었고 들리지 않는 해도 있었어. 그냥 놈이 미수를 따라 학교로 돌아온 거야. 그래서 노랫말이 다시 들리기 시작한 거라고."

"미수가 노랫말의 여학생일 수도 있어."

"그럼 뭐 어쩔 건데? 너하고 나, 은새는 이미 한 번씩 미수를 죽였어. 하지만 미수는 다시 돌아왔지. 우리가 저지른 잘못의 상처를 지닌 채 말이야. 그러니 개가 뭐가 됐든 우린 미수를 보지 않을 수 없어."

"그거야 그렇지만."

홍남이 복잡한 표정을 지으며 중얼거렸다. 승곤의 말이 옳았다. 미수가 구전 교칙의 여학생이라고 한들 어쩔 건가. 확실히 이건 우리의 의지를 넘어섰다는 생각이 들었다. 미수가 우리 앞에서 사라져주지 않는 한 우리가 멋대로 미수를 떼어버릴 수는 없을 테니까.

미수를 볼 때마다 우리는 과거에 우리가 저지른 잘못을 생각한다. 그러니 미수가 우리 곁에 있는 이유는 그 잘못으로부터 절대 도망치지 못하게 하기 위해서일지도 모른다.

* * *

집으로 돌아가는 길에 홍남은 아버지의 세탁소에 아직 불이 켜져 있는 것을 보았다. 홍남의 가족은 이사했고 아버지는 다시 세탁소를 차렸다. 엄마는 예전처럼 아버지의 세탁소 일을 거들었다. 두 누나가 학교를 졸업하고 취업하면서 형편이 점점 나아졌다.

그 시절의 고통은 함께 어려움을 극복해나간 기억으로 남아 가족을 강하게 결속했다. 분노하며 울던 시절이 가물거릴 정도로 아득했다. 어른들이 힘든 시절을 두고 하는 말이 있다. 다 지나간다. 그렇게 다 지나갔다. 이제 과거의 일은 담담하게 마주할 수 있는 이야기가 되었다. 단 하나만 빼고.

홍남은 아직도 건물 옥상 난간에 아슬아슬하게 서 있던 미수의 모습을 기억했다. 그 장면이 떠오를 때마다 아무렇지도 않게 미수를 대하는 지금의 자신이 너무나 염치없고 뻔뻔해서 죽고 싶을 만큼 수치스러웠다. 우리는 이제 괜찮아졌는데 미수의 다리는 영원히 망가졌다. 아버지에게 벌어진 일은 미수 탓이 아니었다. 그때 미수를 향해 쏟아낸 말은 그저 화풀이였다. 말에 그런 엄청난 힘이 있는 줄 꿈에도 몰랐다. 그렇지만 미안하다는 말만으로는 미수의 다리를 원래대로 돌려놓을 수 없었다.

홍남이 현관문을 열고 들어서자 누나들이 활짝 웃으며 반겼다.

"우리 막둥이 이제 오냐?"

"막둥이 밥 먹었어?"

누나들은 거실에 앉아 맥주를 마시는 중이었다. 홍남과 여덟 살 차이 나는 큰누나 주연은 대형 프랜차이즈 식당에서 스태프로 일한 지 3년 됐다. 배우가 되고 싶은 작은누나 주령은 대학을 졸업하고 아르바이트를 하며 극단에 나가고 있었다. 누나들이 작당해서 고의로 홍남을 어린애 취급하는 것은 아니었다. 어릴 때부터 고집 센 막내 남동생을 어르고 보살피던 습관이었다.

"승곤이랑 대충 먹었어. 그리고 막둥이라고 부르지 말랬지."

"그럼 꼬맹이로 할까?"

"누가 꼬맹이야. 둘 다 나보다 작은 주제에."

홍남이 자기 어깨만치 오는 누나들을 내려다보며 말했다.

"어떡하지? 막둥이도 꼬맹이도 안 되면 우리 막둥이, 앞으로 뭐라 불러야 하나."

"그래도 막둥이지. 우리 막둥이는 꼬부랑 할아버지가 돼도 우리한텐 영원한 막둥이니까. 나온 순서는 빼박이야. 내가 일등이고 막둥이는 꼴찌지."

주연이 키득거리며 놀리듯 말했다. 주령이 맞장구쳤다.

"그러니까. 어디 막둥이 주제에 반항이야. 어릴 땐 화장실도 혼자 못 가서 만날 큰누나, 무서워. 작은누나, 오줌 마려워. 아기 때는 우리가 똥 기저귀도 다 갈아주고⋯⋯."

"아 좀, 헛소리 그만하고 작은누나, 내가 아까 문자로 부탁한 거 어떻게 됐어?"

"여기저기 부탁해놓긴 했는데 아마 안 될 거야."

"뭔데?"

주연이 관심을 보였다.

"막둥이가 갑자기 대본 하나 구해달라고 해서."

"무슨 대본?"

"업계에서 위저보드로 알려진 섬뜩한 대본이야."

무서운 거라면 딱 질색인 주연이 이마를 찌푸리며 물었다.

"그런 건 갑자기 왜?"

"교지 100호 특집으로 괴담 기사 하나 넣으려는데 참고하려고."

홍남이 말했다.

"참고?"

"우리 학교 구전 교칙 괴담을 파고 있는데 검색하니까 그 대본이 뜨더라고. 어떤 연관이 있는지 좀 알아보려고."

"그런 것도 교지에 실을 수 있어?"

주연이 의아한 얼굴로 물었다.

"학교 관련 기사잖아. 근데 작은누나, 인터넷에서 찾아보니까 그 대본은 결말을 포함한 후반부가 없다던데 그런 반쪽짜리 대본을 가지고 어떻게 공연을 할 수 있어?"

"반쪽짜리는 아니야. 전체 이야기의 5분의 1 정도가 빠진 거니까. 그리고 당시 조해을은 완전한 대본을 가지고 있었는데 배우들이 범인을 미리 알지 못하도록 일부러 후반부를 공개하지 않고 리허설까지 간 거래. 더 몰입하라는 의도였을 거라는데 속사정은 아무도 모르지. 조해을이 죽은 후 대본 후반부는 영원히 사라졌어. 아무리 찾아도 나오지 않았대. 그렇게 꼭꼭 숨겨났다는 것은 대본 후반부에 뭔가 더 있다는 거지."

"뭐가 더 있는데?"

"이미 공개된 위저보드의 장면 말고 더한 것이 있었을 거란 추측뿐이야."

"작자가 그거 무대에 올리지 말라고 했다는데, 그럼 조해을은 그 대본이 가진 위험을 이미 알고 있었다는 거잖아. 근데 왜 공연하려고 했대?"

"전하는 말에 의하면 당시 형우의 목소리가 들렸을 때 그 자리에 있던 배우와 스태프들은 다 도망갔고 조해을만 남아서 끝까지 들어줬대. 죽음을 각오할 만큼 형우의 정체와 그 이야기가 궁금했던 거지. 그 이야기를 듣는 대가가 죽음이었다면 말이야."

"미친 거 아냐? 듣고 죽는 이야기라면 안 듣고 살아야지."

"보통 사람들은 그렇게 생각하지. 근데 조해을은 광기 어린 예술가였거든. 되게 이상하고 독특한 사람이었대. 살짝 미쳐 있었다면 그럴 수 있지."

"어떤 사람이었는지 진짜 궁금해지네. 근데 형우의 목소리는 꼭 리허설 무대에서만 들을 수 있는 거야?"

"네 번째 제작 당시 배우들 연습실에 늘 수상한 기척이 배회했다는데 형우의 목소리를 들은 사람은 없었어. 그러니까 리허설 무대여야만 하는 것 같아. 뭔가 조건이 갖춰진 판이 필요한 거지. 이를테면 귀신은 소리에 끌리기 때문에 무덤이나 폐가보다는 대극장이나 클럽, 음악 스튜디오 같은 곳에 더 많이 붙어 있대. 왜 그런 거 있잖아, 음반 녹음 중에 섞여 들어간 귀신의 음성 같은 거라든가."

"그만."

주연이 이마를 찌푸리며 텔레비전을 켜고 음악방송 채널의 볼륨을 키웠다. 주령이 말했다.

"언니, 방금 내가 이야기했잖아. 귀신이 딱 저런 소리에 불려 나온다니까."

"아악, 진짜……."

주연이 다급히 채널을 바꾸고 소리를 죽이며 원망의 신음을 내질렀다. 주연의 진저리 치는 모습에 주령은 오히려 신이 나서 계속 말했다.

"작자가 형우의 배역을 만들지 않은 것엔 분명 무슨 이유가 있어. 아니면 귀신으로라도 등장시킬 법한데 말이지."

"귀신이 아니니까."

홍남이 말했다. 그 이야기 안에서는 귀신일 테지만 실제로 불려 나온 목소리의 주인은 귀신이 아니다. 노랫말을 부르는 구전 교칙의 그놈도 귀신이 아니다. 그리고 미수도 귀신이 아니다. 그럼 대체 뭔데? 어쨌든 셋 다 이상하다.

"형우가 귀신이 아니면 그 대본도 귀신을 부르는 장치인 위저보드로 불리면 안 되지."

주령이 말했다. 홍남은 고개를 저었다.

"초자연적인 존재를 불러오는 장치라고 생각해서 그냥 뭉뚱그려 그렇게 부르는 거 아냐? 그런 방식으로 불려온 게 전부 사후 영혼은 아닐 테니까."

"그건 그렇네. 옛날에 확실히 이상한 게 끼어든 적이 있긴 했어."

"옛날에 뭘 했는데?"

"어릴 때 친구 집에서 구석 놀이 몇 번 해봤거든. 불 꺼진 방의 네 귀퉁이에 각각 자리를 잡고 돌아가면서 숫자를 셌지. 자기 순서의 숫자를 세다가 자연스럽게 순서가 하나씩 밀렸는데 그걸 깨닫는 순간 뭔가 끼어든 거야."

홍남의 귀가 번쩍 텄다. 자기 순서의 숫자를 셌다고? 그때 주연이 슬그머니 일어났다.

"나 편의점 갔다 올 테니까 그때까지 그 이야기 끝내놔라. 뭐 사다 줘?"

홍남과 주령은 방해하지 말라는 듯 손을 내저었다. 대문을 나서며 주연은 한숨을 쉬었다. 망할 것들.

주연은 세탁소에 잠깐 얼굴을 내밀고 부모님에게 저녁상을 차려뒀으니 그만 퇴근하시라 말했다. 고맙다며 웃는 부모님의 얼굴을 보니 새삼스러운 기분이 들었다. 홍남이 중학교 다닐 때만 해도 엉망진창이었는데. 앞으로도 딱 이렇게만 살 수 있으면 좋겠다. 골목길을 따라 큰길로 내려가는데 문득 뒤쪽에 따라붙는 시선이 느껴졌다. 돌아보았지만 아무도 없었다. 착각인가.

다시 걸음을 옮기는데 피부의 솜털이 오소소 돋아 오르고 등줄기가 움찔거렸다. 갑자기 다른 생각이 들었다. 설마? 아니겠지. 그 새끼 안 보인 지가 벌써 몇 달인데. 무서운 이야기 듣기 싫어서 나왔는데 더 무서워졌다. 주연은 자신이 예민한 탓이겠거니 애써 생각했다.

"구석 놀이는 자리를 이동하는 건데 왜 숫자를 셌어?"

홍남이 물었다.

"그거 버전이 꽤 다양해. 요는 귀신이 끼어들 틈을 주는 게 포인트니까. 놀이 제목 그대로 구석 그리고 순서와 자리. 그거만 잘 지켜주면 돼."

"그래서 뭐가 끼어들었는데?"

"왜, 해보려고? 괜한 짓 하지 마. 나야 어쩌다 운이 좋았던 거고. 아니 나빴던 거지. 뭔지는 모르겠어. 숫자가 밀렸다는 것을 알아차린 순간 누가 건너뛰고 빼먹었을 수도 있을 가능성은 전혀 생각나지 않더라고. 다들 공포에 휩싸여 속으로는 그만하고 싶었는데 입으로는 계속 홀린 듯 숫자를 셌어. 그리고 모르는 목소리가 세는 숫자를 들었지. 그 순간 전부 자지러져서 불 켜고 암튼 난리가 났어. 그때 함께 했던 친구 둘은 아직도 그 트라우마 때문에 약을 먹어야 잠을 잘 수 있어."

"우리 작은누나 멘탈이 장난 아니네. 친구들은 지금도 약을 먹을 지경인데 작은누나는 아무렇지도 않게 그 이야기를 하고 있잖아."

"아무렇지도 않은 게 아니라 진지한 거야. 난 이제 그런 이야기들이 그저 황당무계하기만 한 것이 아니라는 것을 아니까."

"우리 학교 구전 교칙 괴담도 진짜야."

눈이 휘둥그레진 주령이 물었다.

"너도 혹시 들은 적 있어? 대답했어?"

"어? 아니."

홍남은 거짓말을 했다. 작은누나의 일은 한때의 장난으로 끝났지만 지금 그의 상황은 달랐다. 분명 그가 모르는 무슨 일이 벌어지고 있었다. 다만 그게 뭔지 알 수 없으니 말을 꺼냈다가는 괜히 누나들에게 밑도 끝도 없는 걱정만 하게 만들 뿐이었다.

"나 말고 노랫말 듣고 대답한 녀석들을 인터뷰했거든."

"걔들한테 혹 무슨 안 좋은 일이라도 생겼어?"

"거기까진 모르겠어."

"암튼 조심해. 소리는 잠재된 상념의 에너지를 불러들여. 그리고 그 소리를 듣는 사람을 통해 바이러스처럼 전파될 수 있다고 했어. 초자연적인 것에 민감했던 옛날 사람들이 허공을 떠도는 소리를 듣고 남겨둔 문자가 문장을 만들었고 거기에 이야기가 담기며 전해졌지. 그렇게 전해진 것을 가지고 인간은 보이지 않는 것을 아는 수단으로 삼았어. 인간은 시야 밖에 있는 것을 소리로 알아내려고 하거든. 그때는 한정된 시력보다는 소리가 정확한 정보였으니까. 출처 불명의 옛날 동요 중에는 귀신이 부르는 것을 따라 부른 것이 섞여 있다고 해. 그래서 어떤 동요는 어른들이 부르지 못하게 했어."

"그걸 어떻게 구분할 수 있는데?"

"노랫말이 인간은 절대 할 수 없는 것을 요구하거든. 옛날 어른들 말이 그런 거 따라 부르면 귀신한테 홀리든가 미수를 보게 된다고 했어."

"미수라고?"

뜬금없이 등장한 미수라는 말에 홍남은 가슴이 덜컥 내려앉았다.

"왜 그런 표정이야? 아, 네 친구 이름도 미수지. 네 친구 미수의 이름은 아름답고 수려하다는 뜻일 거야. 옛날 어른들이 말하는 미수는 '눈썹이 세도록 오래 산 어떤 것'을 뜻하는 거고."

미수는 놈의 이름을 모르기에 자기 이름과 똑같이 미수로 부른다고 했다. 그 미수가 눈썹이 세도록 오래 산 뭔가를 가리키는 말이라면, 눈먼 할머니가 본 미수 옆에 붙어 있던 미수는 그 오래 산 뭔가일까. 그게 대체 뭔데? 홍남은 팔에 올라온 소름을 쓸었다.

구석 놀이 패턴에서 자리 이동을 하거나 숫자를 세는 대신 구전 교칙의 노랫말을 순서대로 주고받으면 어떨까. '녹의 풍향'에서 안락과 무진이 노래를 주고받는 장면이 형우의 목소리를 불러냈다. 같은 방식으로 놈이 끼어들 자리를 내주는 것이다. 구석 놀이가 벌어지는 공간은 설정과 함께 일시적으로 특별한 힘이 작용한다. 그런 의미로 리허설 무대와 같은 역할을 할 수 있지 않을까.

노랫말은 놈의 것이다. 그러니 우리가 계속 불러대면 놈은 입이 근질거려 결국 끼어들고 말 것이다.

모든 용의자

교무실에서 권혁준은 주변 사람들에게 새로 찍은 늦둥이 사진을 보여주며 자랑 중이었다. 예쁘고 귀엽다고 반응해주는 것도 하루 이틀이라 좀 질리기는 해도 다들 권혁준이 슬픔을 이겨내고 어렵게 얻은 아이라는 것을 알기에 관대하게 봐주었다.

권혁준을 만나러 온 홍남은 적당한 타이밍에 다가갔다. 이때다 싶었는지 선생님들이 먼저 홍남에게 말을 걸었다.

"편집부 일로 왔구나."

그러고는 알아서 자리를 비켜주었다.

"뭔데? 편집부에 무슨 문제 생겼어?"

권혁준이 물었다.

"아뇨. 궁금한 게 있어서요. 함미수 아시죠?"

"알지."

권혁준의 눈에는 미수가 보인다. 그렇다면 권혁준도 노랫말에 대답했을까? 어쩌면 노랫말이 아니라 놈이 거는 말에 무의식적으로 답을 했을 수도. 그럼 나처럼 그게 언제였는지 모르겠지.

"미수가 언제부터 다리를 절었는지 아세요?"

"언제부터라니? 나는 걔가 다리 저는 것만 봤어."

"처음 본 게 언제인데요?"

"올해 편집부 맡고 나서부터니까 3월 초지."

"편집부 맡기 전에는 미수를 본 적이 없으세요?"

"없어. 학교에 다리가 불편한 학생이 있다는 건 알고 있었지. 미수가 워낙 얌전해서 있는 듯 없는 듯 눈에 잘 띄지 않잖아."

올해 3월 초면 은새의 기억과도 달랐다. 점점 복잡해지고 있었다.

* * *

일요일 오전 홍남은 간식거리를 사서 눈먼 할머니의 집으로 찾아갔다. 문을 두드렸는데 안이 너무 조용했다. 안 계시나 여기고 돌아서려는데 옆집 담장의 손바닥만 한 창문에서 이웃집 할머니의 쪼그라진 얼굴이 나타났다.

"그제 갔어."

"네?"

"죽었다고. 그제 한낮에 내가 발견했어. 누굴 기다리는 것처럼 출입문 쪽을 바라본 채 이부자리 위에 앉아 가셨어. 내 유일한 말동무였는데. 그건 뭐야? 먹을 거면 나 주고."

이웃집 할머니의 궁핍한 시선이 홍남의 손에 들린 비닐봉지에 꽂혔다. 마르고 까칠한 손이 봉지를 쥐고 작은 창 너머로 사라지는 것을 보며 홍남은 후회했다. 진작 찾아와 볼걸.

홍남의 할머니도 어느 날 갑자기 돌아가셨다. 돌아가시기 전에 늘 말했다. 늙은이들은 언제 죽을지 몰라. 홍남은 할머니가 만날 여기저기 아프다고 하는 것처럼 죽는다는 말도 그저 관심 끌려고 하는 말이라 생각했다. 이제 알았다. 진짜 아팠고 진짜 언제 죽을지 몰라서 했던 말이라는 것을. 그리고 깨달았다. 자신이 이말 저말 많은 게 할머니를 닮아서라는 것을.

그날 눈먼 할머니가 본 미수가 뭔지 물어보려고 했다. 눈썹이 세도록 오래 사는 것. 그게 대체 뭘까. 눈먼 할머니는 뭘 보고 있었기에 허깨비 이야기를 늘어놓은 걸까.

* * *

초등학교 정문 옆으로 난 골목길에 들어선 승곤은 추억에 잠겼다. 예전에 수없이 오가던 골목길이었지만 이젠 낯설었다. 미수네 집이 이사하고 몇 년 후에 그의 가족도 이 동네를 떠났다. 낡은 다가구 주택들이 있던 자리에는 아파트와 새로 지은 빌라들이 들어섰고 길들이 넓어졌다. 미수네 분식집이 있던 자리에는 편의점이 생겼다.

그 시절 그는 가끔 맞은편 담장에 기대선 채 미수가 일하는 것을 지켜보곤 했다. 그러다가 짓궂은 애들이 미수의 다리를 손가락질하며 놀리는 것을 보면 골목 끝으로 데려가서 혼쭐을 내주었다. 그래, 그때 그 녀석들 눈에도 미수가 보였어. 그 녀석들이 어디서 노랫말에 대답했을 리는 없으니까 미수가 노랫말의 여학생일 가능성은 없어. 그렇게 생각하니 조금 안심이 되었다.

편집부에서 미수를 한 번도 본 적 없는 애들이 있다는 홍남의 말에 반박하긴 했으나 그 역시 의심스럽기는 마찬가지였다. 미수네 반에 가서 물어보았을 때도 마찬가지로 알지만 본 적이 없다는 말이 나왔다. 한 반에서 수업을 받는데 본 적이 없다니? 하지만 자기 반에 다리가 불편한 함미수라는 학생이 있다는 건 안단다. 그게 대체 어떤 상황인지 도통 이해할 수 없었다.

이 골목에서 유일하게 모습이 바뀌지 않은 주택의 대문이 열리고 아주머니가 쓰레기 봉지를 들고 나왔다. 얼굴이 낯익었다. 아주머니도 그를 알아보았다.

아주머니는 담장에 기대선 채 시간을 보내던 어린 승곤을 기억했다. 분식집만 뚫어지게 쳐다보고 있기에 먹고 싶은데 돈이 없어서 그러는 줄 알고 뭐라도 사주려고 말을 붙였다. 그러자 아이는 고개를 저으며 제 주머니 속에서 가진 돈을 꺼내 보였다. 보아하니 분식집 여자아이 때문인 것 같아 그 다음부턴 모른 척했다.

"안녕하세요?"

"훌쩍 커버려서 몰라볼 뻔했네. 여긴 웬일이야?"

"그냥 지나다가 생각나서요."

"저기 있던 분식집 딸내미 말이지."

"기억하세요?"

"걔가 어지간히 예쁘긴 했나 보다. 하도 사람들이 예쁘다 해서 나도 얼굴 한번 보고 싶었는데 결국 못 봤네."

"정말 본 적이 없으세요?"

"그러게. 코앞에 살았는데 말이지."

그럴 수가 없는데? 승곤은 고개를 갸웃거렸다. 미수는 학교가 끝나면 종일 그 분식집에서 일했다. 하루 이틀도 아니고 수년간 어떻게 한 번도 눈에 띄지 않을 수 있지?

* * *

승곤은 인터넷 인물 검색으로 연극 연출자이자 제작자인 이산현을 찾아본 후 그의 회사 'R.W.컴퍼니'에 정중하게 메

일을 보냈다. 그리고 전화 통화를 한 후 인터뷰 약속을 잡고 시간에 맞춰 사무실로 갔다. 홍남이 아르바이트 때문에 시간을 뺄 수 없다기에 혼자 왔다. 무슨 이야기가 나올지 알 수 없어 은새나 다른 사람을 데리고 가긴 조심스러웠다. 회사는 주택가에 자리 잡은 3층짜리 건물이었다.

이산현은 30대 후반으로 체크 무늬 재킷이 잘 어울리며 키가 크고 단정한 인상의 남자였다. 그는 오랜만에 고등학교 후배를 보는 것이 꽤 신선한지 기쁜 얼굴로 손님을 맞았다. 그가 승곤에게 명함을 건네며 말했다.

"앉아요. 사무실 찾기가 쉽지 않았을 텐데, 여기까지 오느라 힘들었죠?"

"아뇨. 앱에 주소 찍으니까 바로 찾아줬어요."

"그런 거 보면 우리 진짜 굉장한 세상에 살아요. 그렇죠? 뭐 마실래요? 주스 줄까요? 아니면 따뜻한 차?"

"주스 주세요. 그리고 말씀 놓으세요."

"그럴까. 잠깐만 앉아서 기다려. 지금 다들 외근 나가서 내가 서빙해야 되거든."

조금 후에 돌아온 산현은 승곤에게 오렌지주스를 주고 자신은 커피잔을 쥔 채 맞은편에 앉았다.

"인터뷰에 선뜻 응해주셔서 감사합니다."

"오히려 영광이지. 청람이 언제 날 인터뷰하러 올까 가끔 생각했거든. 근데 편집부장 출신으로 성공한 선배들이 꽤 있는데 왜 하필 나지? 보자, 올해 청람이 100호구나. 그럼 특집 기사 쓰고 있을 거고, 83호에서 뭐 참고할 만한 게 있었나?"

그제야 승곤은 산현이 청람 83호의 편집부장이었음을 알았다. 아, 어떡하지? 83호는 들춰본 적도 없는데.

"어……."

승곤이 말을 고르며 겸연쩍은 표정을 짓자 산현이 웃었다. 대충 알아챈 것 같았다. 승곤은 얼굴을 붉혔다.

"죄송해요."

"83호가 아니면 내가 목적인가 본데 그럼 더 영광이지. 지금 편집부 담당 선생님이 누구야?"

"권혁준 선생님요."

"그분 아직도 계시는구나. 내가 졸업한 지 벌써 20년 가까이 됐으니 이제 연세가 꽤 되셨겠네."

"네. 그 연세에 일곱 살짜리 늦둥이 아들 있으시고요. 자랑질이 어찌나 과한지 다들 눈꼴시어 하는데 참아주고 있어요."

"원래 자식한테 그런 분이야. 학생들한테도 그랬으면 좋았을 텐데."

아쉬워하는 산현의 말에는 회의적 의미가 담겨 있었지만 승곤은 알아채지 못했다.

"네가 편집부장이야?"

"아뇨. 원래는 편집부장과 같이 오려고 했는데 다른 일이 생겨서 저 혼자 왔어요. 하지만 저한테 일이 생겨 편집부장 혼자 오는 것보다는 이편이 낫다고 감히 말씀드릴 수 있어요."

산현은 웃음을 터뜨렸다.

"내가 편집부장을 직접 만나보지 못해 비교할 수는 없겠지만 마음에 드는 소리네. 열심히 인터뷰에 응할게."

산현은 머리를 쓸어 넘기며 커피잔을 내려놓았다. 그러고는 진지하게 말했다.

"그럼 질문지 좀 볼까."

산현의 눈빛이 바뀌었다. 고등학생의 인터뷰일 뿐인데도 허투루 여기지 않고 성실하게 임하는 그의 진지한 태도에 승곤은 당황했다.

"죄송합니다. 질문지는 따로 준비하지 않았어요."

"괜찮아. 내가 최고의 순발력을 발휘해서 대답해볼게."

"그냥 편하게 아는 대로 말씀해주시면 돼요. 사실 저희가 쓰려는 기사는 청람고등학교의 구전 교칙에 관한 거예요."

"내가 아니고 괴담이란 말이지. 근데 왜 나를 찾아왔어?"

그 물음은 실망이 아니라 우려였다. 승곤을 보는 산현의 시선이 한층 더 진지해졌다.

"관련 자료를 모으다가 '녹의 풍향'에 대해서 알게 됐어요. 조해을과 선배님이 모두 청람고등학교 출신인데 조해을은 100년 전 사람이라 인터뷰할 수 없어서요."

"그래서 나란 말이지."

"네. 그리고 선배님이 '녹의 풍향'의 네 번째 제작자이자 연출자이기도 하고요."

"딱히 성공한 사람도 아닌 나를 굳이 인터뷰하러 오겠다고 했을 때 어쩐지 좀 의외다 싶었는데. 말해봐."

"네?"

"절박해 보이는데 뭐가 문제야?"

승곤이 사무실에 들어서자마자 산현은 바로 알아챘다. 불안하게 흔들리는 눈동자, 뭔가 감추는 듯한 표정. 개인적인 일이겠거니 싶었지만 아닐 수도 있겠다는 생각이 들었다.

"설명하자면 좀 복잡한데요."

"일단 구전 교칙에 관심을 두게 된 이유부터 말해볼까?"

인터뷰의 주객이 전도됐다. 승곤은 어리둥절했다. 자신이 질문을 받게 될 줄은 몰랐다.

"어, 그러니까…… 홍남이, 홍남이가 편집부장인데요. 홍남이와 제가 그 구전 교칙의 노랫말을 들었어요."

"그리고 대답을 했군."

"아뇨, 그건 아니고요."

그랬다고 하면 멍청해 보일 것 같아 승곤은 일단 부정했다. 지금은 솔직하게 말하지 않는 편이 좋겠다고 판단했다.

"대답한 학생들에게 어떤 일들이 벌어졌는지 좀 알아보고 싶은데 알아낼 수가 없어요."

"그럴 거야. 당사자가 모르는 동안 벌어진 일이니까. 나중에 알게 된다 한들 그게 구전 교칙의 노랫말에 대답해서 당한 일이라고는 연관 짓기 어렵지. 살다 보면 꼭 그 노랫말에 대답하지 않았더라도 이런저런 사고나 불상사를 겪을 수 있으니까 그냥 그런가 보다 여기며 넘어가게 되거든."

하지만 우린 이미 무언가를 알아버렸고 그렇게 넘어갈 수 없게 되었다. 승곤의 마음이 착잡해졌다.

"너, 괜찮아?"

"네? 네. 노랫말이 대체 어떤 작용을 하는 거죠? 노랫말이 뭔가를 끌어내는 것 같던데."

"'이음위형발현고사(以聲爲形發現故事)'라고 하지."

"그게 뭔데요?"

"소리로 형상을 이루어 이야기를 드러낸다. 노랫말로 존재를 확인할 수 있는데 작자는 굳이 '녹의 풍향'이라는 이야기를 만들었어. 왜 그랬을까?"

승곤은 고개를 갸웃거리며 답을 기다렸다.

"그 대본은 '이음위형발현고사'의 원리를 실체화시킨 말판이라고 할 수 있어. 무대가 바로 말판이 갖춰진 보드지. 원래 위저보드는 철자를 순서대로 짚어가며 망자의 영혼과 대화를 이어나가는 도구야. 즉 무대를 보드 삼은 형우의 목소리가 철자 대신 자기의 대사를 말하는 거지. 사실 위저보드는 오컬트에 속하지만 '이음위형발현고사'는 과학적 설명이

가능해. 그럼에도 서로 무관하지 않다는 게 아이러니지.”

산현은 온통 물음표투성이인 승곤의 표정을 보고 설명이 더 필요하다는 것을 알았다.

“청각에서 불가청 음역대가 있듯 시각에도 비가시 영역이란 게 있어. 만약 그 영역에 속한 뭔가를 듣거나 목격했다면 그런 원리로 만들어진 대상일 가능성이 있단 거지.”

“그러니까 ‘녹의 풍향’의 내용은 그 원리가 작동할 수 있는 장치를 만들어내기 위한 허구의 이야기란 거군요. 그럼 형우는 존재하지 않는 인물인데 그 목소리를 누가 내는 거죠?

“세상에 허구의 이야기는 없어. 사람 사는 게 거기서 거기란 말이 있듯 인물과 내용은 허구라 해도 이야기는 실제야. 그래서 사람들은 각자 자기 이야기와 유사하거나 겹치는 부분에서 감정이입을 하게 되지.”

“그렇다면 ‘이음위형발현고사’라는 건 없는 것을 있게 만드는 거네요.”

“그렇지. 형우가 말을 하려면 형우의 이야기가 있어야 해. 그래서 ‘녹의 풍향’을 만든 거야.”

승곤의 복잡했던 머릿속이 어느 정도 정리됐다. 놈을 있게 하려면 놈의 이야기가 필요하다. 놈의 이야기는 미수의 이야기에 붙어 있고, 미수의 이야기는 우리 이야기와 엮여 있다. 우리 사이에 놈의 자리를 주란 게 바로 그런 뜻이구나. 안락과 무진 사이에 형우의 자리가 있듯 우리와 미수 사이에 놈의 자리를 만들어주면 된다.

"무슨 생각 해?"

"네? 아니에요."

"너 방금 되게 위험해 보였어."

"정말요?"

"정말 위험한 생각을 하긴 했구나."

"아니에요. 근데 선배님은 형우를 죽인 범인이 누구라고 생각하세요?"

승곤이 질문을 던지며 화제를 돌렸다. 산현은 승곤의 의도를 눈치챘다. 방금 했던 그의 위험한 생각에 관해 제발 묻지 말아 달라는 뜻이다. 대체 무슨 생각을 했기에? 아무래도 구전 교칙에 관한 것이지 싶은데.

"등장인물 모두에게 동기가 있으니 누가 범인이어도 이상하지 않아. 근데 사실, 난 범인을 임의로 정하지 않고 시작했어. 직접 진실을 물어볼 생각이었지."

"형우한테요?"

승곤의 눈이 커졌다. 조해을 같은 미친놈이 여기 또 있네. 죽을 거 뻔히 알면서 궁금하다고 어떻게 그딴 짓을 해.

"무슨 생각 하는지 다 보인다."

"그게 얼마나 위험한 짓인지 알잖아요?"

"나 혼자 그 위험을 감수할 수 있을 줄 알았거든."

"본인은 조해을처럼 죽어도 상관없다는 거예요?"

"솔직히 말하면 나는 그렇게 되지 않을 것 같았어."

"사람들이 다들 그래요. 무슨 일이 나도 자기만은 괜찮을 줄 알죠. 근데 안 그래요."

"궁금했어. 형우가 조해을에게 무슨 이야기를 했는지. 뭐 어쨌거나 나는 괜찮았을 거야."

산현이 너무 천연덕스러운 얼굴로 이야기를 해서 승곤은 어이가 없었다.

"무슨 자신감이에요?"

"근거 있는 자신감이야. 내가 약간 특이체질이거든."

"특이체질요?"

"나쁜 일들이 알아서 비켜간달까."

"늘 운이 좋은 사람은 없어요. 선배님도 결국 '녹의 풍향' 제작을 포기했잖아요. 무슨 일이 있었던 거예요?"

"연습실을 돌아다니는 이상한 기척이 있었어. 배우들이 공포감을 느꼈지."

대본 연습 중에 공기를 내리누르는 기묘한 압박감이 있었다. 뭐라 설명할 수 없는 기이한 기분에 사로잡혔다. 일순 죽음의 세계에 몸이 빠져든 것처럼 완전히 다른 세상에 갇힌 것 같았다. 머리 위로 캄캄한 어둠이 발아래로 시커먼 심연이 감싸들었다. 배우들이 대사를 읽을 때마다 낯선 숨결이 그곳에 있던 모든 사람 곁으로 사신의 냉기를 뿌리며 스쳐 지나갔다. 계속하다간 전부 미쳐버릴지도 모른다는 생각이

들었다. 그때 산현은 정말 무서운 것이 무엇인지 깨달았다. 현실의 경계가 모호해지고 현상이 우리의 손에 닿지 않는 것. 시공이 알 수 없는 범위로 좁아지거나 확장되는 것. 그것에 사로잡혀 감금되는 것.

"그게 형우였어요?"

"아마도."

"하지만 리허설 무대가 있기 전이었잖아요. 아직 위저보드를 펼치지 않았어요."

"최초의 리허설 때 펼친 위저보드가 닫히지 않았어. 위저보드로 불러낸 것을 돌려보내지 않으면 그건 현실에 계속 남아 있게 되지. 아무도 그걸 알지 못했어. 돌려보내는 방법도 몰랐고. 두 번째와 세 번째 제작을 거치며 형우는 리허설 무대가 만들어지기 전에 존재감을 드러내기 시작했어. 대본의 대사들이 오가자 형우가 보드가 완성되기도 전에 배우들 곁으로 다가온 거야. 그리고 자기 차례를 기다렸을 테고. 언제 형우의 목소리가 등장할지 알 수 없는 상황이었지. 그래서 나는 거기서 그만둬야 한다는 것을 알았어. 아니면 결국 누군가 다치게 될 테니까."

승곤은 산현이 이타적이고 현명한 사람이라는 것을 알았다. 잘은 몰라도 제작이 엎어지면서 막대한 손해를 입었을 것이다. 앞서 세 번이나 실패한 공연을 다시 제작하려고 했을 때는 작심하고 각오한 바가 있었을 텐데 과감히 내려놨다. 다른 사람을 위해 포기할 수 있으며 멈출 때를 알고 늦지 않게 판단과 결정을 내릴 줄 아는 사람이었다.

"그럼 혹시 지금도 형우의 존재를 느끼세요?"

산현은 고개를 저었다.

"난 배우가 아니라서. 형우의 이야기는 '녹의 풍향'이야. 그 이야기가 있는 곳에서만 등장할 수 있지. 형우는 목소리로만 존재하니까 자기 이야기가 오가는 대본의 대사들 속에서만 등장할 수 있어. 그래서인지 그 대사들을 말했던 배우들은 여전히 느낀다고 하더라고."

승곤은 침을 꿀꺽 삼켰다. 한 번 구전 교칙의 노랫말에 대답하면 그 학생을 계속 볼 수 있다. 귀신이든 허깨비든 개인의 이야기가 투사된 형태로. 그것이 비가시 영역에 존재하는 것을 보는 방식이다.

"조해을의 배우들은 형우가 무대에서 그들을 따라 내려와 현실로 들어왔다고 말했어. 그들은 자신들에게 달라붙은 불길한 기척 때문에 평생 신경쇠약에 시달렸지."

심지어 조해을은 형우와 직접 대화를 했다. 그러니 그의 현실에도 형우가 있었을 것이다. 구전 교칙의 후유증도 그렇게 남을 수 있다. 평생 놈의 존재를 느끼고 놈의 노랫말을 머릿속에서 굴리며 살게 될 테지. 안 좋은 일을 겪을 때마다 그게 구전 교칙의 노랫말에 대답했기 때문인지 아니면 일어날 일이 일어난 것인지 알지 못한 채 그저 두려워하며 전전

궁금할 것이다.

"혹시 대본을 갖고 계신다면 한 부 얻고 싶어요."

"없어. 나도 어렵게 구했던 건데 제작이 중단된 후 전부 수거해서 태워버렸어. 사실 대본 자체는 위험한 물건이 아니야. 다만 그 대본이 있는 한 그 장면의 무대는 언제든 만들어질 수 있으니까. 위저보드가 닫히지 않은 채 세 번의 리허설이 있었고 형우의 존재는 더 강해졌지. 그래서 나 때가 되자 그 장면의 대사를 주고받으며 읽는 것만으로 현상이 일어나게 된 거야. 그러니 대본을 남겨둘 수가 없었지."

알려진 내용을 이야기하는 것은 문제가 되지 않는다. 하지만 대본의 대사를 소리 내어 읽는 건 이제 형우를 불러내는 주문이 됐다. 이를 깨닫고 서둘러 중단한 덕에 산현은 그의 배우들을 보호할 수 있었다.

"오늘 감사합니다."

승곤을 배웅하며 산현이 경고했다.

"뭘 생각하는지 모르겠지만 위험한 짓 하지 마."

승곤이 가고 난 후 산현은 머리가 복잡해졌다. 솔직히 승곤에게 아무것도 말해주고 싶지 않았다. 그냥 자신이 학교 다닐 때 어른들에게 들었던 말을 그대로 전하려고 했다. 구전 교칙 따위 신경 쓰지 말고 공부나 열심히 하라고. 하지만 그 시절 그가 그랬던 것처럼 저 아이들 역시 그렇게 말하면 오히려 더 파고들 것을 알았다.

그는 승곤의 절박한 눈빛에서 거짓을 읽었다. 이 방문은 특집기사를 위한 취재가 목적이 아니라는 것을. 저 아이는 노랫말을 들었다. 그리고 무슨 일을 겪었거나 겪는 중이다. 나한테 답을 구하러 왔는데 왜 다 털어놓지 않는 걸까? 대체 왜 '녹의 풍향' 대본을 구하는 거지? 설마 그 대본으로 자기들끼리 위저보드 무대라도 만들려나?

그의 시선이 잠긴 책상 서랍에 잠시 머물렀다. 인쇄한 부수만큼 정확하게 거둬들여 소각했고 딱 한 부를 남겼다. 조해을이 가지고 있다던 대본이 발견되지 않은 지금 세상에 남은 유일한 '녹의 풍향'이다. 그러므로 '녹의 풍향'이 아이들 손에서 문제를 일으킬 가능성은 없다. 그런데도 그의 마음 한편에 도사린 불안감은 사라지지 않았다.

* * *

승곤은 홍남에게 산현이 했던 이야기를 전하며 말했다.

"다짜고짜 절박해 보이는데 뭐냐고 물었고 위험한 짓 하지 말라고 경고하더라."

"네가 엄청 불안해 보였나 보다. 그래서 우리 사정을 어디까지 말했어?"

"아무것도. 처음 보는 사람한테 뭘 어떻게 말해?"

"어쨌든 대본은 없단 말이지. 할 수 없네."

홍남이 구석 놀이 이야기를 꺼냈다. 듣고 난 승곤이 고개를 끄덕였다.

"리허설 무대를 구석 놀이의 공간으로, 자리 이동을 노랫말로 대신하자는 거구나. 될까?"

"해보면 알겠지. 근데 위험할 수도 있어."

"알아. 아는데 이거 덮으면 다른 것도 다 덮어야 해. 100호 특집기사는 그렇다 치고 미수는 어쩔 거야? 이대로 아무 일도 없었다는 듯 계속 미수를 볼 수 있어?"

"아무 일도 없었다고 하기엔 우리 기억이 되게 이상하지."

홍남이 시무룩하게 말했다.

"우린 이미 판에 들어섰어. 멈출 수도 돌아갈 수도 없다고. 늦었어. 우리가 모르는 사이에 일은 이미 벌어졌고 앞으로 무슨 일이 더 벌어질지 몰라. 그러니 뭐가 어떻게 돌아가는지 알아야지."

승곤의 말에 홍남은 비장한 표정으로 말했다.

"해보자. 미수도 붙여야겠지?"

"그래야지."

"미수까지 구석 놀이 인원으로 딱 맞아떨어지네."

7

순서 주기

청람고등학교 설립자는 학교를 세울 때 반드시 지세를 살릴 것을 요구했다. 그래서 땅을 깎지 않고 오르막을 따라 세운 건물들은 애초에 그 위치들이 효율과는 거리가 멀었다. 100여 년의 시간이 지나는 동안 건물들이 하나둘 늘어났고 가뜩이나 복잡한 구조는 더 복잡해졌으며 그만큼 은밀한 장소들이 생겨났다.

학교에서 가장 오래된 건물인 학생회관은 강당 건물 뒤편에 있고 그 뒤로는 금목서의 오렌지색 꽃들이 흐드러지게 핀 비탈길이 이어졌다. 네 사람은 금목서의 짙은 향기가 넘실대는 한밤중 편집부 동아리방에 모였다. 창문을 암막 천으로 가리자 동아리방은 칠흑처럼 깜깜해져 아무것도 보이지 않았다.

승곤이 출입문 쪽 귀퉁이에 섰다. 승곤의 오른쪽으로 은새, 홍남, 미수가 차례로 자리를 잡았다. 일부러 남자와 여자가 번갈아 섰다. 놈의 목소리가 끼어들면 남자 목소리가 두 번 나오게 되므로 헷갈리지 않게 하려는 의도였다.

"권 쌤 있을 때 하는 게 낫지 않을까요?"

은새가 어둠 속에서 불안함을 드러내며 말했다.

"이걸 권 쌤이랑 어떻게 같이 해? 어차피 벽 구석도 네 개뿐이야. 그리고 권 쌤이 지금 제정신이겠어? 애가 위독하다잖아. 옛날에 우리 할머니 말씀이 아기를 티 나게 예뻐하면 귀신들이 시샘해 일찍 데려간다고 그랬는데."

홍남의 말에 승곤은 비웃었다.

"일곱 살이 아기냐?"

"태어났을 때부터 지금까지 그렇게 자랑질을 했으니 귀신들도 귀가 닳도록 들었겠지. 근데도 여태 봐준 줄 모르고."

"귀신 이야기 좀 하지 마세요."

은새가 짜증을 내자 홍남이 달랬다.

"긴장하지 마. 그냥 취재를 위한 잠복이라고 생각해."

"너무 어두워요. 아무것도 안 보인다고요."

은새는 이미 겁에 질려 있었고 몇 걸음 곁에 다른 사람들이 있음에도 고립감을 느꼈다.

"진정하고. 다들 준비됐지? 미수부터 시작해."

홍남의 지시에 따라 미수가 노랫말의 첫 구절을 말했다.

"오래 가라, 오래 가라. 자갈 던져 생긴 물수제비."

"장대 끝으로 콕 집어내 네 눈알과 바꿔볼래?"

홍남이 다음 구절을 받았다.

"장대가 삐뚤어지면 안 돼."

이어 은새의 목소리.

"물수제비가 흘러내려서도 안 돼."

승곤의 목소리.

"장대가 꼿꼿하게 서고."

다시 미수의 목소리.

"물수제비에서 옹이 눈알이 자라면."

홍남의 목소리.

"너도 볼 수 있을 거야."

조금 빨라진 은새의 목소리.

"지금 내가 보고 있는 것을."

승곤의 목소리가 덩달아 빨라졌다. 다시 미수의 목소리가 이어지며 노랫말이 계속 반복됐다. 시간이 지날수록 승곤은 감히 꼼짝할 수가 없었다. 몸은 어딘가 먼 곳에 있는 작은 상자 속에 꼭 끼어 있고 정신만 이 어둠 속에 둥둥 떠 있는 것 같았다.

홍남은 손가락 하나만 잘못 움직여도 그들을 사로잡고 있는 이 공간이 깨질 것 같다는 공포감을 느꼈다. 그러면 깔끔하게 현실로 돌아가는 것이 아니라 이 공간이 감당할 수 없는 방향으로 치닫게 될 것을 직감했다. '녹의 풍향' 첫 리허설 때 보드를 제대로 닫지 않은 여파가 네 번째까지 이어졌다고 했다. 그러니 정신을 똑바로 차리고 무슨 일이 있어도 이 구석 놀이를 제대로 마무리해야 했다.

은새는 자신의 목소리가 아득하게 멀어지면서 동시에 온몸이 옥죄어드는 것을 느꼈다. 급기야 제 몸이 제 몸 같지 않아졌다. 어쩌면 나는 내가 아닐지도 몰라. 은새는 문득 여기 있는 자신의 존재가 의심스러워졌다.

서로 다른 목소리가 어우러졌다가 허공으로 녹아내려 그들의 호흡 속으로 파고들었다. 뱃속에서 작은 진동이 느껴졌고 이윽고 온몸이 울리자 어둠이 농도를 드러내며 울렁였다. 무언의 공간이 마치 살아있는 것처럼 보였다.

은새가 참지 못하고 소리쳤다.

"그만! 더는 못 하겠어요. 무서워요."

동시에 속도가 붙어 팽팽하게 당겨지고 있던 노랫말의 리듬이 뚝 끊겼다.

"무섭긴 뭐가 무서워? 우리 다 여기 있는데."

맥 빠진 승곤이 나무랐다.

"있는데 안 보여서 무섭다고요."

은새가 울먹이며 불평했다. 미수의 자리가 조용했다. 승곤이 미수를 불렀다.

"미수야?"

"……"

대답도 기척도 돌아오지 않았다. 정적이 흘렀다. 세 사람의 뒷덜미가 공포로 쭈뼛거렸다. 홍남이 자리를 박차고 나가고 싶은 충동을 누르며 애써 태연한 척 물었다.

"미수 너 졸고 있지?"

그때 미수가 말했다.

"아닌데."

순간 세 사람은 동시에 같은 생각을 했다. 방금 대답한 사람이 정말 미수일까? 미수일 것이다. 미수의 목소리였으니까 미수여야 했다. 하지만 칠흑 같은 어둠 속에서 미수의 모습을 확인할 수 없었다.

"무서워요, 무섭다고요."

흥분한 은새의 목소리가 높아지자 승곤이 치미는 짜증을 누르며 말했다.

"안은새! 그만 좀 찡찡대고 정신 똑바로 차려. 계속 우는 소리 할 거면 지금 나가. 대신 다시는 편집부 근처에 얼씬거리지 마. 내 눈앞에 나타나지도 말고. 알았어?"

승곤의 성난 어조에 은새는 정신이 번쩍 났고 머리끝까지 차올랐던 공포가 가라앉았다.

"죄송해요. 하지만……."

은새는 우물거렸다. 대체 우리가 왜 이딴 짓까지 해야 하는데요? 반박하고 싶었지만 그랬다간 여기서뿐 아니라 정말 편집부에서까지 쫓겨날 것 같았다. 승곤이 말했다.

"지금부터는 무슨 일이 있어도 노랫말이 끊기지 않게 해. 그냥 계속하라고."

노랫말이 다시 돌아가고 승곤은 문득 어느 구절에서부터인가 미수의 목소리가 사라졌다는 것을 깨달았다. 자신의 목소리에 이어 낯선 목소리를 들은 것 같았다. 홍남의 목소리와 은새의 목소리, 다시 자신의 목소리, 그리고 낯선 목소리……. 최면에 걸린 것처럼 승곤은 정신이 몽롱해졌다. 왜 미수의 목소리가 들리지 않는 거지?

승곤은 미수를 부르고 싶었다. 하지만 여기서 아까처럼 노랫말이 끊어지면 낯선 목소리도 사라질 것이다. 그 전에 물어야 한다. 노랫말 대신, 넌 누구냐고, 미수의 다리를 망가뜨린 것이 누구냐고. 승곤은 미수가 있는 왼쪽 구석을 응시했다. 아무것도 보이지 않았다.

갑자기 쿵 하고 무거운 것이 바닥을 내리찍는 소리가 울렸다. 은새가 외마디 비명을 내질렀다. 그러면서도 승곤의 당부대로 이를 악물고 벌벌 떨리는 목소리로 노랫말을 이어 나갔다.

"너도 내가 보는 것을 보게 될 거야."

제 순서를 기다리고 있던 승곤이 마침내 노랫말 대신 물었다.

"너 누구야?"

승곤은 한껏 조여든 심장이 발밑을 향해 곤두박질치는 것 같았다. 그들의 시선은 미수가 있는 구석 자리의 어둠으로 모였다. 그들은 밀려드는 공포를 악착같이 버티며 귀를 기울였다.

"나는······."

미수의 자리를 차지한 어둠이 히죽거리며 대답하려는 순간 픽 하는 소리와 함께 천장에서 불꽃이 일었다. 이어 작은 불길이 치솟는 동시에 그들의 시선도 반사적으로 옮겨갔다. 불길은 순식간에 천장을 타고 번져나갔다. 출입문 옆에 서 있던 승곤이 스위치를 켰다. 딸각 소리만 날 뿐 불은 켜지지 않았다. 희뿌연 연기가 피어오르고 불그레한 불빛이 희미하게 방 안을 비췄다.

미수가 있어야 할 구석 자리에는 아무도 없었다.

"미수야?"

승곤이 사방을 둘러보았다. 미수는 어디에도 보이지 않았다. 홍남이 창가로 달려가 거칠게 암막 천을 잡아당겼다. 실내의 어둠이 옅어졌다. 매캐한 연기로 휩싸인 방 안은 난장판이었다. 탁자의 위치는 흐트러졌고 의자들은 모두 넘어져 있었다. 캐비닛 문과 책상 서랍은 죄다 열려 있었고 집기와 파일들은 바닥에 내동댕이쳐졌다.

이렇게 엉망진창이 되려면 꽤 요란한 소리가 났어야 했는데 그들이 들은 것은 바닥을 내리찍는 쿵 소리뿐이었다. 귀신이 곡할 노릇이었다. 그들은 넋이 나간 채 각자 자신의 자리에서 얼어붙은 듯 그 광경을 마냥 바라보고만 있었다.

그사이 벽을 타고 성큼 내려선 불길이 탁자와 의자에 옮겨붙었다. 그제야 정신이 번쩍 든 홍남이 출입문을 열고 밖으로 나가려고 했다. 복도에 있는 소화기를 가져오기 위해서였다. 하지만 실내의 열기로 오류가 난 도어록은 꿈쩍도 하지 않았다.

승곤이 허둥지둥 휴대폰을 꺼내 들고 119에 신고했다. 홍남이 창문을 열었다. 회색 연기가 창밖으로 빨려 나가는 동시에 바람을 탄 불길이 파도처럼 밀려들었다. 그들은 당장이라도 뛰어내리고 싶었지만 6층이라 엄두가 나지 않았다. 구조대가 올 때까지 버티는 수밖에 없었다.

오래된 학생회관 건물이 스렁스렁 무너져 내리기 시작했다. 그들은 입과 코를 필사적으로 막아보지만 열기와 연기로 숨을 쉴 수가 없었다. 가물거리는 정신을 간신히 부여잡고 있는 그들의 귓속으로 넋두리하는 놈의 목소리가 천천히 흘러들었다.

"이제 내가 말할 차례인데 이러면 안 되지. 내가 누구냐고 물었지? 들어봐, 애들아. 나는 공기야. 킥킥킥……."

기이한 웃음소리를 내는 목소리가 불길 타는 소리와 어우러지며 가락이 되어 노래하듯 속삭였다.

"그리고 나는 소리야. 킥킥킥……. 눈이 오나 비가 오나 모두의 주변을 떠돌았어. 아주 옛날부터 언제나 모두의 옆에 있었지. 하지만 아무도 나를 알아보지 못했어. 나는 미수가 불러줄 때까지 아무것도 아니었지. 미수가 봐줄 때까지 거기 없었어. 아, 아……."

놈의 목소리가 큰 숨을 내쉬자 불길이 일렁였다.

"눈썹이 세도록 오래 묵은 미수가 5년 만에 집으로 돌아 갔지. 미수는 잊지 않았어. 너흴 살릴 거야, 아니 너흴 죽일 지도. 어떻게 되려나? 네가 살아서 둘이 죽었고 네가 살아서 셋이 죽었고 네가 살아서 다섯이 죽었지. 재밌다, 재밌어. 킥 킥킥……."

뜨거운 열기가 웃음소리와 함께 그들을 집어삼켰다가 토 해냈다. 열기가 가시 돋친 채찍처럼 승곤의 눈을 후려쳤다. 승곤은 신음을 삼켰다. 눈을 뜰 수가 없었다. 승곤은 고통스 러워하면서도 악착같이 생각을 붙들었다. 놈이 자기 차례에 말을 했다. 그렇다면 놈이 잠깐 말을 멈춘 사이 다음 사람이 노랫말이든 뭐든 말하면 차례를 또 한 바퀴 돌릴 수 있다. 그럼 놈에게 다음 질문을 할 기회가 생긴다.

놈에게 아직 물어볼 게 남아 있었다. 놈의 다음이 누구더 라? 홍남아, 빨리 노랫말의 다음 구절을 말해, 하고 말하려 했지만 승곤은 아무 말도 할 수 없었다. 정신이 아득해지는 가운데 그저 생각했다. 근데 그건 대체 무슨 말이지? 네가 살아서 둘이 죽었고 네가 살아서 셋이 죽었고 네가 살아서 다섯이 죽었다고? 그리고 눈썹이 세도록 오래 묵은 미수가

5년 만에 집으로 돌아갔다고 했는데 오래 묵은 미수는 놈이 잖아. 그럼 미수는 누구지?

놈의 목소리가 다시 웃었다.

"킥킥킥…… 왜 그랬어? 아무도 모를 줄 알았지? 근데 내가 봤어. 내가 다 봤다고. 킥킥킥……."

번개가 번쩍이더니 천둥소리가 세상을 흔들었다. 그 순간 우당탕 소리와 함께 무엇인가가 창밖으로 튀어 나갔고 비가 쏟아지기 시작했다.

승곤은 속으로 중얼거렸다. 가지 마. 아직 물어볼 게 남았어…….

그때 누군가 승곤의 팔을 잡았다. 눈을 뜨려니 눈꺼풀이 녹아내린 듯 착 달라붙어 떠지질 않았다. 누구야? 미수 너야? 승곤은 더듬거리며 손을 뻗었다. 젖은 뺨이 만져졌다. 울고 있어? 그 얼굴이 천천히 승곤의 팔 쪽으로 기울었다. 가느다란 신음이 전해졌다. 승곤은 자신에게 기댄 그 얼굴의 두 눈을 가려주었다. 울지 마, 제발 울지 마. 생각해보니 그는 미수가 우는 것을 한 번도 본 적이 없었다. 멀리서 소방차의 사이렌 소리가 들렸다.

* * *

"너희 셋 진짜 큰일 날 뻔했어. 그래도 이만한 게 어디야.

홍남이와 은새는 괜찮아. 너만 잘 나으면 돼."

문병을 온 권혁준이 승곤의 어깨에 손을 얹으며 힘내라고
말했다. 승곤의 두 손은 붕대에 감겨 있었고 눈은 열상 때문
에 안대를 하고 있었다. 그때 울면서 승곤의 팔을 잡은 이는
은새였다. 은새의 부모님이 찾아와 고맙다고 했다. 승곤의
손이 가려준 덕분에 은새는 눈을 다치지 않았다고.

"셋요? 미수는요?"

"불이 났을 때 미수도 거기 있었어?"

"아뇨. 처음엔 같이 있었는데 불이 났을 때는 없었어요."

"미수가 중간에 자리 비운 게 천만다행이었네. 미수도 괜
찮으니까 걱정할 거 없어."

미수는 어떻게 된 걸까? 화재 후에는 도어록이 작동하지
않았으니 미수는 그 전에 방을 나갔다. 대체 그게 언제야?

"그나저나 당분간 두 손도 못 쓰고 앞도 볼 수 없어 불편
하겠다. 어쩌자고 겁도 없이 그 시간까지 학교에 남아 있었
던 거야?"

"학교에 늦게까지 남아 있었던 건 잘못했어요. 근데 불은
저희가 낸 게 아니에요."

"알아. 누전이었어. 건물이 하도 오래돼서. 학교가 알아서
다 처리할 거야."

다행이었다. 그런데 안대를 하고 있어 캄캄한 시야에 뭔가
어른거리는 형체가 나타났다. 팔다리를 흐느적거리는 것이

꼭 풍선 인형 같았다.

"쌤, 지금 춤추고 있어요?"

"네가 이렇게 된 게 좋아서 내가 춤추고 있단 소리야? 농담이라도 그런 섬뜩한 소리 하지 마라."

"지금 그렇게 보이는데요."

"아무것도 안 보이는 놈이 보이긴 뭐가 보여? 네 눈꺼풀 안에서 벌어지는 그림자놀이겠지."

굿춤이라도 추는 듯 온몸을 흔들어대던 풍선 인형이 갑자기 소리 없이 터져버렸다. 꽃가루가 날리듯 빛들이 흩어졌고 갑자기 눈이 몹시 간지러워졌다. 저도 모르게 올라가는 손을 권혁준이 잡았다.

"눈에 손대면 안 돼. 왜? 아파?"

"아뇨. 잠깐 간질거려서. 이제 괜찮아졌어요."

"그리고 구전 교칙 취재는 여기까지야. 학교에 이상한 소문이 퍼지고 있어. 교지편집부원들이 구전 교칙의 노랫말을 하는 학생이 누군지 캐려다가 전부 타 죽을 뻔했다고."

"취재는 끝났어요. 기사는 실어도 되죠?"

"다른 방향으로 수정하면."

"다른 방향요?"

"홍남이한테 들었어. 그 기사 때문에 동아리방에 늦은 시간까지 남아 있었던 거라고. 구전 교칙과 '녹의 풍향'을 연관시킨 것도, '녹의 풍향' 제작자였던 이산현을 인터뷰하러 갔

던 것도 괜찮았어. 그러니까 기사의 포인트를 괴담의 학생
이 아닌 청람이 가진 전통을 토대로 예술 활동을 하는 성공
한 청람 출신으로 바꾸는 거야."

"하지만 구전 교칙의 학생은 진짜 있어요. 불이 났을 때
동아리방에서 그 학생의 목소리를 들었어요. 저뿐 아니라
다른 애들도 전부요."

"착각이야. 연기에 질식해 정신을 잃으며 들은 환청이지."

"저희 셋이 동시에요?"

"너희 셋 모두 구전 교칙의 학생 기사를 쓰고 있었으니까.
사람들의 관심이 하나에 집중하면 집단 최면에 걸릴 수 있
어. 기사는 검증된 사실만 써야 해. 죽은 귀신보다는 산 사람
을 대상으로 하는 게 맞지."

놈이 뭔지는 모르겠지만 귀신은 아니에요, 하고 반박하고
싶었지만 그렇다고 산 사람도 아니니 승곤은 뭐라 말하지
못했다. 그때 승곤의 시야에서 또다시 뭔가가 흐물흐물 움
직였다. 마치 바닥에 깔린 그림자들이 일어서는 것 같기도
했고 빛이 그린 명암이 뱅글뱅글 도는 것 같기도 했다. 그
형상은 권혁준이 있는 자리에서 벌어지고 있었다.

승곤은 자신이 보고 있는 것이 눈꺼풀 아래 그림자놀이
같은 게 아니라는 것을 깨달았다. 어쩌면 그 노랫말대로 된
게 아닐까? '자갈 던져 생긴 물수제비, 장대 끝으로 콕 집어
내 네 눈알과 바꿔볼래? 그럼 내가 보는 걸 볼 수 있어'라고

했다. 그래서 지금 내가 보고 있는 게 뭔데?

"내가 너희랑 우리 늦둥이 때문에 어젯밤에 지옥을 몇 번 다녀왔는지 알아?"

"아이는 괜찮아요?"

"지금은 괜찮아."

"죄송해요. 저희까지 걱정 끼쳐드려서."

"너희도 너희지만 하나뿐인 아들 또 잃어버리는 줄 알았다. 원인불명의 호흡곤란이라니 뭐 그런 게 다 있어? 아무튼 숨이 멎었다가 기적처럼 돌아왔어. 다 내 탓인 것 같아. 이제 늦둥이 자랑질은 그만해야겠어."

권혁준은 다행이라 여길 뿐 기적에 대해서는 의심하지 않았다. 하지만 승곤은 미수가 미수일까 의혹을 품었듯 그 아이가 정말 그 아이일까, 하는 생각이 문득 들었다.

* * *

산현은 사무실에 혼자 남아 배달 도시락을 먹으면서 오랜만에 '녹의 풍향' 대본을 다시 보았다. 대본에는 형우의 목소리가 들리는 장면에 붉은 글씨로 인쇄된 대사들이 삽입되어 있다. 이는 조해을의 첫 리허설 무대에서 형우의 목소리가 들릴 때 누군가 급하게 받아 적은 것인데 이후 삭제하지 않고 남겨둔 것이다. 당시 이걸 기록한 사람이 용기를 내서 조해을과 함께 조금만 더 자리를 지켰더라면 하는 아쉬움이 있었다.

"내 사랑은 허깨비, 너희가 그동안 보고 들었던 것은 모두 허상이고 거짓말……."

끼어든 형우의 목소리는 이렇게 대사를 시작하는데 조금 후에 거기 있던 사람들 모두 놀라 도망쳤기에 조해을 말고는 그다음 이야기를 끝까지 들은 사람이 없었다.

극 중에서 형우는 안락을 사랑한다. 그런데 그 사랑을 허깨비라고 했다. 어찌 보면 안락에 대한 사랑을 후회하는 것처럼 보인다. 그게 아니면 진실을 말하는 걸까? 너희가 그동안 보고 들었던 것은 모두 허상이고 거짓말이라고 했다. 그 대상이 안락이라면 안락은 허상이고 거짓말이라는 뜻이다. 이 대사는 아무래도 형우가 안락에 대해 관객에게 뭔가 알려주려는 것 같다.

산현은 안락의 아버지가 악몽을 꾼 아내를 딸의 침실로 데려가는 장면에서 이전에 깨닫지 못했던 새로운 사실을 알아차렸다. 안락의 어머니가 하는 행동이 어쩐지 눈먼 사람 같다는. 대본에는 안락의 어머니가 눈먼 사람이라거나 혹은 눈이 머는 장면이 없다.

나중에 형우가 죽었다는 소식을 듣고 자기 눈을 찌른 사람은 안락이다. 형우를 그리워하는 마음이 너무도 사무쳐서 죽은 그의 영혼이라도 만나고자 그런 짓을 저지르고 만다. 산현은 어쩐지 이 장면도 새삼 이상하다는 생각이 들었다. 안락은 무진을 사랑한다. 그런데 왜 형우를 위해 이렇게까지 행동하는 걸까?

다 먹은 도시락통을 치우던 산현의 시선이 볼륨을 낮춰놓은 텔레비전 화면에서 멈췄다. 뉴스에 등장한 화재현장. 멀리서 찍어 제보한 휴대전화 동영상이었지만 불길에 휩싸인 건물을 보는 순간 그는 바로 알아보았다. 20여 년 전 계단이 닳도록 오르내리던 학생회관 건물. 청람고등학교였다.

* * *

눈가에 얼음 팩이 닿자 홍남은 움찔했다. 창문을 열었을 때 바람을 탄 불길이 갑자기 치솟아 눈앞을 스쳤다. 다행히 눈을 다치진 않았다. 이마와 눈 주변은 살짝 데어 피부가 벌건 정도였고 며칠이면 가라앉는다고 했다. 주령이 홍남의 머리를 뒤로 당기며 말했다.

"고개 더 젖혀. 흘러내리니까 딱 그러고 있어라."

"이런 불편한 자세로? 어디 기댈 수 있게 좀 해주지."

홍남이 두 손으로 거실 바닥을 더듬으며 누울 자리를 찾았다.

"불평하지 마. 너 때문에 엄마 아버지 심장마비 올 뻔하셨어. 그리고 난 알바도 못 가고 네 수발이나 드는 처지가 됐고."

"난 괜찮으니까 알바 하러 가."

"됐어. 누구 한 사람은 지키고 있어야지. 게다가 그 꼴로 밥은 차려 먹겠어? 근데 다 큰 남고생도 그런 걸 하는구나."

비웃는 기색이 역력했다.

"작은누나가 먼저 말한 거다."

"난 분명 하지 말라고 했다. 겁도 살짝 준 것 같은데. 세상에, 그걸 듣고 쪼르르 가서 친구들하고 해봤다는 게 웃기네."

"그렇게 농담처럼 말하지 않았잖아. 그랬으면 나도 그냥 웃으며 넘어갔을 텐데. 이게 다 작은누나 때문이야."

"무슨 개소리야."

주령은 한심하다는 듯 누워 있는 홍남의 배를 찰싹 때렸다. 홍남이 외쳤다.

"아파. 나 환자야. 우리 진지했어. 장난으로 한 거 아니야. 그걸로 숫자 대신 구전 교칙의 노랫말을 했더니 진짜 구전 교칙의 그놈이 나타났어. 우리 모두 놈의 목소리를 들었다고."

"그래, 어련하겠어."

얼음 팩을 얹은 자리가 화끈화끈 뜨끔뜨끔했다. 그래도 아직 병원에 있는 승곤에 비하면 멀쩡한 거나 다름없었다. 그

나저나 승곤의 눈이 괜찮아야 할 텐데. 이러고 있을 때가 아니지. 홍남이 얼음 팩을 치우고 일어나려는데 주령이 손바닥으로 그의 얼굴을 꾹 누르며 동시에 한쪽 발로 배를 밟았다.

"이게 어딜 도망가려고."

"왜 자꾸 동생의 배를 노리는 거야. 내 배가 만만해 보이나 본데 느껴보면 엄청 딴딴한 근육질이라고. 언제든 튕겨낼 수 있는데 봐주는 거야."

"느끼긴 뭘 느껴. 웃기고 있네. 여기가 사람 몸의 중심이라 밟고 있는 거야. 기하학적으로 너를 제압할 수 있는 근거 있는 자리란 뜻이지."

"알았으니까 좀 비켜봐. 승곤이한테 가봐야겠어."

"안부는 전화로 해. 너나 승곤이나 지금은 안정을 취해야 할 때라고. 그나저나 뭐 이상한 거 보이고 그러진 않지?"

"뭔 소리야?"

"그게 말이야……."

"뭔데?"

"말해주면 안 나갈 거야?"

"알았어."

주령이 홍남에게서 손과 발을 떼며 말했다.

"'녹의 풍향'이 무대에 오르지 못한 결정적 이유가 따로 있더라고. 첫 번째 리허설에서 불려 온 형우의 목소리가 돌아가지 않고 남았대."

"알아. 그래서 이산현 선배가 네 번째 제작을 엎었잖아. 인터뷰했어."

"이산현 씨를 만났어? 나 좀 데려가지."

"나 말고 승곤이가 갔어."

"이산현 씨가 뭐래?"

"형우로 여겨지는 뭔가가 배우들의 주변을 떠돌았대. 그러다가 무슨 사고라도 일어날까 싶어 포기했다고."

"확실히 리허설 무대에 올랐던 배우들에게 좋지 않은 사고들이 있었지. 근데 희한하게도 안락 역의 배우들은 전부 눈을 다쳤어. 아니, 대본에서처럼 자기가 자기 눈을 찔렀대."

홍남은 소름이 돋았다.

"왜 그런 짓을 했대?"

"무대에서 내려온 후에도 안락 역의 배우들은 늘 자신을 바라보는 듯한 기괴한 시선과 기척을 느꼈대. 돌아보면 아무것도 없었지만 그럼에도 있다는 것을 분명히 알 수 있었다는 거야. 안락 역의 배우들은 거의 미칠 지경이 되어서 결국 스스로 눈을 찔렀어. 대본에서 안락이 형우를 보려고 눈을 찌른 것처럼 말이야. 그 후부터 이상한 것이 보이기 시작했대."

"이상한 거? 어떤 거?"

"이목구비를 분간할 수 없는, 사람 같기도 하고 아닌 것 같기도 한 형태."

"그게 형우야?"

"그걸 누가 알겠어?"

"대화는?"

"목소리는 여전히 들을 수 없었지만 그래도 볼 수 있게 됐지. 사람 심리가 참 기묘한 게 어쨌든 그게 어디에 있는지 알고 나니까 덜 두려워졌대. 그리고 점차 익숙해졌고."

"보이는 눈을 내주고 보이지 않는 공포에서 벗어났단 말이지. 너무 큰 대가를 치렀는데."

"그런 거 보면 이산현 씨는 정말 훌륭한 사람이야. 배우들 다칠 거 알면서 악착같이 리허설 무대에 올린 인간들과는 차원이 달라."

"뭐가 달라? 알면서 제작을 시도한 건 마찬가지인데."

"끝까지 안 갔잖아. 이산현 씨가 그 일로 빚을 어마어마하게 졌어. 덕분에 이산현 씨의 배우들은 안락 역의 배우를 포함해 아무도 다치지 않았지. 대단하지 않아?"

잘 알지도 못하는 남자를 두고 칭찬 일색이네. 홍남은 주령이 솜사탕 같은 표정으로 밑도 끝도 없이 편을 드는 것을 한두 번 본 게 아니었다. 거기엔 대체로 그럴 만한 작은누나만의 근거가 있었다.

"작은누나, 이산현 실물 본 적 있지?"

"응, 되게 잘생겼어. 키도 크고 완전 훈남이야."

"그럴 줄 알았어."

"이게, 날 뭘로 보고."

주령의 발이 홍남의 배 위로 올라가는 순간 홍남은 귀신같이 알아채고 손을 뻗어 잡았다.

"어쭈."

주령이 비틀거리며 외쳤다. 홍남은 주령의 발을 꼭 움켜잡은 채 말했다.

"봤지? 내가 승곤이처럼 운동하는 놈은 아니지만 이 정도는 눈 가리고도 언제든 받아칠 수 있다고."

"시끄럽고. 저녁 뭐 먹을래?"

"그냥 있는 거 줘."

주령이 주방으로 가자마자 홍남은 승곤에게 전화했다.

승곤이 눈을 다쳤다. 안락 역의 배우들이 눈을 다치고 형우로 여겨지는 뭔가를 볼 수 있었다면 승곤 역시 놈을 볼 수 있지 않을까?

* * *

할아버지와 삼촌이 좁은 거실에서 텔레비전을 보고 있었다. 은새는 베란다에 있는 간이침대에 누워 휴대폰만 몇 시간째 들여다보았다. 이제 거실로 들어가고 싶었다. 은새가 말하면 할아버지는 텔레비전을 끄고 방으로 물러날 것이다. 하지만 삼촌은 텔레비전을 다시 켜줄 때까지 벽에 머리를 박아댈 것이다.

낡고 오래된 임대 아파트에는 방이 두 개뿐이었다. 안방은 부모님과 쌍둥이 남동생이, 작은방은 할아버지와 삼촌이 차지했다. 그래서 은새는 자기 방이 없었다. 어릴 때는 거실 구석에서 그냥저냥 버텼다. 하지만 중학교에 들어가면서부터 자기 공간이 간절해졌다. '나도 내 방 갖고 싶다고'로 시작한 불평은 결국 무능력한 부모에 대한 거친 원망으로 이어졌다. 울고불고 소리 지르고 가출할 거라고도 협박했다. 뾰족한 수가 없었던 아버지가 결국 베란다를 치우고 간이침대를 놔주었다.

새로 생긴 공간이 신기했던지 삼촌이 자꾸 침범했다. 올해 마흔 살인 삼촌은 지적 장애가 있었다. 대략 4세 정도의 지능이라 은새에게는 사실상 남동생이 세 명 있는 셈이었다. 쌍둥이 남동생들은 꿀밤을 먹여가며 휘어잡을 수 있었다. 하지만 삼촌은 그렇게 할 수 없었다. 덩치는 어른이었고 힘은 보통 어른들보다 셌으며 한번 고집을 부리면 아무도 꺾을 수 없었기 때문이다.

은새는 삼촌에게 베란다는 내 방이니까 들어오지 말라고 했다. 그랬더니 삼촌은 폭주하고 자해했다. 삼촌을 쫓아버리기 위해 은새는 간이침대에 고무 거미를 숨겨놨다. 삼촌은 세상에서 거미를 제일 무서워했다. 그걸 발견한 삼촌이 눈을 까뒤집으며 발작을 일으켰다. 삼촌은 한동안 자기 이불

속에도 들어가지 못하고 맨바닥에서 잤다. 어쨌든 이후로 삼촌은 베란다에는 얼씬도 하지 않았다.

너무 좁아서 마음껏 몸을 뒤척일 수도 없고 여기저기 쌓아둔 물건들 때문에 지저분했지만 유일한 자기만의 공간이었다. 문제는 외풍이 심해서 날씨가 추워지면 다시 거실로 돌아가야 한다는 것이었다.

은새가 거실로 들어오자 일을 마치고 돌아와 바쁘게 저녁 준비를 하던 엄마가 말했다.

"베란다가 이젠 좀 쌀쌀하지? 안방 가서 누워 있어."

"쌍둥이들 있잖아. 시끄러워."

"조용히 있을 거야. 누나 아픈 거 알아."

"혼자 있고 싶다고."

"그럼 할아버지 방에 가 있어."

"싫어. 냄새나."

"버릇없이 그런 말 하는 거 아니야."

엄마가 할아버지의 눈치를 살피며 엄하게 말했다. 할아버지는 못 들은 척했다.

"냄새나니까 난다고 한 건데 그게 잘못이야? 병원에서 나한테 절대 안정 취하라고 했잖아. 근데 안정할 공간이 없다고."

"유세 떨기는. 너 감싸주다가 화상 입고 병원에 입원한 그 학생에 비하면 넌 딱히 다친 데도 없잖아. 그만하면 절대 안정은 충분히 했어. 종일 드러누워서 휴대폰만 했잖아."

"외상만 중요해? 외상후 스트레스 장애 몰라? 정신적 쇼크 말이야."

"그러게 오밤중에 학교를 왜 가?"

"내가 가고 싶어서 간 줄 알아? 우리 학교에서 최고 스펙 동아리인데 오라면 무조건 가야지. 엄마가 내 스펙 쌓는데 뭐 해줄 수 있는 거 있어? 있는 집 애들 부모는 그런 거 잘만 만들어주던데. 나만 거지 같은 집구석에서 태어나 제대로 된 내 방도 없고."

"지랄하지 말고 와서 설거지나 좀 해라."

"아아아악!"

은새가 짜증 섞인 비명을 지르며 머리를 흔들었다. 엄마는 움찔 놀랐다. 할아버지와 삼촌이 돌아보았다.

"진짜 미쳐버릴 것 같아. 그냥 다 죽어버렸으면 좋겠어."

은새는 베란다로 다시 나가 이불을 둘러쓰고 간이침대에 누웠다. 약이 올라 숨도 안 쉬어졌다. 다쳤어야 했는데. 그랬다면 나도 승곤 선배처럼 입원해서 편안한 병실 생활을 할 수 있었을 텐데. 승곤 선배는 좋겠다. 은새는 승곤의 손이 자신의 눈에 닿았던 감촉을 떠올렸다. 사방이 뜨거운 와중에 그 손을 통해 전해진 따뜻함이 기이하리만치 좋았다. 그때 승곤은 미수의 이름을 불렀다. 그러니까 나를 미수 선배로 알고 그렇게 해준 거지.

엄마가 베란다 문을 열고 물었다.

"치킨 먹을래? 그럼 정신적 쇼크는 좀 진정이 될까?"

"어쩐 일로?"

"우리 딸 큰일 날 뻔했잖아. 안전하게 돌아온 기념이야."

"그럼 내가 먹고 싶은 것으로 주문해도 돼? 나 새로 나온 신메뉴 찍어놓은 거 있는데."

"그런 치킨은 너무 비싸. 아빠가 들어올 때 사 오실 거야."

"아 씨, 안 먹어, 그딴 거."

"대신 한 마리 값으로 세 마리 먹을 수 있잖아. 우리처럼 식구 많은 집은⋯⋯."

"식구 많은 게 자랑이야? 그러니까 만날 싸구려만 처먹지. 먹는 것까지 꼭 그렇게 거지같이 굴어야겠어?"

"작작 좀 해라. 이 싹수없는 것아! 그래서 어쩌라고? 우리 형편에 뭐 더 어떻게 해줘야 하는데? 그렇게 네 식구 네 부모가 마음에 안 들면 네가 나가. 옛날부터 너 만날 가출한다고 입에 달고 살았잖아. 그땐 아주 그 말만 들으면 가슴이 철렁했는데 이젠 하도 들어서 아무렇지도 않다. 나가서 너 먹고 싶은 거 사 먹고 너 하고 싶은 대로 살아. 안 말려."

"미쳤어? 내가 왜 나가? 나갈 거면 날 이런 쓰레기 같은 바깥 구석에 몰아넣은 다른 인간들이 나가야지. 삼촌부터 나가라 해. 삼촌은 왜 여기 사는데? 아, 할아버지의 아들이 니까 할아버지가 책임지고 데리고 나가면 되겠네. 할아버지랑 삼촌 없었으면 그 방이 내 방이잖아. 그러니까 우리 집에 그만 빌붙어 살라 하라고."

은새가 한마디도 지지 않고 바락바락 대들자 엄마가 눈살을 찌푸리며 조용히 말했다.

"그만해라."

"뭘 그만해? 만날 나한테만 그만하라고 하지."

"네가 만날 막말하잖아. 사람이 할 말과 못 할 말을 가릴 줄 알아야지. 어디 어른들 계시는데……."

"안 들려, 안 들려. 못난 부모 주제에 어디다 대고 훈계질이야. 짜증 나게."

은새는 제 귀를 손바닥으로 막은 채 소리쳤다. 엄마가 한숨을 내쉬었다. 은새는 엄마가 굳은 표정으로 돌아설 때 얼굴이 붉어진 것을 봤다. 거봐. 내 말에 한마디도 대꾸하지 못하면서. 내 말이 다 맞으니까 그런 거잖아.

* * *

휴대폰이 울렸다. 승곤은 전화를 건 사람이 누구인지 확인할 수 없어 일단 이쯤이다 싶은 자리를 손가락으로 터치했다. 전화기 너머에서 홍남이 말했다.

"나야. 괜찮냐?"

"괜찮아. 너는?"

"나야 완전 괜찮지. 근데 혹시 너 뭐 이상한 거 보이는 거 없어?"

"어떻게 알았어?"

"역시 그렇게 됐구나."

"뭔데?"

"작은누나가 그러는데 리허설 무대에 섰던 안락 역의 배우들은 전부 눈을 다쳤대. 무대에서 내려온 후부터 형우의 기척이 떠나지 않았고 미치기 일보 직전 자기 눈을 찔렀다는 거야. 그러고 나서 이상한 걸 보기 시작했대. 저번에 내가 도시락 배달 나갔을 때 만났던 눈먼 할머니 이야기 기억하지?"

"미수는 눈이 밝을 때는 보이지 않고 죽다 살아나면 가끔 이상한 것을 보게 된다고 했었지. 그럼 지금 내가 보고 있는 게 놈일까?"

"뭘 봤는데?"

그때 병실 문이 드르륵 열렸다. 누군가 그의 침대 발치 쪽으로 다가섰다.

"잠깐만, 누가 왔어. 누구세요?"

"이산현이야. 통화 끝날 때까지 기다릴게."

"홍남아, 일단 끊자. 내가 나중에 다시 전화할게. 아니 네가 다시 해야겠다."

승곤이 휴대폰을 내려놓고 물었다.

"어떻게 알고 여기까지 오셨어요?"

"뉴스에서 봤어. 불이 제법 크게 났잖아. 게다가 나 만나고 돌아간 후 벌어진 일이니 아무래도 신경이 쓰이더라고."

산현은 절박한 눈빛으로 찾아와 불길한 소리를 남기고 간 승곤이 내내 마음에 걸렸다. 뉴스를 봤을 때 그는 자신의 직감이 틀리지 않았다는 것을 알았다. 좋지 않은 일이 시작됐다. 당장은 덮고 갈 수도 있겠지만 끝까지 덮을 수는 없다. 일단 선을 넘으면 그다음엔 앞으로 갈 수밖에 없기 때문이다.

"너희 위험했어."

"알아요. 덕분에 새 건물 하나 올라가게 됐죠."

"눈 상태는 어때?"

산현이 의자를 가져다 앉으며 물었다.

"괜찮아요. 주말쯤엔 퇴원해도 된다고 했어요."

"마감이 얼마 남지 않았을 텐데."

"학교에서 적당한 곳에 임시로 동아리방을 만들어준다고 했어요. 특집기사만 빼고 나머진 다 마무리했기 때문에 큰 차질은 없을 거예요."

"화재 원인은 누전이 확실해?"

"그렇대요. 설마하니 저희가 불을 질렀을까 봐요?"

"불을 지르는 것과 다름없는 무슨 짓을 한 건 아니고?"

"아니에요. 진짜 불꽃이 그냥 터졌어요."

"불꽃이 그냥 터졌다? 너희가 보는 앞에서 말이지."

"네."

"너흰 그 시간에 거기서 뭘 하던 중이었는데?"

이미 경찰이 같은 질문을 하고 갔다. 입을 맞춘 적은 없으나 다행히 같은 대답을 했다. 마감 때문에 마지막 기사를 두고 편집회의 중이었다고. 그렇게 그 마지막 기사가 구전 교칙 특집기사라는 것이 알려졌다. 경찰은 그 괴담 자체에는 신경을 쓰지 않았다. 하지만 학생들은 달랐다. 그리고 한때 이 학교의 학생이었던 이산현 역시 마찬가지였다.

"너희 말이야, 구전 교칙의 학생을 불러오려고 했어?"

승곤은 아니라고 해야 하는데 입이 떨어지질 않았다. 산현이 그럴 줄 알았다는 듯 말했다.

"약간의 관련 지식과 경험이 있는 사람으로부터 위험한 짓 하지 말라는 경고를 들었으면 새겨들을 법도 한데."

승곤은 더는 부정할 수 없었다.

"죄송해요. 근데 어떻게?"

"어떻게 알았냐고? 지금 너희가 처한 상황을 보면 그게 그렇게 된 거로구나, 하고 알 수 있지. 대체 무슨 짓을 한 거야? 너희가 알고 싶었던 게 뭔지 말해봐."

미수, 미수에 대해 알고 싶었다. 그놈이 뭔지 알아야 미수에 대한 우리의 기억을 바로 잡을 수 있으니까. 아니 어쩌면 그저 미수가 누군지 알고 싶었던 건지도 모르겠다. 바다 한복판에서 사라진 후 5년 만에 돌아온 미수가 진짜 미수인지, 진짜 사람인지 알고 싶었다. 그리고 우리가 모르는 사이에 벌어지고 있는 무서운 일이 대체 뭔지 알아야 했다.

"말을 해야 어떻게든 도와줄 거 아냐?"

산현의 말에 승곤은 눈물이 날 것 같았다. 사실은 도와줄 어른이 절실히 필요했다.

"이런 상황에도 말하기 싫어?"

"그게 아니라. 어디서부터 어떻게 이야기를 해야 할지 모르겠어요."

"일단 네가 눈을 다친 게 심상치 않거든. 지금 안 보이는 상태에서 뭐 이상한 거 본 적 있지?"

"권혁준 선생님이 오셨을 때 뭔가 이상한 형체를 보긴 봤는데."

"또?"

"그것 말고는 딱히 본 거 없어요. 그리고 우리가 구전 교칙의 그 학생을 불러내려고 했던 거 맞아요. 화재 직전 놈의 목소리를 들었어요. 정체가 뭐냐고 물었는데 불꽃만 터뜨리고 사라졌어요."

"불꽃이란 말이지. 혹시 너희가 모르는 사이에 너희가 이해할 수 없는 무슨 일이 벌어졌어?"

"네. 그 모든 일이 미수와 관련이 있어요."

"미수?"

"미수는 구전 교칙의 남학생이 보인대요. 항상 곁에 있다고 했어요. 미수는 그놈을 미수라고 불러요. 근데 눈이 보이지 않는 할머니도 그놈을 보면서 미수라고 했어요. 미수는 눈썹이 세도록 오래된 것이고 허깨비라고요."

허깨비. 형우가 안락을 두고 했던 말이다. 내 사랑은 허깨비. 너희가 보고 들었던 것은 모두 허상이고 거짓말이다.

"대체 그놈의 정체가 뭐예요?"

"그놈의 정체가 정말 미수라면 말 그대로 오래된 사물이야."

"사물요?"

"근데 반드시 오래된 사물이어야 하는 건 아니야. '눈썹이 세도록'의 뜻이 시간만을 의미하지는 않으니까. 고통스러운 원한과 절망, 복수와 슬픔도 눈썹을 세게 만들거든. 누가 쓰던 건지 알 수 없는 인형이나 옷, 화분 같은 것을 들였다가 화를 당한 실제 사례들은 종종 일어나는 일이지. 그럼 그 불꽃도 설명이 되네. 도깨비불이야."

"도깨비불요?"

"사물에 정념이 붙으면 도깨비가 되지. 오래 묵은 사물은 그것을 보는 인간의 관점에 따라 형체를 얻게 돼. 그 형체는 각자의 마음에 따라 다르게 보이지. 똑같은 향을 맡아도 각자 다른 것이 떠오르듯 말이야. 그래서 그 형체는 허깨비지. 그건 비가시 영역에 존재하는 것이야."

산현의 머릿속에서 '내 사랑은 허깨비'라던 형우의 말이 계속 맴돌았다.

"보이는 세계와 보이지 않는 세계의 경계는 생각보다 확실하게 구분되어 있지 않아. 우리 눈은 언제든 속아 넘어갈 수 있기에 절대 자기가 보고 있는 것을 확신하면 안 돼. 만약 어떤 목적을 가진 노랫말이 그런 사물에 붙으면 어떻게 될 것 같아?"

"구전 교칙의 노랫말이 그런 거예요?"

"'이음위형발현고사'의 원리는 소리가 뭔가를 불러들이는 속성 때문이야. 모든 언어는 주문이 될 수 있어. 음절이 만들어내는 소리가 공간의 흐름을 자극하고 특정 포인트에서 접속이 일어나면 통로가 열리지. 언어로 된 노랫말은 운율을 갖추고 있어 효력이 더 커질 수 있어. 그 미수란 친구만 미수를 볼 수 있다고 했지? 그 친구도 눈이 보이지 않아?"

"아뇨. 미수는 눈이 아니라 한쪽 다리가 불편해요. 그리고 어릴 때 죽다 살아난 적이 있대요."

산현은 승곤으로부터 미수의 이야기를 들으며 심청전의 내용을 떠올렸다. 심학규는 자기가 눈만 뜨면 딸에게 잘하고 살 수 있다는 착각 속에서 공양미를 약속하지만 결국 딸에게 그 부담을 지워 사지로 몰아넣었다. 그는 자신의 무능력과 무책임함이 어떤 결과를 가져올지 몰랐을까. 알았다면 뻔뻔한 것이고 몰랐다면 철이 없는 것이다. 어느 쪽이든 그런 사람이었기에 따뜻한 방에 앉아 어린 딸이 구걸해 온 밥상을 받을 수 있었다. 심학규는 자기 딸의 얼굴을 한 번도 본 적이 없었다. 하지만 딸이 '아이고, 아버지'라고 부르며 돌아오자 목소리만으로 그를 딸이라 여겼다. 현실적으로 보면 심청은 바다에서 죽었다. 정말 똑같은 이야기가 아닌가.

"바다에서 죽은 줄 알았는데 살아 돌아온 미수가 진짜 미수인지 알 수 없다는 거군."

"네. 미수에 대한 우리의 기억도 다 달라요."

승곤은 그들이 미수에게 저지른 잘못을 전부 털어놨다. 그는 산현이 어떤 표정을 하고 있는지 보고 싶기도 했고 차라리 볼 수 없어 다행이란 생각이 들기도 했다.

"미수는 놈이 자기 다리를 망가뜨린 진짜 범인을 알고 있다고 말했어요. 그래서 우린 놈에게 직접 물어보려고 했어요."

산현은 오래전에 미수와 같은 아이를 만난 적이 있었다. 이제 알겠다. 형우가 왜 안락을 향해 내 사랑은 허깨비라고 했는지. 왜 너희가 지금까지 보고 들은 것 모두 허상이고 거짓말이라고 했는지도. 안락은 허깨비다. 등장인물들은 안락이 아닌 무언가를 보면서 안락이라고 여기고 있다. 그러니까 안락은 죽은 사람이다. 관객 역시 마찬가지다. 등장인물들이 그것을 안락이라고 하기에 안락이라고 믿고 보는 것이다. 그렇기에 그 아이도, 그리고 미수도 안락처럼 노랫말이 만들어낸 허깨비다.

"그 눈먼 할머니가 말씀하신 미수는 아마도 너희 친구 미수일 거야."

"놈이 아니고요?"

"너의 이야기를 들어보면 미수는 죽었어. 그렇다면 지금
너희가 보고 있는 건 눈썹이 세도록 오래된 어떤 사물이 현
신한 허깨비 미수야."

"사물이 어떻게 사람으로 보일 수가 있어요?"

"뇌는 가장 익숙하고 안전한 형태도, 가장 무섭고 두려운
형태도 모두 사람으로 보는 경향이 있어. 으슥한 골목길에
서 사람은 두려움의 대상인 동시에 안심의 대상이기도 하
지. '본다'는 행위는 전적으로 보이는 것을 보는 것이 아니
야. 시각 정보를 수집한 뇌가 아는 것을 조합해 만든 형태를
보는 거지. 뇌의 판단에 따라 헛것도 얼마든지 실제로 존재
하는 대상이 될 수 있어. 미수라는 친구의 망가진 다리를 두
고 너희 기억이 각자 다르다는 것이 그 증거야."

"그 다리에 대한 우리의 기억이 헛것이라는 뜻이에요?"

"그랬으면 좋겠지만 너희가 한 짓은 분명하니까. 확실히
너희가 그 미수라는 친구에게 그런 짓을 하기 전까지 그 친
구의 다리는 멀쩡했잖아."

"하지만 미수가 이미 죽었다면 우리가 한 짓은 그냥 허깨
비에게 한 거니까……."

"상대가 무엇인지 누구인지에 따라 잘못이 없어지거나 덜
어진다고 생각해? 중요한 건 잘못을 저지른 당사자의 마음

아닐까."

승곤은 창피하고 부끄러워졌다.

"리허설 무대에 올랐던 안락 역의 배우들이 자기 눈을 찌른 후 본 것은 다리가 하나뿐인 사람의 형상이었어. 그게 형우라면 형우는 다리가 하나뿐이란 거지."

다리가 하나뿐인. 미수는 배에서 사라지기 전에 다리가 하나뿐인 사람에 대해 말했다. 권혁준이 왔을 때 승곤은 팔을 미친 듯이 휘두르는 일자 형상의 풍선 인형 같은 것을 보았다. 그것도 따지고 보면 다리가 하나였다.

"그럼 놈은 뭔데요?"

"미수가 왜 놈을 미수라 부르는지 생각해봐. 그들은 한 몸이야. 그래서 붙어 있는 거야.

"미수가 사물이면 놈은 그 사물에 붙은 노랫말이라는 거예요?"

"그래서 미수란 친구만 놈을 볼 수 있는 걸 거야."

"그럼 제가 권혁준 선생님에게서 본 형체는 뭐예요?"

"그건 그분의 이야기에 나오는 것일 테지."

산현이 이마를 찌푸렸다. 승곤은 산현의 표정을 볼 수 없었으나 그가 미수에 관한 이야기를 듣고 전혀 놀라지도 황당하게 여기지도 않는다는 것을 알았다. 게다가 긴가민가하지도 않고 미수가 죽었다고 단언했다. 승곤은 여전히 그 사실을 받아들일 수 없었다.

"권혁준 선생님도 노랫말에 대답했단 거예요? 그럼 선생님도 미수를……."

"아니야. 사실 나도 학교 다닐 때 노랫말에 대답했어. 그리고 누군가를 알게 됐지. 권 선생님과 내가 누굴 봤든 너희 친구 미수는 아니야."

"그럼 선생님과 선배님도 모르는 사이에 무서운 일을 겪었겠네요."

"나는 다른 사람들과 달리 예외였어."

"모르고 지나간 건 아니고요?"

"그랬을 수도 있고."

"어떻게 피해간 거예요?"

"내가 한 건 없어. 그러니 내가 왜 예외가 된 건지 나도 모르지. 누가 나한테 그것에 관해 말해준 적이 있긴 한데, 그건 어디까지나 그 사람 생각일 뿐이고."

"사무실에서 선배님한테는 아무 일도 일어나지 않을 거라고 말씀하셨던 게 그런 뜻이었군요."

"그래. 너 퇴원하고 나면 내가 학교로 한번 갈게. 그 미수란 친구를 좀 봐야겠어."

승곤은 어쩐지 안도감이 들었다. 노랫말에 대답하고 무서운 일을 겪지 않은 이 사람에게 우리가 찾는 답이 있다. 이 사람을 만난 것만으로도 우리는 무서운 일을 겪을 운명에서 조금은 비켜선 게 아닐까. 승곤은 그렇게 믿고 싶었다.

병실을 나가는 산현에게서는 어떤 이상한 얼룩이나 그림자의 형상도 어른거리지 않았다. 승곤은 문득 생각했다. 그 얼룩과 그림자는 어쩌면 그 사람이 가진 죄악과 가책의 흔적이 아닐까. 그럼 미수의 눈에 보이는 나도 얼룩덜룩하겠구나. 미수가 미수라면 미수는 진작 내가 한 짓을 알고 있었다는 건데. 그런 줄도 모르고 나 참 뻔뻔하게 얼굴 들고 살았네.

염주

청람고등학교를 다니던 시절 산현은 체육관에서 노랫말을 듣고 호기롭게 대답했다. 모르는 사이에 벌어질 무서운 일이 조금 신경 쓰이긴 했으나 사실 그는 언제든 노랫말이 들리면 대답할 생각이었다. 83호 교지편집부장을 맡은 후 구전 교칙 기사를 실어보려고 직접 파보는 중이었다. 당시 그는 구전 교칙의 학생이 귀신일 거라 여기고 무슨 사연인지 들어보고 그 원한을 풀어주려 했다.

교문 앞 느티나무 아래에 서 있던 그 여학생의 이름은 서윤이였다. 언제나 느티나무 아래에서 기다리고 있기에 이유가 있을 것 같아 물었지만 대답해주지 않았다. 다른 질문들도 마찬가지였다. 나른하고 생기 없는 맑은 눈을 깜빡이며 늘 애매한 대답만 했다.

어느 날 산현은 윤이와 시내를 걷다가 친구 덕환과 마주쳤다. 덕환은 윤이를 보자마자 바짝 긴장했다. 윤이가 없는 자리에서 덕환은 산현에게 물었다.

"너 혹시 구전 교칙의 노랫말에 대답한 적 있어?"

산현은 그 질문의 의미를 바로 알아챘다.

"확실해?"

덕환은 고개를 끄덕였다.

"어떻게 알아?"

"나중에 말해줄게. 산현아, 이건 그냥 너랑 나만 알고 있자. 난 괜찮은데 너까지 미친놈 되면 안 되잖아."

덕환은 선생들 사이에서 미친놈으로 찍혀 있었다. 덩치가 큰 편인 덕환이 복도에서 지나던 남자 선생과 고의로 어깨를 부딪쳤다. 선생이 사과를 요구하자 덕환은 대들었다.

"선생님이 먼저 사과하시면 할게요."

"네가 잘못했는데 왜 내가 사과를 해?"

"그러니까요. 순서대로 하자고요. 선생님이 먼저 그 애와 그 애 부모님에게 사과하고 오세요. 그럼 저도 사과해요."

덕환의 말은 그 선생의 지극히 예민한 부분을 건드렸다. 그 전년에 그는 산악부 동아리 활동을 하던 아들을 추락사고로 잃었다. 그때 그는 아들의 여자친구를 가해자로 지목했다. 원망할 상대로 그보다 적합한 이는 없었다. 사고 연락을 받고 달려간 자리에서 그는 자신이 아들의 손목에 채워준 염주가 없는 것을 알았다. 그 염주는 아들의 여자친구가 하고 있었다. 그는 눈이 뒤집혔다.

"그걸 왜 네가 하고 있어?"

그는 여자애의 손목을 거칠게 틀어쥐고 염주를 벗겨냈다. 겁에 질린 여자애는 눈물범벅인 채로 더듬거리며 말했다.

"동진이가 등산로 입구에서 저한테 줬어요."

"그러니까 걔가 이걸 왜 너한테 줬냐고!"

그 염주는 산을, 특히 겨울 산을 좋아하는 아들의 무사고를 위해 특별히 만들어준 것이었다.

"동진이가 나한테 약속했어. 이 염주는 절대 풀지 않겠다고. 말해봐. 네가 달라고 했지? 널 얼마나 좋아하는지 증명해보라면서 말이야. 우리 동진이가 얼마나 부모 말을 잘 듣는 착한 애인데."

아무리 말 잘 듣는 착한 아들일지라도 여자친구와 함께 있을 때 어떤지까지는 부모가 알 수 없다. 늘 학생들과 함께 있는 선생이기에 그는 그 사실을 잘 알고 있었다. 아이들이 부모 앞에서와 밖에서 하는 말과 행동이 얼마나 다른지. 하지만 자기 자식만큼은 예외로 쳤다.

"이걸 하고 있으면 안전하다고, 부모님이 확실하게 효과 있는 거라고 말했다면서 저한테 하고 있으라고 했어요. 저는 괜찮다고 했어요. 정말이에요. 잘못했어요, 제가 잘못했어요."

어린 마음에 제 딴에는 믿을 만한 안전장치라고 생각해서 절대 풀지 말라는 부모의 경고를 무시하고 여자친구에게 준 것이다. 사고 경위를 듣고 나니 그는 더욱 기가 막혔다. 아들이 죽을 자리가 아니었다. 아들이 여자친구를 위해 삶을 양보한 것이나 다름없었다.

아들은 여자친구가 딛으려던 자리에 박혀 있는 돌이 불안정해 보이자 자기가 섰던 자리를 내주었다. 아들은 여자친구를 먼저 위로 올려 보내려고 밀어주면서 일순 균형을 잃었다. 한쪽 발이 허공에 뜨며 몸이 휘청거리자 어딘가 발을 둘 자리를 찾다가 엉겁결에 원래 여자친구가 딛으려던 자리에 박혀 있는 돌을 밟고 말았다. 돌이 쑥 빠져나가면서 아들은 그대로 굴러떨어졌다. 여자친구가 아들을 잡으려고 손을 내밀었으나 그저 스치고 말았다.

사고가 난 후 온갖 말들이 떠돌았다. 여자친구가 손을 내민 것이 밀어버린 것으로 변했고, 알고 보니 여자친구에게 다른 남자친구가 있어 그날 등산이 끝난 후 헤어지려고 했다는 것이다.

고통스러운 마음으로 아들을 보낸 지 얼마 되지 않아서 그는 아들의 여자친구가 아무 일도 없었다는 듯 다른 남학생과 붙어 다닌다는 말을 들었다. 분노에 찬 그는 학교로 찾아가 학생들이 보는 앞에서 차마 입에 담을 수 없는 말로 다그쳤다.

하나뿐인 아들을 잃은 그에게 당시 온 세상은 한바탕 불

바다 뒤에 남은 잿빛의 폐허였다. 그는 창을 꼬나든 교육받은 짐승이었고 누구라도 피를 봐야 분이 풀릴 극한의 상태였다. 이성은 날아갔고 끓어넘치는 분노는 독을 뿜었다. 그의 말에 따르면 여자애는 남자친구에게 일부러 위험한 돌을 밟게 하고 결국 산에서 밀어 죽인 살인자였다. 그의 독설은 열여섯 어린 소녀를 벼랑 끝으로 밀어붙였고 결국 스스로 목숨을 끊게 했다.

동진이 추락한 자리에서 여자애의 시신이 발견됐다. 아이가 남긴 길고 긴 유서에는 모두 자기 잘못이라고 쓰여 있었다. 아이가 죽고 나자 악한 오해들도 모두 풀렸다. 동진이 죽고 여자애와 함께 다닌다는 남학생은 새로 사귄 남자친구가 아니라 같은 학교에 다니는 남동생이었다. 누나를 지키지 못했다는 남동생의 가책은 이루 말할 수 없었고 그 부모도 엄청난 충격을 받았다.

하지만 그는 눈 하나 깜짝하지 않았다. 마땅히 죽어야 하는 사람이 죽었고 죗값을 치렀다는 생각뿐이었다. 그는 주장했다. 유서에도 본인이 잘못했다고 고백하지 않았느냐고. 자식을 잃은 부모들의 고소와 맞고소의 법정 다툼은 의미 없이 끝났고 그는 여전히 죽은 아들의 죽은 여자친구를 탓했다.

휴직 기간이 끝나고 그는 청람고등학교로 왔다. 선생들은 모두 그의 사정을 알고 있었으나 앞에서는 모른 척했다. 그저 속으로만 그렇게까지 심하게 할 필요는 없었다고 생각할 뿐이었다. 그런데 덕환이 그 일을 끄집어낸 것이다. 덕환은 말만으로 끝내지 않았다. 어느 날 그의 책상 위에 아들의 사진과 함께 놓여 있는 염주를 보곤 충동적으로 집어 왔다. 죽은 아들의 유품이자 아들의 여자친구를 죽게 만든 염주를.

덕환이 그 염주를 학교 느티나무 아래 묻었다. 그는 그 장소를 산현에게만 알려주었다. 그제야 산현은 그 염주를 윤이와 연관해 의심하게 되었다. 게다가 그 선생이 청람고등학교로 온 그해부터 구전 교칙의 노랫말이 다시 돌기 시작했다. 그가 구전 교칙의 학생을 데리고 온 것이다. 산현은 윤이가 구전 교칙의 학생이라는 것을, 그리고 덕환이 윤이를 어떻게 알아봤는지 알았다. 노랫말이 염주에 붙어 죽은 사람을 돌아오게 했다. 그래서 산현은 미수도 죽은 사람이라고 확신했다.

* * *

승곤은 잠에서 깬 뒤 침상에 가만히 누워 있었다. 언제 잠이 들었을까. 원래 눈을 감고 있다 보면 절로 잠이 들기 마련인데 강제로 눈이 감겨 있으니 시도 때도 없이 잠들고 만다. 잠을 자는 동안 뇌는 휴식한다고 알고 있었는데 아닌 듯했다. 통제받지 못한 생각들이 멋대로 뒤엉켜 깰 때마다 머릿속은 점점 더 복잡해졌다. 화재가 있던 날 밤 놈이 말했다. 눈썹이 세도록 오래 묵은 미수가 5년 만에 집으로 돌아갔다고. 배에서 사라진 미수에 대해 말한 것이다.

그리고 무서운 말을 했다. 미수는 잊지 않았어. 너흴 살릴 거야, 아니, 너흴 죽일지도. 어떻게 되려나? 네가 살아서 둘이 죽었고 네가 살아서 셋이 죽었고 네가 살아서 다섯이 죽었지. 놈은 재밌다며 킥킥거렸다.

아무리 생각해도 무슨 말인지 모르겠다. 미수가 우릴 살릴 거라는 건지 죽일 거라는 건지. 둘, 셋, 다섯이 죽었다는 건 나와 홍남이, 은새에게 벌어진 일에 관한 말 같은데. 분명 우리가 모르는 사이에 일어난 무서운 일과 관련이 있어. 그나저나 미수는 어떻게 된 걸까. 왜 여태 전화도 받지 않고 문병도 오지 않는 거지?

그때 병실 문이 열리고 누군가 들어섰다. 어둠 속에서 거뭇한 형체가 절뚝거리며 한 걸음씩 다가오고 있었다. 어둠 속의 어둠이 너무 선명하게 보여서 승곤은 긴장했다. 거뭇한 형체가 걸음을 멈췄다. 그 순간 신기한 광경이 펼쳐졌다. 거뭇한 형체의 벌어졌던 다리가 하나로 붙으며 장대처럼 길쭉해졌다. 노랫말의 형태라는 것을 깨달은 승곤의 심장이 벌떡벌떡 뛰었다. 거뭇하고 길쭉한 형체가 승곤의 침상 끝에 걸터앉았다. 침상이 흔들리고 묵직한 무게감이 느껴졌다.

"미수니?"

미수라고 생각하기엔 지나치게 무거웠다. 승곤은 갑자기 두려움이 엄습했다. 다리에서 떨어져 죽은 줄 알았던 미수가 다시 나타났을 때는 무섭지 않았다. 그저 다행이라고만 생각했다. 하지만 지금은 그때와 달랐다.

미수의 목소리가 물었다.

"어때?"

승곤은 세차게 뛰는 자신의 심장 소리 때문에 정신이 하나도 없었다. 그럼에도 담담한 척 말했다.

"괜찮아. 점점 좋아지고 있어. 그보다 화재 때 넌 어떻게 된 거야? 그 자리에 없었다던데?"

"정신 차리고 보니 밖이더라고."

"창밖으로 나간 게 너였어?"

"개였지. 근데 개가 있으려면 내가 있어야 하니까."

미수가 싱긋 웃었다. 거무스름한 형체의 얼굴에 새겨진 입이 흉측하게 일그러졌다. 대체 뭐야? 승곤은 신경질적으로 제 눈을 가린 안대를 벗었다. 눈앞이 흐릿했다. 갑작스럽게 파고든 빛에 눈이 시큰거리고 화끈거렸다. 눈꺼풀을 억지로 치켜뜨고 미수를 보았다. 미수는 웃고 있지 않았다. 그저 걱정스러운 표정이었다. 웃고 있던 것은 놈이라는 것을 깨달았다. 다리가 하나뿐이라는 게 무슨 말인지 알겠다. 가린 눈으로 그 형체나마 볼 수 있었던 놈은 이제 보이지 않았다. 미수는 안대를 집어 도로 건네며 말했다.

"걔 찾는 거라면 이걸로 볼 수 있잖아. 나한테만 보이는 애가 있다는 거 이제 너도 믿지? 근데 내가 보는 걸 너도 보려면 바꿔야 해."

그 말은 죽은 눈동자로만 진짜 놈의 모습을 볼 수 있다는 뜻이었다. 미수는 죽었다. 몸에 힘이 죽 빠진 승곤이 이불 위로 엎어졌다. 숨이 잘 쉬어지지 않았다. 그가 헐떡이자 옆 침상의 환자가 물었다.

"학생? 괜찮아? 간호사 불러줘?"

승곤은 고개를 들고 돌아보았다. 안경을 낀 40대 남자의 얼굴이 보였다. 미수는 없었다.

"아저씨, 방금 여기 있던 제 친구 봤어요?"

"무슨 친구?"

승곤의 휴대폰이 울렸다. 미수였다. 내내 전화를 기다렸지만 이젠 받을 수 없었다. 방금 얼굴을 봤지만 낯설고 무서워졌다. 미수는 눈썹이 세도록 오래된 사물을 통해 보이는 허깨비다. 떠도는 노랫말이 정념 가득한 그 사물에 붙어 형체를 만든 것이다. 그 사물이 그 사물의 이야기를 아는 사람들의 이야기 속으로 들어와 사람인 척 구는 것이다. 벨 소리가 끊기고 문자가 도착했다.

— 미안해. 말도 없이 자리를 피해서. 네가 자꾸 그런 눈으로 쳐다보면 나도 마음이 불편해져. 아무것도 달라지는 건 없어. 난 영원히 너의 좋은 친구 미수로 남을 거야.

학교에서의 생활도 이전과 달라지지 않았다. 승곤과 홍남은 여전히 미수와 붙어 다녔고 은새는 그들 사이에 애매하게 끼어 있었다. 하지만 미수가 없는 세 사람만의 단톡방이 생겼다. 주말에 셋은 미수를 빼고 햄버거 가게에서 모였다. 진동벨이 울리자 홍남이 집어 들었다.

승곤과 덩그러니 남게 된 은새는 어색했다. 언제나 미수의 자리를 탐냈다. 그런데 지금은 이 자리가 그저 무섭기만 했다. 그래도 이대로 귀신인지 허깨비인지 알 수 없는 미수만 사라지면 모든 문제는 해결된다.

"눈이랑 손이랑 덧나지 않아야 하는데 걱정돼요."

승곤의 눈가는 아직 불그레했고 붕대에 감긴 두 손도 여전히 손가락만 움직일 수 있었다.

"괜찮아. 원래 별로 심하지 않았어."

심하지 않긴. 은새는 나름 검색해봤다. 심재성 2도 화상은 치료 기간이 최소 3주가 걸리고 만약 악화가 되면 수술 처치가 필요할 수도 있으며 흉터도 남는다고 했다.

"미안해요."

"뭐가 미안해?"

"제가 미수 선배인 줄 알고 그랬던 거잖아요."

승곤의 눈매가 가늘어졌다.

"그래, 미수인 줄 알았어. 근데 미수가 아니었어도 똑같이 했을 거야."

승곤의 말은 거짓이 아니었다. 그때 그들은 그 방에 미수가 없다는 것을 이미 알고 있었다.

"너나 나나 지은 죄가 있잖아. 두 번 다시 같은 잘못을 저지르고 싶지 않았을 뿐이야."

은새는 승곤이 그 죄에 대해 말할 때마다 창피했다. 하지만 승곤도 같은 죄를 지었다. 그래서 지금 같은 감옥에 갇혔다. 혼자 주눅 들 필요 없었다.

"고마워요."

"인사는 실컷 받았어."

홍남이 햄버거와 음료수가 담긴 쟁반을 내려놓으며 테이블에 앉았다. 아무도 손을 대지 않았다. 승곤이 쟁반을 옆으로 밀어내며 말했다.

"일단 그날 일에 관해 정리를 좀 해보자. 미수는 놈의 목소리가 들리던 어느 시점부터 사라졌어. 불이 나자 놈은 창밖으로 튀어 나갔고 미수도 어느새 밖에 있었지."

"산현 선배 말에 의하면 미수는 오래전에 죽었고 우리가 보는 미수는 노랫말이 들러붙은 물건이 허깨비로 변한 것인데 대체 그 물건이 뭐라는 거야? 아니, 이게 말이 되는 상황이야?"

홍남의 눈빛이 불안하게 흔들렸다.

"산현 선배가 미수를 보러 학교에 올 거야."

"보면 무슨 물건인지 알아볼 수 있대?"

"지금 우릴 도와줄 수 있는 사람은 산현 선배뿐이야. 그리고 중요한 건 산현 선배도 구전 교칙의 노랫말에 답했는데 아무 일도 겪지 않았다는 거야."

"진짜?"

"자기 입으로 예외였다고 하더라고. 이유는 모르겠지만. 일단 미수의 정체는 산현 선배에게 부탁하고 우린 그날 놈이 낸 수수께끼를 풀어야 해."

"무슨 수수께끼?"

"놈이 했던 그 말, 네가 살아서 둘이 죽고, 네가 살아서 셋이 죽고, 네가 살아서 다섯이 죽었다고 했어. 아무래도 우리가 모르는 사이에 벌어진 무서운 일에 관해 말한 것 같아. 너희 혹시 뭐 짚이는 거 없어?"

"짚이는 게 있으면 그게 우리가 모르는 사이에 벌어진 일이겠어?"

홍남의 말에 은새는 잠깐 머뭇거리다가 말했다.

"전 있어요. 지난번 미수 선배에 대한 우리 셋의 기억이 어긋났을 때 제 기억을 제대로 확인하고 싶어 사고가 있던 곳에 가봤어요. 분명 제 기억에는 아무도 죽지 않았었는데 다섯이 죽었다더라고요."

"큰 사고이긴 했는데 다섯이나 죽었구나."

홍남의 목소리가 갈라졌다. 승곤이 휴대폰으로 검색해보더니 말했다.

"그러네. 네가 살아서 다섯이 죽었다는 것이 이걸 의미하는 거라면, 나와 홍남이가 살았을 때는 둘과 셋이 죽었다는 건데……."

홍남이 턱을 덜덜 떨며 중얼거렸다.

"그러니까 그날 사고에서 우리만 몰랐을 뿐 둘과 셋이 죽었단 말이지."

* * *

승곤은 그날이 언제인지 정확히 기억했다. 하지만 검색해봐도 그날 그 다리 주변에서 둘이나 셋이 죽은 사고는 찾을 수 없었다. 승곤은 주방에서 저녁 식사를 준비하고 있는 엄마에게 물었다.

"엄마, 미수 알지?"

"알지. 초등학교 때부터 일편단심인 네 여자친구. 네가 운동 그만두고 공부하겠다고 한 것도 걔 때문이잖아. 더구나 미수 아버지가 가뜩이나 많이 먹는 우리 아들 챙겨 먹인다고 매번 반찬까지 보내주시는데 새삼 그게 무슨 질문이야?"

"그럼 미수 다리가 많이 불편한 것도 알지?"

"그게 뭐 대수라니. 집이 부자인데."

"울 엄마 속물이네."

"웃자고 한 말이야. 엄만 미수 좋아. 착하고 예쁘잖아."

"그렇지? 엄마가 봐도 착하고 예쁘지?"

"엄만 미수 본 적 없어. 그래도 그냥 네 말만으로도 착하
고 예쁜 애라는 거 알겠어. 근데 이렇게 오래 알고 지냈는데
어떻게 여태 얼굴 한 번을 못 봤지?"

엄마는 새삼 이상한 듯 고개를 갸웃거렸다. 승곤의 심장이
덜컥 내려앉았다. 동시에 슬픔이 밀려들었다. 부모님은 미수
를 모른다. 내가 말했기 때문에 그런 아이가 있다는 것을 알
뿐. 미수는 헛것이다. 미수는 오래전에 죽었다.

"엄마, 나 아빠 올 때까지 잠깐 뒷산 공원 한 바퀴 돌고 올
게."

"금방 들어와야 해."

승곤이 현관문을 열고 나가자 엘리베이터가 막 도착했다.
문이 열리고 앞집 사는 초등학교 3학년 남자아이가 내렸다.

"용훈이 학원 갔다가 이제 오는 거야?"

"응."

용훈의 손에 투명 플라스틱 상자가 들려 있었다. 상자 안
에는 작은 나뭇가지가 고정되어 있고 거기에 길쭉하고 통통
한 덩어리 하나가 붙어 있었다.

"그건 뭐야?"

"나비고치. 학교에서 줬는데 열흘쯤 있으면 나비가 나온

대. 매일매일 지켜보고 있다가 나비가 나오면 날려 보내주라고 했어. 그리고 그 나비를 그려서 선생님께 내는 거야."

"오, 신기하네. 나비 나올 때 형한테도 보여줄래?"

"응. 형은 어디 가?"

"뒷산 공원에."

"나도 같이 가. 잠깐만 기다려. 가방 좀 놓고 올게."

용훈도 부모님이 맞벌이고 형제자매가 없었다. 승곤은 용훈이 어릴 때 자신처럼 느껴져 자주 같이 놀아주었다. 용훈은 자기 집에 가방과 나비 상자를 두고 바로 나왔다.

아파트 단지 뒤쪽에 뒷산으로 이어진 공원이 있었다. 승곤은 뒷산 등산로를 이틀에 한 번은 운동 삼아 올랐다. 용훈은 승곤과 산에 오르는 것을 좋아했다. 하지만 혼자서는 가지 않았다.

등산로 입구에서 조금 올라가면 운동기구가 있는 작은 공터가 나오는데 거기엔 개 한 마리가 자주 묶여 있었다. 산책 나왔다가 개만 거기 두고 견주 혼자 등산을 하고 오는 듯했다. 핏불테리어 종인 개는 덩치가 용훈이만 했고 운동하러 오는 모든 사람을 향해 사납게 짖어댔다. 용훈은 그 개를 무서워했다. 용훈뿐 아니라 개를 좋아하고 키우는 사람들도 그 개는 무서워했다.

주민들이 조처해줄 것을 말했지만 견주는 들은 척도 하지 않았다. 60대 초반쯤으로 보이는 인상이 더러운 남자였다.

견주는 눈을 부라리며 따졌다. 개도 생명이다. 개도 바깥공기를 쬘 권리가 있다. 목줄을 묶어놨는데 무슨 상관이냐. 내가 혈압과 당뇨가 있어 힘들게 운동하는 중인데 이 개까지 데리고 다니다가 쓰러지면 당신들이 책임질 거냐. 이 개새끼 힘이 장사라 만에 하나 내 손에서 풀리면 오히려 위험하다. 주민들은 재차 부탁했다. 그럼 산책 끝낸 개는 집에 두고 다시 나오시라고. 그러자 견주는 지금 나보고 두 번 걸음 하라는 거냐며 고함을 쳤다. 안하무인에 적반하장에 말끝마다 어찌나 권리를 들먹이는지 도무지 말이 통하지 않았다. 개가 험악하게 짖어대는 것보다 큰 위협은 목줄을 너무 길게 묶어놓는다는 것이었다. 견주가 고의로 그렇게 해놓는 것 같았다.

"형, 오늘도 그 개가 있을까?"

"있어봤자 묶여 있잖아. 걱정하지 마. 용훈이한테 덤비려고 하면 형이 이빨을 부러뜨려버릴 테니까. 부러진 이빨도 챙겨줄게. 어때?"

"좋아. 약속!"

용훈이 자랑스레 승곤을 바라보며 손가락을 내밀었다. 승곤은 아이의 작은 손가락에 제 손가락을 걸고 엄지 도장도 찍어주며 문득 생각했다. 그때 미수도 이렇게 작은 아이였는데. 내게 다정하게 다가온 그 어린아이에게 나는 왜 그리 심통 맞고 모질게 굴었을까. 나를 향해 내민 손이 사람이 아닌 그 무엇이었더라도 그래서는 안 되는 거였는데.

* * *

느티나무의 짙은 그늘은 언제나 한결같았다. 산현은 그 그늘 아래 서 있던 윤이의 모습을 떠올리며 잠깐 멈춰 섰다. 윤이가 자신을 죽음으로 몰아넣은 그 선생님을 따라 청람고등학교로 왔다. 그 선생님이 다른 학교로 갔다면 산현은 윤이를 만나지 못했다. 하지만 노랫말이 머무는 곳은 여기였으므로 우린 모두 여기서 만날 운명이었다. 노랫말은 왜 이곳에 머무는 걸까. 저 느티나무 때문일까.

큰 나무는 본래 귀신이 모이는 곳이다. 그래서 거목의 죽은 가지는 베지 않는다. 아궁이의 불쏘시개로도 사용하지 않는다. 거리와 척도의 상징인 느티나무는 인간들에게는 만남의 장소였다. 산현도 느티나무 아래에서 윤이를 만나지 않았나. 저 느티나무가 그런 대상들을 불러들이는 구간을 설정하는 지표일까. 아니면 이 학교 건물들의 구조와 위치가 불가사의한 진(陣)의 형태를 이루고 있는 것일지도.

산현은 걸음을 옮기며 시선을 돌렸다. 건물 외관의 색이 바뀌었다. 내부도 제법 손을 봤을 것이다. 하지만 건물의 위치와 구조는 전혀 바뀌지 않았다. 그가 알기로 이는 초대 설립자의 유지였다. 만약 그 유지에 특정 목적이 있었다면 초대 설립자는 '이음위형발현고사'를 일으키는 노랫말을 붙들어 두는 원리를 알고 있었던 게 아닐까.

편집부 임시 동아리방이 있는 체육관으로 가기 전에 먼저 담당교사인 권혁준을 만나기 위해 교무실로 향했다. 몇몇 선생님들이 산현을 알아보았고 권혁준 역시 그를 기억했다.

"유명인사가 어쩐 일로 날 찾아왔어?"

권혁준의 만면에 웃음이 드리워졌다.

"제가 여기 졸업생은 아니지만 그래도 편집부 출신입니다. 학생들을 좀 만나보려는데 그 전에 편집부 담당 선생님을 먼저 뵙는 것이 도리일 것 같아서요."

"자네가 학교를 때려치우고도 성공할 수 있었던 이유는 이 예의 바른 인성에 있다는 것을 애들도 알아야 하는데."

"애들이 절 압니까?"

"그러니까 말이야. 싹수 노란 사고뭉치들이 잘 알지도 못하면서 자기들 편한 대로 자네를 일탈의 핑계로 삼는다니까. 걔들한테 자넨 자유로운 영혼을 가진 멋진 선배지."

하지만 그 멋진 선배가 구전 교칙에 등장하는 느티나무 여학생을 데리고 잠적한 그 선배인 줄은 아무도 몰랐다. 산현은 권혁준의 책상 위에 놓여 있는 사진을 보았다. 권혁준이 이를 놓치지 않고 자랑을 시작했다.

"올해 일곱 살이야. 남들 손자 볼 나이에 손자 같은 아들이 생겼어. 먼저 간 아들이 살아있었다면 그 아들이 낳았을 아이지. 하늘이 우리 부부가 혈육 한 점 없이 늙어가는 것을 불쌍히 여겨 주신 아이니 숨 닿는 데까지 열심히 키우려고."

아들이 죽은 후 다시 아이를 가지려고 무던히 노력했지만 생기지 않았다. 나이 쉰이 넘고 아내는 폐경이 왔다. 그런데 늦둥이가 생겼다. 기적이었다.

산현은 사진 속 아이의 손목에 채워져 있는 염주를 보았다. 그가 권혁준을 만나 확인하려던 게 바로 이것이었다. 권혁준의 책상 위에는 항상 아들 사진이 있었다. 늦둥이를 얻었다면 이젠 그 늦둥이의 사진을 올려놨을 것이다. 권혁준은 아들이 그 염주만 똑바로 차고 있었으면 죽지 않았을 거라 믿어 의심치 않았다. 그러니 만약 권혁준이 그 염주를 다시 찾았다면 늦둥이가 하고 있을 거라고 생각했다.

윤이의 정체를 알고 난 후 산현은 덕환이 느티나무 아래 묻어버린 염주를 파냈다. 윤이가 그 느티나무에 붙들려 있는 이유가 염주 때문이라고 여겼다. 그는 언제까지나 윤이를 거기 혼자 둘 수 없었기에 천도를 해주려고 했다. 처음엔 윤이나 자신의 부모님께 부탁해볼까 생각했지만 아무래도 이것저것 사정을 물어볼 게 뻔했고 일일이 대답하기도 곤란했다.

덕환과 상의한 끝에 산현은 염주를 들고 절로 갔다. 그런데 희한하게도 염주가 타지 않았다. 위령이 되지 않기 때문이라고 했다. 덕환은 절이 후져서 그런 거라고 말했다. 주말마다 둘은 윤이의 천도재를 올려줄 절을 찾아다녔고 나중엔 성당에도 갔다. 서울에서 갈 만한 곳을 다 돌아다닌 후부터는 지방으로 나갔다. 그러자니 평일에 학원도 빼먹고 학교도 결석하기 일쑤였다.

학교에서 둘의 부모를 불렀다. 뭐가 문제냐는 질문에 두 사람은 입을 다물었다. 덕환은 완고한 아버지의 손에서 벗어나지 못한 채 다시 학교로 돌아갔고 산현은 자퇴했다. 산현이 염주를 태울 곳을 찾아 여기저기 다니는 동안 덕환은 아버지 몰래 아르바이트를 하며 돈을 보탰다. 그러던 와중에 어느 사찰 불단에 올려둔 그 염주가 감쪽같이 사라졌다.

다행히 법당에 CCTV가 있어 확인할 수 있었는데 아무도 손을 대지 않았다. 염주는 그냥 연기처럼 눈 깜짝할 새에 사라졌다. 아무래도 그 물건에 사연이 있다 보니 어디든 제가 가야 할 곳으로 갔나 보다 여기고 결국 포기했다. 가끔 산현은 그 염주가 권혁준에게 돌아간 것이 아닐까 하는 생각이 들었다. 굳이 확인하지 않았다. 악착같이 이승에 남고자 하는 윤이의 마음을 헤아릴 뿐이었다.

산현은 사진 속 아이의 오른쪽 손목 각도가 조금 이상하다는 것을 알아차렸다. 권혁준이 눈치를 채고 말했다.

"날 때부터 약간 틀어져 있었는데 교정할 수 있는 게 아니라고 하더라고. 일상생활에 큰 지장은 없다니 다행이지."

윤이의 손목이 딱 저런 각도로 틀어져 있었던 것을 권혁준은 알까? 권혁준이 애틋한 시선으로 사진을 보며 말했다.

"자랄수록 먼저 간 아들을 닮아가."

하지만 산현의 눈에는 보면 볼수록 윤이와 닮은 것 같았다. 어쩐지 등줄기가 서늘해졌다.

"얼마 전에 갑작스럽게 경기를 일으키더니 호흡곤란이 와서 죽다 살아났어. 그날 학교에 불까지 나서 진짜 정신이 하나도 없었지."

종이 울리자 권혁준이 말했다.

"수업이 있어서 나 먼저 일어날게. 편집부 애들은 체육관으로 가면 만날 수 있어."

"뭐 하나 물어봐도 될까요?"

"뭔데?"

"선생님은 이 학교에서 오래 근무하셨잖아요. 혹시 구전 교칙의 노랫말을 들어보신 적이 있으세요?"

"누가 청람 편집부 출신 아니랄까 봐. 안 그래도 애들이 지금 100호 특집으로 그거 취재하고 있어. 아, 알고 있겠네. 이미 자네 인터뷰 따고 왔으니까. 혹 그 일로 온 거야?"

"네."

"구전 교칙을 믿어?"

"저야 믿었지요. 그 교칙을 지켜야 3년을 안전하게 보낼 수 있었던 학생 신분이었으니까요."

"지금, 어른으로서는?"

"믿습니다. 믿는 이유를 설명할 수는 없지만요."

"그게 궁금해서 '녹의 풍향'에 손을 댄 건가?"

"그렇습니다. 하지만 믿기 때문에 이제 그 작품을 무대에 올리면 안 된다는 것을 압니다."

"그 대답은 마치 구전 교칙이 사실이라는 근거처럼 들리는군."

"그러기를 바랍니다."

"어째 바라는 대상이 나를 가리키는 것 같은데."

"그렇게 들리셨습니까?"

권혁준은 심기가 불편해졌는지 미간을 찌푸렸다.

"하나 더 물어보고 싶은 게 있습니다. 죽은 아드님 말입니다."

권혁준의 표정이 굳었다.

"시간이 지났어도 죽은 아드님을 생각하면 여전히 마음 아프실 거라는 거 압니다."

"자네 아직 미혼이지? 자식 잃은 부모 마음은 겪어보지 않으면 모르는 거야."

"아드님의 여자친구도 그때 죽었잖습니까. 그 여자친구의 부모님 마음도 선생님과 같겠지요."

"그쪽 부모 입장은 나와 다르지. 비교하지 마."

"아직도 아드님의 죽음이 여자친구 탓이라 여기세요?"

"걔가 결백했다면 스스로 죽지 않았을 거야. 저도 찔리는 구석이 있었던 거지. 걔 이야기는 하고 싶지 않아."

권혁준이 불쾌한 기색을 드러냈다.

"죄송합니다만 억울함으로도 얼마든지 극단적인 선택을 할 수 있습니다."

뭐? 권혁준의 얼굴이 벌게졌다. 뭐라고 반박하고 싶은 표정이었지만 아무 말도 하지 않았다.

"이만 가보겠습니다."

산현이 먼저 일어났다. 그가 나가자 권혁준은 아들의 사진 액자를 뒤집었다. 구전 교칙의 노랫말을 들어본 적이 있느냐고? 젠장. 권혁준은 노랫말에 대답했다. 사실 이 학교에 지원한 이유는 그 구전 교칙 때문이었다. 그 노랫말에 대답하면 볼 수 없는 것을 보게 된다. 그는 죽은 아들을 보려고 했다. 모르는 사이에 무서운 일이 생기든 말든 상관없었다. 그때는 오직 아들을 다시 보고 싶은 마음뿐이었다.

대신 권혁준은 교정에서 죽은 아들이 아니라 학생들 사이에 섞여 있는 서윤이를 보았다. 뻔뻔하게도 네가 귀신이 되어 나타나 나를 괴롭히려고? 그러다가 늦둥이가 태어났다. 이후로 서윤이는 보이지 않았다. 그런데 가끔, 아주 가끔 아이의 얼굴에서 서윤이를 보곤 했다. 소름이 끼쳤다가도 아이가 방긋 웃으면 한없이 예쁘고 사랑스러워 금세 마음이 녹아내렸다.

내 아들이야! 이 아이만큼은 절대 잃지 않을 거야.

한없는 사랑과 동시에 섬뜩한 공포가 밀려들 때마다 그는 더욱더 아이에 대한 애착을 드러냈다.

경고

　체육관은 본관 건물 오른쪽 뒤편에 있었다. 산현은 시간을 거슬러 처음 윤이를 만났던 그 순간으로 돌아간 듯 가슴이 쿵쾅거렸다. 공이 통통 튀었고 그는 걸음을 멈췄고 노랫말이 들렸고 윤이는 활짝 웃으며 친구들과 지나갔다. 아니다. 그들은 윤이의 친구들이 아니었다. 윤이는 그 아이들 사이에 그저 끼어 있었을 뿐이었다.

　체육관 관람석이 있는 2층을 지나 3층으로 올라가니 칸막이들로 구분한 공간들이 보였다. 공간마다 급한 대로 자신들의 동아리 이름을 인쇄해서 붙여놨다. 편집부 이름표가 붙은 칸막이가 보였다.

　산현이 안으로 들어서자 기다리고 있던 네 명의 학생이 자리에서 일어나 인사했다. 미수가 산현과 눈을 마주치며 미소를 드러냈다. 내가 보이는구나.

미소에 담긴 의미를 깨달은 산현은 긴장했다. 윤이도 그랬다. 진짜 산 사람처럼 때론 웃기도 하고 때론 찡그리기도 했는데 종잇장에 그려진 표정처럼 공허함이 있었다. 똑같았다. 감정을 느끼는 것이 아니라 알고 흉내 내는 것이다.

산현은 저를 향한 아이들의 시선에서 간절한 구조 신호를 읽었다. 돕겠다고 말했지만 그도 당장은 어디서 어떻게 풀어나가야 할지 알 수 없었다. 그렇게 애를 썼는데 윤이의 일도 결국 해결하지 못했다. 게다가 윤이와 미수의 이야기는 다를 테니까.

"일단 저녁 식사 시간이니 밥 먹으면서 이야기할까. 후배님들 뭐 먹고 싶어? 고기 먹으러 갈까."

"좋아요. 미수네 못 간 지 좀 됐는데 잘됐다."

홍남의 신난 기색에 승곤은 말했다.

"그럼 미수가든으로 갈까? 선배님을 이용해서 우리가 매상도 좀 올려주고."

"아저씨가 우리한테 잘도 돈을 받겠다. 그치? 미수야?"

홍남이 묻자 미수가 빙긋 웃으며 말했다.

"지금 가기엔 학교에서 너무 멀어."

승곤과 홍남이 주거니 받거니 나누는 사소한 대화가 산현에게는 어쩐지 필사적으로 들렸다. 아무렇지도 않은 척하려는 연극이라는 것을 알았다. 이 대화에 은새가 끼지 않는 이유는 1학년이어서가 아니라 겁을 먹은 탓이라는 것도. 세 아이 중 은새만 유독 미수를 의식하는 티를 냈다.

"근처에 내가 아는 고깃집이 있어. 그리로 가자."

"승곤이가 좀 많이 먹는데 괜찮으시겠어요?"

"적당히 해라."

산현은 아이들의 뒤를 따라 천천히 걸어가며 미수를 주시했다. 저 아이는 내가 오늘 여기 왜 왔는지 알고 있을까. 알고 있을 것이다.

저녁 해가 넘어가고 있었다. 아이들의 늘어진 그림자는 하나의 덩어리가 되어 움직였다. 그러다가 한 번씩 분리되어 나온 미수의 그림자는 다른 아이들의 그림자와 다르지 않았다. 윤이의 그림자도 이상할 거 없는 사람의 그림자였다.

그럼에도 윤이는 여간해서는 자기 그림자가 따로 생기는 곳을 피했다. 느티나무 아래 짙은 그늘에 서 있었던 것처럼 길을 걸을 때는 건물의 그림자가 늘어지는 쪽에, 혹은 사람들 사이에 섞여 들어가 자기 그림자를 가렸다. 산현은 윤이가 평범한 그림자를 굳이 숨기려는 이유보다 왜 죽은 사람에게 그림자가 있는지가 더 의문스러웠다.

그러다가 우연히 카메라 렌즈에 잡힌 윤이의 그림자를 보게 되었다. 그건 사람의 형상이 아니라 제 꼬리를 문 뱀처럼 보였다. 구슬을 삼킨 듯 몸통이 울룩불룩했다. 염주였다. 그때 산현은 깨달았다. 허깨비는 사람의 눈에 보이는 그림자까지 속일 수 있다는 것을.

전적으로 뇌의 오류였다. 뇌가 원본 형상의 정보에 따라 형상의 그림자를 보도록 시신경에 명령하기 때문이다. 하지만 카메라의 렌즈를 통해 볼 때는 뇌의 주관적인 개입 없이 볼 수 있다. 오래된 옛이야기의 둔갑체들이 거울을 비추면 정체를 드러내고 마는 것처럼 매개체 하나를 거쳐 진실을 볼 수 있는 것이다.

산현은 휴대폰 카메라를 켰다. 미수의 그림자는 가운데가 불룩한 덩어리 형상이었는데 위쪽으로 더듬이 같은 곡선이 튀어나왔다가 사라지곤 했다. 그는 저 그림자가 어떤 물건일지 감도 잡히지 않았다. 사진을 찍으려는 순간 미수가 돌아보았다. 그는 재빨리 휴대폰을 주머니에 넣으며 아이들 무리에게로 다가갔다.

저녁 식사를 하는 동안 산현의 학생 시절 청람고등학교 편집부는 어땠는지부터 사립학교의 특성상 아직 학교에 남아 있는 선생님들에 대한 뒷담화까지 그들은 잡다한 대화를 나눴다. 미수 이야기는 단 한마디도 나오지 않았다. 하지만 오늘 이 자리의 목적은 미수였다.

"잘 먹었습니다."

"선배님, 저 배 터질 것 같아요. 제 평생 고기를 한 번에 이렇게 많이 먹어본 건 처음이에요."

"감사합니다."

자리가 파할 때쯤 되자 내내 경직되어 있던 은새도 어느 정도 긴장이 풀려 있었다. 산현은 학교로 돌아가는 아이들의 뒷모습을 바라보며 어디 가서 한잔해야겠다고 생각했다. 그는 덕환에게 전화했다.

* * *

홍남은 집으로 가는 골목길에서 앞서가는 여자가 자신을 의식하고 있다는 것을 알았다. 뒤를 흘깃거리는 고갯짓을 하면서도 차마 돌아보지 못하는 것이 확실히 겁을 먹었다. 따라오는 사람을 앞으로 보내려는 여자의 걸음이 느려졌다. 홍남이 일부러 멈춰 서자 여자는 마음을 바꿨는지 갑자기 걸음을 서둘렀다. 홍남도 여자를 따라 빨리 걸었다. 거의 정신줄을 놓은 여자가 다급히 휴대폰을 꺼냈지만 너무 긴장한 탓에 떨어뜨렸다. 홍남이 손을 쑥 뻗자 여자가 짧은 비명을 지르며 주저앉았다.

"큰누나! 나야."

"아, 막둥이였구나."

주연이 안도의 한숨을 내쉬었다.

"미안, 그냥 장난 좀 쳤어."

"나한테 자꾸 이런 장난쳤던 게 너였어?"

"나 오늘 처음인데?"

"어디서부터 따라온 거야?"

"저기 아래 모퉁이 돌고부터."

"그럼 넌 아니네."

"왜? 무슨 일인데?"

"요즘 계속 골목길 입구부터 누가 쫓아오는 것 같았거든. 올라오면서 수상한 사람 못 봤어?"

"아무도 못 봤는데. 착각 아니야?"

"모르겠어. 찜찜하네. 근데 저녁에 고기 먹었어? 냄새 죽인다."

"성공한 편집부 선배가 고기 사줬어."

"좋았겠네."

"좋더라. 나도 나중에 돈 많이 벌고 싶어. 그럼 만날 고기 사 먹어야지. 엄마랑 누나들한테 명품 백도 척척 안겨주고. 아, 생각만 해도 기분 좋다."

"고맙다, 막둥아. 나 눈물 나려고 한다."

"아직 안 사줬는데 벌써?"

"말만으로도 받은 것 같아."

말이란 게 참 무서운 거구나. 말한 것만으로도 실체 없이 진짜가 될 수 있다는 것을 왜 진작 몰랐을까. 홍남은 미수를 향해 막말했던 과거의 자신을 후회하고 또 후회했다. 앞으로는 좋은 말만 하고 살 거라 마음먹었지만 정말 그렇게 하고 있는지는 알 수 없었다. 홍남은 활짝 웃는 주연을 보았다. 그래도 오늘 한 말은 잘한 말 같았다.

＊＊＊

경선은 아들의 방문 틈새로 새어 나오는 빛을 물끄러미 바라보았다. 한때 아들은 캄캄했던 그녀의 인생에서 바로 저런 빛이었다. 어두운 터널 끝에서 기다리고 있는 희망의 빛줄기. 이제 문을 열면 빛으로 가득한 세상에 들어갈 수 있을 줄 알았다. 마침내 그 문 앞에 섰다고 생각했는데 빛은 사라졌다. 아무리 애타게 불러도 문 너머의 아들은 끝내 대답하지 않았다. 아들이 있는 세상에는 대체 뭐가 있는 걸까. 그게 뭐기에 엄마밖에 모르던 아들이 저렇게 속절없이 빠져버린 걸까.

삼 남매 중 막내인 은표는 경선의 자랑이었다. 은표의 형과 누나는 경선의 속을 꽤 썩였다. 둘 다 공부하기 싫어해서 고등학교도 간신히 졸업했고 알바를 하며 돈을 벌면서 집을 나간 후 각자 그럭저럭한 짝을 만나 지금도 되는대로 아무렇게나 살고 있었다. 은표는 그 나이에 할 법한 반항 같은 건 일절 없었고 공부도 잘했다. 형과 누나 때문에 속상한 엄마를 위로할 줄 아는 철든 아들이었다. 그래서 경선은 은표를 믿었다. 하지만 믿는 도끼에 발등을 찍혔다.

은표는 대학을 졸업하고 바로 직장생활을 시작했지만 매번 3개월을 넘기지 못했다. 몇 번의 이직 끝에 은표는 다 포기하고 자기 방에 둥지를 틀었다. 온 세상 사람들이 자기를 무시한다나. 은표는 자기를 지적하는 말을 참아내지 못했다. 경선이 설득했다.

"은표야, 일 배우면서 실수는 누구나 하는 거야. 너 학교 다닐 때 선생님들께 듣는 말과 다르지 않아. 그게 선생님이 널 무시해서 하는 말이 아니라는 거 알잖아."

"아니. 학교에서는 그런 말을 들은 적이 없어. 학교에서는 공부만 하면 되거든. 선생님들도 공부만 가르치고."

경선은 말문이 막혔다. 그제야 깨달았다. 요즘 학교에서는 아이들을 야단치는 일이 별로 없다는 것을. 더구나 은표 같은 모범생은 말할 것도 없었다. 당시 미처 깨닫지 못한 것도 있었다. 은표는 배려심과 공감력에 문제가 있었다. 다만 겉으로 보기에는 흠잡을 데가 없었다.

은표가 방에 틀어박혀 있는 시간이 점점 길어지자 걱정이 커진 경선이 말했다. 쉴 만큼 쉬었으니 이제 다시 뭐라도 해봐야 하지 않겠니. 그러자 은표는 경선에게 그딴 눈으로 쳐다보지 말라며 울부짖듯 괴성을 내질렀다. 그러고는 갑자기 차분한 어조로 말했다.

"뭐라도 하지 않으면 여기서 날 제거하겠다고? 내가 그렇게 당하고 있을 것 같아?"

은표의 눈이 기이하게 빛을 뿌렸다. 대화가 이상한 방향으로 어긋났다. 경선은 두려워졌다. 그녀는 문제를 해결하고자 싫다는 은표를 억지로 끌고 병원을 찾았다. 상담을 끝내고 나온 은표가 그날 그녀를 어떤 시선으로 바라보았는지는 두 번 다시 떠올리고 싶지 않았다. 의사가 경고했다. 약의 복용은 매우 중요합니다. 환각과 환청 증세가 심해지면 위험한 행동을 하게 됩니다. 문제가 생기면 반드시 조치해야 합니다.

이후 여러 번 문제가 생겼으나 경선은 아무런 조치도 하지 못했다. 처음 상담을 받으러 갔던 날 자신을 바라보던 은표의 시선이 크나큰 상처로 남았기 때문이었다. 누구도 자기 엄마를 그런 눈으로 볼 수는 없었다. 하지만 이젠 어떻게든 해야 했다.

경선은 자기 방으로 들어가 아침에 나간 그대로 펼쳐져 있는 이부자리 위에 몸을 뉘었다. 씻어야 하는데 너무 피곤했다. 은표의 방에서 빠르고 거칠게 탁, 탁 소리가 쉴 새 없이 들렸다. 제 방문에 다트핀을 찍는 소리였다. 경선은 오금이 저렸다. 예전에 멋모르고 방문을 열었다가 날아온 다트핀이 어깨에 박힌 적이 있었다. 그게 눈에 박혔더라면, 혹은 목이나 머리에 박혔더라면, 지금도 그 생각만 하면 아찔했다. 제일 무서운 것은 그것이 고의였을지도 모른다는 것이었다.

은표는 정신과 상담을 받게 한 경선에게 원한을 갖고 있었다. 엄마가 자기를 미친 사람으로 취급했다고 여겼다. 그런 게 아니라고, 엄마는 그저 너와 잘 지내고 싶을 뿐이라고,

경선은 말하고 싶었지만 어떻게 설명해야 할지 몰랐다. 근데 내가 방문을 잠갔던가? 헷갈렸다. 지쳐서 손가락 하나 움직일 수 없었다. 경선은 두려움에 떨며 스르륵 잠이 들었다.

* * *

은표가 던진 다트핀들은 한 치의 어긋남 없이 매번 정확하게 원하는 포인트에 꽂혔다. 이젠 눈 감고도 맞출 수 있었다. 미친 건 내가 아니라 너야. 미친 건 내가 아니라 이 세상이라고. 세상이 풍선이라서 터뜨릴 수 있으면 좋겠다. 은표는 다트핀의 뾰족한 끝을 손끝으로 살살 어루만지며 미소를 지었다. 풍선 안에 든 공기가 사라지고 풍선 안에 든 사람들이 전부 숨이 막혀 죽는 것을 상상하니 가슴이 벅차올라 미칠 것 같았다. 감정이 격해지자 은표의 눈에서 화산이 폭발하듯 뭔가가 솟구쳤다가 동공 깊숙이 가라앉았다.

왕의 목소리가 오고 있었다. 은표는 경건하게 왕을 맞을 준비를 했다. 그는 모니터 앞에 앉았다. 그의 귓가에서 우틀루의 왕이 속삭였다.

'우틀루의 위대한 전사 나야모크! 이제 네가 나설 때다. 마녀의 목을 베고 우틀루의 모두가 우러르는 최고의 영웅이 되어 나를 넘어서는 왕이 될지어다. 이제 곧 너에게 신성한 검을 내려줄 것이다.'

나야모크, 아니 은표는 울컥했다. 우틀루의 왕이 마침내 후계자를 정했다. 흥분한 은표의 심장이 벌떡벌떡 뛰었다.

* * *

"우리가 이제 이런 데서 이런 걸 마신다. 술값은 네가 내라."

덕환은 싱글 몰트 잔을 앞에 두고 히히 웃었다. 까칠한 수염이 뺨을 따라 실룩실룩 움직였다. 학교 다닐 때도 그는 깔끔한 축에 들지 못했다. 교복 단추는 늘 두어 개 풀려 있었고 양손을 바지 주머니에 찔러 넣은 채 건들거리고 다녔다. 구미가 당기는 일에는 망설임 없이 끼어들었고 부적절한 부분이 보이면 사방에 떠들고 다녔다. 어린 덕환은 그렇게 단순했다. 하지만 어른이 된 덕환은 세상사의 복잡함을 이해했고 입을 닫았다. 덕환의 무거워진 입은 이제 오랜 친구인 산현 앞에서만 열렸다.

"언제는 내가 안 냈냐. 얼마든지 낼 테니까 넌 그냥 때 되면 무사히 내 앞에 나타나기만 해. 별일 없는 거지?"

산현의 물음에 덕환은 고개를 끄덕였다. 산현은 평소에도 덕환과 자주 통화했는데 그래도 덕환이 비번인 날은 꼭 얼굴을 봐야만 마음이 놓였다.

"네가 그렇게 나를 걱정하니까 윤이도 봐준 것 같아. 네

덕에 살았어."

"아니. 널 살린 건 너 자신이야. 네가 날 살렸고 그게 널 살렸으니까. 넌 내 생명의 은인이야."

"오글거리는 소리 그만해. 그런다고 내 수치심이 덮이진 않으니까."

"하지만 너 죽을 뻔했던 그 일 이후 확실히 윤이는 보이지 않게 됐잖아."

"그래도 용서받았다는 생각이 들진 않아."

덕환이 붉어진 얼굴로 고개를 숙였다. 대략 칠팔 년 전쯤부터 산현은 윤이를 볼 수 없었다. 하지만 덕환에게서는 윤이가 사라지지 않았다. 산현이 이유를 알 수 없어 하자 덕환이 고백했다. 윤이가 권혁준의 아들을 고의로 밀어버렸다는 소문을 인터넷에서 퍼 나른 적이 있었다고. 무슨 의도가 있었던 것은 아니었고 그냥 남들 하는 짓을 아무 생각 없이 한 것이었다고.

그제야 산현은 당시 덕환이 왜 그렇게 권혁준에게 대들었고 윤이의 천도를 위해 애썼는지 이해했다. 나쁜 소문을 퍼뜨리는 데 일조해 윤이를 죽게 했다는 가책 때문이었다. 덕환은 말했다. 태어나서 제일 잘한 짓이 구전 교칙 노랫말에 대답한 거라고. 금기를 깼기에 윤이를 직접 만나 사과할 기회를 얻을 수 있었다고.

하지만 그 대가로 자신이 모르는 사이에 벌어지는 무서운 일에 대해 알게 되었다. 글램핑장에서 일산화탄소 중독으로 두 명이 사망했는데 나중에 알고 보니 덕환이 예약했다가 취소한 그날 그 자리였다. 원래 자신이 죽을 자리라는 것을 깨달은 덕환은 사람들을 피해 산으로 들어갔다. 산에서도 그는 여전히 윤이를 보았다. 그는 죽을 때까지 용서받을 수 없다는 것을 알았다. 죽음에는 죽음으로 답해야 했다.

어느 날 덕환은 술에 취한 채 산현에게 전화했다. 전화기 너머에서 덕환은 어린애처럼 마냥 울어댔다. 덕환을 걱정한 산현이 산에 도착했을 때는 이미 한밤중이었다. 산속은 칠흑같이 어두웠고 산행이 익숙지 않은 산현은 그만 발을 헛디뎌 비탈에서 미끄러졌다. 다행히 그 타이밍에 이를 발견한 덕환이 미친 듯이 달려가 굴러떨어지는 산현을 온몸으로 막으며 제동을 걸었다. 덕환은 그 비탈이 낭떠러지로 이어지는 것을 알고 있었기에 망설일 수 없었다.

속도가 줄자 산현은 나무뿌리인지 덩굴뿌리인지 알 수 없는 것을 간신히 움켜잡을 수 있었다. 하지만 덕환은 그대로 균형을 잃고 어둠 속으로 추락했다. 한겨울이었다면 덕환은 십중팔구 죽었다. 여름이라 낭떠러지 아래 울창한 활엽수들이 안전망 노릇을 해주었다. 하지만 낙하속도가 만만치 않았기에 부딪힐 때의 충격으로 왼팔과 갈비뼈 두 개가 골절되었다. 반동으로 튀어 나간 몸이 바닥으로 떨어질 때 관목의 나뭇가지가 그의 허벅지와 옆구리를 관통했다. 천운이었다. 그게 목을 꿰뚫었다면, 늑골 사이를 비집고 박혀 들었다면 어찌 되었을까.

산현은 구조대에 신고한 후 정신없이 낭떠러지 아래로 내려갔다. 엉망진창이 된 덕환은 다 죽어가는 목소리로 자기 자신에게 화를 내고 있었다. 괜히 전화해서 산현을 여기까지 오게 만들어 하마터면 그를 죽일 뻔했다고. 덕환이 때맞춰 마중 나가지 않았다면 산현은 죽었다. 그는 산현이 당했을지도 모를 이 사고가 그가 모르는 사이에 벌어졌을 무서운 일의 하나라고 여겼다.

산현의 생각은 달랐다. 자신은 이 사고를 당해도 어쩐지 죽지 않았을 것 같았다. 그때 그는 뭐랄까 기묘한 안도감을 느꼈는데 일종의 테스트를 통과한 것 같은 기분이었다.

그 사고 이후 덕환의 곁에서 윤이는 사라졌다. 몸이 회복된 후 덕환은 국가직 시험을 봤고 지금은 국립공원 안전 요원으로 일하고 있었다. 산에 남아 사람을 구하는 것이 자신의 사명이라 여긴 눈치였다. 윤이는 이제 그들에게서 완전히 떠났다. 그녀는 권혁준과 함께 있었다.

덕환이 회상의 틈을 비집고 물었다.

"넌 어때? 별일 없지? 쓸데없는 질문인가. 넌 예외인데 말이야."

"너한테 그런 사고가 있었는데 뭐가 예외야? 네 논리에 따르면 그 사고는 내가 모르는 사이에 벌어진 무서운 일일 수 있었어."

　"그러니까. 그때 너도 그랬잖아. 내가 아니라 네가 떨어졌어도 죽지 않았을 것 같다고. 내 생각에 그 노랫말에 대한 대답은 일종의 내가 저지른 크고 작은 죄에 대한 인정 같은 게 아닐까 싶어. '내가 보는 것을 너도 보게 될 거야, 바꿔볼래?' 하고 묻는 것은 아마도 '네가 저지른 죄를 나는 다 보고 있는데 너는 모르는구나, 그러니 눈을 바꿔서 내가 본 걸 너도 볼래?' 하는 뜻이 되는 거지. 그러겠다고 대답하면 그 대가를 치르는 게 되는데 넌 치를 대가가 없었던 거고."

　"내가 그렇게 선한 사람일 리가 없잖아."

　"넌 선한 사람이야. 다른 사람에게 해를 입힌 적이 없으니까."

　"'녹의 풍향' 제작하겠다고 덤볐다가 엎으면서 관계자들에게 손해를 끼쳤지."

　"그 손해는 갚고 있잖아. 그런 거 말고. 이를테면 다른 사람을 두고 나쁜 생각을 하고 나쁜 말을 하고 나쁜 행동을 하는 거 말이야. 넌 그런 적 없지?"

　"세상에 그런 사람도 있냐? 네가 보기에 내가 그렇게 감정이 없는 사람이야?"

　"이건 감정이 아니라 사람의 본바탕에 관한 거야. 넌 사람에 대한 증오나 시샘, 악의 같은 게 없어. 그런 걸 잘 흘려보낼 줄 알아. 그래서 고인 게 없다고. 그런 네가 왜 내가 치를 사고에 말렸는지 이유를 모르겠어. 다른 사람은 몰라도 너만은 아니었어야 했는데 말이지. 내가 그때 인간관계를 다 끊고서도 유일하게 너만은 만날 수 있었던 게 그 때문이었거든."

노랫말에 대답한 후 산현은 지금까지도 자신이 머문 장소나 이동 경로를 반드시 돌아보았다. 확실히 자신에게는 덕환이 대신 당한 그 낭떠러지 사고 말고는 딱히 벌어진 일이 없었다. 그는 자신에 대한 덕환의 평가를 전적으로 인정하고 싶진 않았으나 어느 정도 일리가 있다는 것을 알았다. 나에게 왜 그 낭떠러지 사고 한 번뿐이었는지가 중요하냐면, 그건 덕환 때문이다. 덕환은 무서운 일의 여파가 내게는 절대 미치지 않을 것이라 믿었다. 그는 내가 죽음의 대가를 치를 이유가 없다고 여겼다. 그럼에도 나를 구하는 데 망설임 없이 자기 목숨을 던졌다. 만약 그 상황이 덕환의 진심을 들여다보려는 테스트였다면 그가 절대 아니어야 한다고 말한 나는 가장 적합한 테스트 대상이었다. 그렇다면 그 사고는 반드시 내게 일어나야 했다. 그때 덕환이 나를 구하려 들지 않았다면 나는 다른 형태의 사고를 또 당했을 수도 있다. 덕환이 한 번으로 끝내준 것이다.

산현은 완전히 취한 덕환을 부축해 집으로 데리고 왔다. 그는 덕환에게 자신의 침대를 내주고 거실로 나왔다. 코까지 골며 잠든 덕환이 부러웠다. '녹의 풍향' 제작을 포기한 후 그는 술을 마셔도 잘 취하지 않았고 며칠 밤을 새워도 불면증에 시달렸다. 그는 사무실에서 가져온 대본을 집어 들고 서재로 갔다.

이전에 모두 소각해 남아 있지 않다던 이 대본이 손에 들어왔을 때 산현은 운명이라고 생각했다. 그는 이 연극을 무대에 올리고자 마음먹기 전부터 수백 번을 읽고 또 읽었다. 그랬음에도 보지 못한 것들이 있었다. 이제야 대사와 지문에 숨겨져 있는 이면이 눈에 들어왔다. 안락이 죽었다고 여기고 대본을 읽자 모든 장면이 새로이 보였다.

안락은 언제 죽었을까? 안락이 이미 죽었기에 그녀의 아버지가 딸이 아닌 형우를 유학 보내는 거라면. 겉으로 보이는 내용 진행에서 그런 가정은 철저히 숨겨져 있다. 그러나 안락의 아버지가 처가의 약점을 쥐고 있는 것처럼 구는 말과 행동을 보면 안락의 죽음에 어머니가 연관되어 있을 가능성이 보였다.

사고든 실수든 만약 어머니가 안락을 죽게 했다면? 그래서 어머니가 자신을 탓하며 죽은 딸의 귀신이라도 보고자 스스로 눈을 찔렀다면? 하지만 대본에서 자기 눈을 찌른 것은 안락이다. 거기서 안락은 아직 죽지 않은 상태다. 그러면 형우의 유학이 있기 전에 안락이 죽었다는 건 틀린 설정이다.

산현은 머릿속이 복잡해졌다. 허구의 이야기가 현실로 이어졌기 때문에 '녹의 풍향'의 이야기와 현실 이야기의 경계를 어디서 어떻게 구분해야 할지 헷갈렸다.

염주는 제 발로 권혁준에게 돌아갔다. 그리고 나서 권혁준은 늦둥이 아들을 얻었다. 산현은 그 아이가 의심스러웠다. 죽은 미수가 미수의 아버지에게 돌아온 것과 완전히 같은 패턴이다.

눈알을 바꿔보자는 노랫말대로 하면 자신이 저지른 잘못의 결과와 정면으로 마주할 수 있게 된다. 하지만 그건 끝이 아니라 시작이다. 덕환은 잘못했다고 사과하고 후회했지만 결국 죽을 뻔했다. 그러고 나서야 윤이는 사라졌다. 윤이가 구전 교칙의 학생으로 돌아왔기에, 덕환이 그 노랫말에 대답했기에 용서를 빌 기회가 생긴 거라면? 정말 그런 거라면 노랫말에 대답한 사람이 자신에게 닥칠 무서운 일을 극복할 방법이 아주 없지는 않을지도 몰랐다.

* * *

홍남은 휴대폰에 저장해놓은 사진들을 전부 뒤졌다. 미수는 사진 찍히는 것을 꺼렸다. 처음엔 불편한 다리 때문이라고 생각했지만 상반신이나 얼굴만 나오는 것도 피했다. 하도 유난하게 굴어 장난으로라도 감히 카메라를 들이댈 수 없었다. 이전까지는 그냥 그런가 보다 여겼다. 그러나 이젠 그 저의가 의심스러웠다.

거실에서 드라마를 보며 떠들고 있는 누나들에게 확인해 볼 생각이었다. 누나들은 노랫말에 대답한 적도 미수를 본 적도 없다. 미수가 제대로 찍힌 것은 없겠지만 어쩌다 찍힌 게 있을 것이다. 저장된 사진들을 이리저리 휙휙 넘겨 보던 홍남이 방문을 박차고 튀어 나갔다. 누나들이 놀란 눈으로 홍남을 쳐다보았다.

"왜 그래? 우리 막둥이 낮잠 자다가 귀신 꿈 꿨어?"

홍남은 주령의 놀림에 대꾸할 기분이 아니라 무시하고 물었다.

"누나들, 내 친구 미수 알지?"

"알지. 네 여자친구."

주연이 말했다.

"아니라고 했지."

"그럼 승곤이 여자친구."

주령이 말했다.

"아니라고."

"아직도 결판이 안 났어?"

누나들이 입을 모아 물었다. 내가 누나들에게 쓸데없는 소리를 참 많이 했구나. 홍남은 자기 입을 꿰매버리고 싶었다.

"헛소리 그만하고 이것 좀 봐봐. 여기서 여자가 몇 명인 것 같아?"

홍남의 휴대폰 사진에는 운동장에서 농구를 하는 남학생

들과 지나가면서 이를 구경하는 학생들이 찍혀 있었다. 사실 그가 찍은 것은 농구 골대 너머로 보이는 학생회관 건물이었다. 화재로 하룻밤 새 처참한 흉물 덩어리로 변한 모습이 너무도 충격이라 남겨둔 것이었다. 며칠 후에 가림막이 설치되어 지금은 그 광경을 볼 수 없었다. 주령이 말했다.

"와, 건물이 진짜 살벌하게 홀랑 다 탔네."

"건물이 중요한 게 아니야. 여기서 여학생만 짚어봐."

누나들은 흉물을 바라보고 선 미수를 세지 않았다. 너무 멀리 작게 있어서 놓친 건가 싶어 홍남은 직접 손가락으로 가리키며 알려줬다.

"여기 하나 더 있잖아."

"어디? 그게 무슨 사람이야? 그냥 그림자나 얼룩 같은데."

"그러게. 사람 형상으로도 안 보인다."

누나들이 모두 고개를 저었다. 하지만 홍남의 눈에는 틀림없는 미수였다. 답답해하던 그는 문득 기억이 났다. 예전에 미수가 상가건물 옥상에서 추락할 때 멀리서 주령도 지켜보고 있었다고 했다. 왜 그게 이제 생각이 났지? 그렇다면 주령은 미수를 본 적이 있다.

"작은누나, 나 중학교 때 아버지가 세탁소 하던 건물 옥상에서 떨어졌던 여자애 기억나?"

"응. 근데 누군지는 못 봤어. 사람들이 옥상에 누가 라이터 들고 있다고 해서 쳐다봤는데 아무도 없었어. 그냥 거기 있다니까 있나 보다 했고 큰일 났다 싶었지. 그래도 거기 있던 사람 중 누군가는 봤으니까 다들 걔가 여자애라는 걸 알았겠지."

홍남은 등골이 쭈뼛해졌다. 그걸 알려준 사람이 어째 자신인 것 같다는 생각이 들었다. 옥상을 올려다보며 미수의 이름을 불렀고 사람들이 무슨 일이냐고 물어서 저기 여자애가 뛰어내리려고 해요, 하고 외쳤다. 그러고 나서 사람들이 몰려들었다. 실체보다 생각이 먼저다. 생각은 말을 통해 나온다. 생각에서 말이, 말에서 실체가 만들어졌다.

"갑자기 그런 건 왜 물어봐? 그 여자애가 여기 있어? 뭔데, 왜 그래?"

주령이 물었다.

"아무것도 아냐."

"근데 왜 자꾸 이상한 소리 해서 사람 걱정시켜? 학교에서 불나던 날도 우리 진짜 너 죽는 줄 알고 얼마나 걱정했는지 알아?"

"사람 그렇게 쉽게 안 죽어."

"세상에 어이없는 죽음이 얼마나 많은데. 우리 할머니만 봐도 진짜 황당하게 돌아가셨잖아."

"심장마비였는데 뭐가 황당해?"

"그 심장마비가 어떻게 온 건 줄 알아? 그냥 아버지 말씀대로 시골에 계셨더라면 그 끔찍한 장면을 보실 일은 없었을 거고 그럼 심장이 충격을 받지도 않았을 거야."

"할머니가 뭘 보셨는데? 혹시 그 여자애 떨어진 걸 봤어?"

미수가 옥상에서 추락했던 날, 할머니가 길에서 심장마비를 일으켰다. 홍남은 놈의 말이 떠올랐다. 네가 살아서 둘이 죽고, 네가 살아서 셋이 죽고, 네가 살아서 다섯이 죽었다고 했다. 은새가 미수를 밀었다던 그 덤프트럭 사고 때 다섯이 죽었다.

"아니 다른 사람. 그 세탁소 있던 건물까지 올라오기 전에 큰 슈퍼 있었잖아. 거기 주인아저씨가 자기가 살던 아파트 13층에서 뛰어내렸어. 지은 지 40년 된 그 한 동짜리 건물 말이야. 떨어질 때 하필 그 아래를 지나던 행인과 부딪쳐 둘 다 죽었거든. 할머니가 그 광경을 보셨어. 주변 목격자들 말로는 쓰러질 때 할머니가 누군가의 이름을 불렀는데 그게 아버지 이름이었어. 그러니까 할머니는 그 행인이 아버지인 줄 알고 충격받으신 거야."

주령이 말했다. 홍남은 고개를 갸웃거렸다.

"그런 일이 있었는데 난 왜 전혀 몰랐지?"

주연이 말했다.

"아무도 이야기해주지 않았으니까. 그때 넌 혼자 자기 고민에 빠져 넋이 나가 있었잖아. 무슨 일인지 말해보라고 해도 입만 꾹 다물고 있었고. 그런 애한테 뭘 이야기할 수 있었겠어."

아, 맞다. 그때 미수 일로 제정신이 아니었지. 그게 전부 내가 했던 막말 때문에 벌어진 일이라고 차마 말할 수 없어서. 홍남은 슈퍼 주인과 행인과 할머니까지 자신이 모르는 사이에 셋이 죽었다는 것을 알았다. 네가 살아서 셋이 죽고. 그렇다면 원래는 내가 죽었어야 했다는 건데. 이를 깨닫자 홍남의 심장이 쿵쿵 뛰었다.

"그게 정확히 몇 시쯤이었어?"

"다섯 시 반 정도 됐을 거야."

그날은 금요일 오후였다. 사고지점은 매주 그날 그 시각 학원에 가는 홍남이 지나가는 곳이었다. 하지만 그날 그 시각 홍남은 미수가 추락하던 건물 앞에 있었다. 만약 미수가 그 건물 옥상에 서 있지 않았다면 평소처럼 홍남은 그 아파트 아래를 지나갔을 거고 추락하는 사람과 부딪혀 죽었다. 주령이 말했다.

"근데 그날 세탁소 건물에 있던 애는 어떻게 된 건지 모르겠어. 119 부르고 에어매트 대고 난리가 났는데 옥상 문 뜯고 올라가보니 아무도 없었잖아. 쪽팔려서 어디로 도망쳤나."

아니야. 그날 미수는 추락해서 다리를 다쳤어. 내가 봤어. 그러나 홍남은 아무 말도 하지 않았다. 그의 기억만 다를 테니까. 놈의 말이 무슨 뜻인지 확실히 알았다. 미수가 날 살리려고 했어. 그렇게 내가 살아서 셋이 죽었어. 우리를 죽을 상황에서 비키게 하고 대신 다른 사람을 죽였지.

그때 우리는 우리가 모르는 사이에 무슨 일이 벌어졌는지 아무도 몰랐다.

네가 살아 둘이, 셋이, 다섯이 죽었지

아이들을 사무실로 부른 산현이 차근차근 이야기를 시작했다.

"미수는 구전 교칙의 학생이야. 미수의 눈에만 보이는 놈은 노랫말이고. 노랫말은 노랫말을 불러들이는 미수, 그러니까 눈썹이 세도록 오래된 물건에 붙어. 미수가 어떤 물건에서 발현된 건지는 나도 아직 모르겠지만 그 물건이 가진 이야기가 너희의 이야기와 엮여서 너희 곁에 머물게 된 거야."

아이들은 바짝 긴장한 채 그의 말에 귀를 기울였다.

"너희가 말하는 놈은 '녹의 풍향'에서 형우와 같은 존재야. 너희가 놈의 목소리를 들었지만 볼 수는 없었던 것처럼 형우 역시 단 한 번도 무대에서 모습을 보이지 않아. 놈과 마찬가지로 형우도 배역이 없지."

승곤이 물었다.

"실체 없는 형우를 놈이라고 하면 노래로 형우를 불러들인 안락은 미수가 되는데, 그럼 안락도 이미 죽은 인물로서 등장하고 있는 거예요?"

"대본을 보이는 대로만 보면 그런 이야기가 숨겨져 있는지 전혀 알 수 없어. 근데 안락을 죽은 사람이라고 가정하면 대본상 의아하게 보였던 안락의 행동과 대사를 전부 설명할 수 있게 돼. 안락의 대사는 대부분 혼잣말이거나 다른 사람들의 대사와 제대로 호응을 이루지 못하거든. 그리고 무진을 사랑하는 안락이 형우에게 과하게 집착하는 것도 어느 정도 이해 가능해지고."

"듣고 보니 되게 중요한 부분 같은데 왜 대본에 드러내지 않고 숨겨놨대요? 게다가 알아볼 사람만 알아볼 수 있다는 거잖아요."

"내용과 상관없는 위저보드를 위한 장치적 트릭이 아닐까 생각해. 그러니까 여태 대본을 읽는 사람 누구도 알지 못했던 거겠지."

"것도 모르고 두 번째와 세 번째 제작 때 모두 안락을 범인으로 뒀군요."

홍남이 짚어 말하자 산현이 기다리던 질문이라는 듯 대답했다.

"그게 가장 드라마틱하거든. 나도 최근에 깨달았어. 안락과 형우는 서로를 존재하게 하는 조건이야. 그래서 안락은 형우를 죽인 용의자가 될 수 없어. 형우가 안락을 죽인 것도 아니고."

"그럼 안락은 누가 죽인 거예요?"

은새가 물었다.

"내 생각엔 안락의 어머니가 아닐까 싶어."

"어머니가 딸을 왜 죽여요?"

"글쎄, 그럴 만한 여러 가지 가능성을 만들 수 있지. 어쨌든 이야기니까. 예를 들어 안락에게 태생적 신체 장애가 있어 사교계에 내보낼 수 없다면? 그럼 안락의 아버지는 형우를 후계자로 키워 딸과 혼인시키려고 할 수 있어. 안락의 어머니는 히스테릭한 인물이야. 그녀는 자신의 불행이 딸 때문이라고 원망하다가 술에 취해 충동적으로 안락을 죽이고 말지. 하지만 곧 자신이 저지른 일을 깨닫고 그 충격으로 정신을 놔버리게 돼. 그리고 여전히 딸이 살아있다고 여기며 사는 거야."

"와! 그럼 저택 고용인들은 모두 죽은 안락을 살아있는 아가씨로 여기며 연극을 했다는 거잖아요. 극 중 안락의 어머니뿐 아니라 관객들까지 알아채지 못하도록 말이에요."

홍남이 감탄을 내지르며 말했다.

"안락이 이미 죽은 사람이라고 전제하면, 특히 형우보다 먼저 죽었다면 '녹의 풍향' 대본은 완전히 다르게 읽혀. 누가 형우를 죽였는지에서 누가 안락을 죽였는지, 그리고 왜 등장인물들은 계속 안락을 살아있는 사람으로 보고 있는지 등등 여러 가지 미스터리가 시작되지. 여기서 너희들 뭐 느껴지는 거 없어?"

산현이 아이들 하나하나와 시선을 맞추며 질문했다. 승곤이 조심스럽게 대답했다.

"우리 이야기랑 똑같아요. 누가 미수의 다리를 망가뜨렸는지, 왜 죽은 미수를 우리는 살아있는 사람으로 보고 있는지……"

"맞아. 바로 그거야. 무대에서 안락 역의 배우가 죽은 안락을 연기하는 것은 안락의 허깨비를 발현시킨 물건이 그 역할을 할 수 없기 때문일 뿐이야. 무슨 말인지 이해했지?"

홍남이 고개를 끄덕이며 말했다.

"'녹의 풍향' 이야기 안에서 등장인물들과 관객들이 안락을 보는 것처럼 우리도 미수를 보고 있는 거네요."

"그렇지. '녹의 풍향' 대본은 형우의 목소리가 들리는 절정 장면부터 결말까지 없어. 거기서부터는 놈의 목소리를 들은 너희의 이야기로 이어져. 너희가 찾는 답이 곧 대본의 뒤편에서 밝혀질 내용이라는 거지. 지금부터 너희에게 벌어질 이야기가 그 대본의 결말이야."

"어떻게 그런……"

은새는 말을 잇지 못한 채 몸을 떨었다. 그들은 등골이 오싹해졌다. 안락이 죽은 사람이라는 것을 알게 되자 무대가 현실로 옮겨졌다. 미수가 죽은 사람이라는 것을 알게 되자 대본의 이야기가 그들의 이야기가 됐다. 잠시 침묵이 흘렀다.

"'녹의 풍향'이 여러 번의 시도에도 왜 끝내 무대에 올려지지 못했는지 나도 이제야 알겠더라고. 그 대본은 애초에 공연을 위한 것이 아니라 장치로 사용하기 위해 쓴 거야. 그렇다면 조해을이 가졌던 대본도 후반부는 없단 거지."

"처음부터 후반부가 없는 대본, 허구의 이야기를 현실로 가져오기 위한 진짜 위저보드……."

승곤이 중얼거렸다.

"위저보드인 동시에 안전장치이기도 해. 구전 교칙의 노랫말은 현실을 침범해. 그래서 작자는 그런 현상을 막을 방편으로 그 대본을 만든 거야. 형우가 무대에서만 등장할 수 있도록 말이지. 하지만 보드를 닫지 못해 결국 문제가 생겼어. 너희 덕분에 나도 '녹의 풍향'에 대해 완전히 다시 이해하게 됐다."

잠시 호흡을 고른 산현은 씁쓸한 표정으로 이어 말했다.

"너희가 모르는 사이에 벌어지는 무서운 일이란 너희가 저지른 잘못이 비록 너희 눈에는 보이지 않지만 언제나 너희 곁에 머물고 있다는 것을 보여주는 거야. 그렇기에 너희가 미수를 보는 동안은 앞으로도 계속해서 그런 일이 벌어질 것을 각오하고 있어야 해."

"그 말씀은 더는 미수가 보이지 않으면 그 무서운 일도 끝난다는 뜻이에요?"

승곤이 물었다.

"맞아. 바꿔 말하면 너희가 저질렀던 잘못의 대가를 치렀다는 뜻이기도 하고. 무서운 일이란 너를 구하기 위해 다른 사람을 죽이는 건데, 일종의 함정이야. 그러니까 이제부터 그 무서운 일이 어디서 어떻게 벌어질지 알아야 대처할 수 있어."

"이해할 수가 없어요. 우리가 미수를 죽였는데 왜 미수는 우리를 살리는 거죠?"

"살려야 너희가 계속 자기를 볼 수 있으니까. 그리고 너희가 너희 때문에 다른 사람이 죽게 되는 것을 깨닫고 느낄 공포와 가책을 지켜보기 위해서지."

은새가 물었다.

"하지만 무서운 일은 우리가 모르는 사이에 벌어지는데 어떻게 알 수 있어요?"

"일단 미수를 발현시킨 물건부터 찾아보자. 그건 최초에 미수를 죽인 사람에게 있을 거야. 어디에 있든 그 물건은 반드시 그 사람에게 돌아가게 되어 있으니까."

홍남이 물었다.

"그걸 찾은 다음에는요?"

산현은 이제 아이들을 설득해야 했다. 하지만 그가 뭐라고 말을 하든 선택은 결국 아이들의 몫이었다.

"다들 내 말 잘 들어. 진짜 중요한 걸 지금부터 말해줄 테니까."

* * *

토요일 아침 승곤은 서둘렀다. 식당 오픈 전에 함봉규를 만나기 위해서였다. 홍남이 함께 가자고 했는데 승곤은 혼자 가는 편이 낫다고 여겼다. 어쩌다 보니 아저씨가 술김에 사실을 털어놓고 말았는데 홍남에게는 아무래도 말을 가릴 것 같아서였다. 홍남도 승곤의 말에 동의했다.

버스에서 내려 건널목을 건너려는데 식당 입구에 주차된 식자재 트럭이 보였다. 이곳 건널목은 신호등이 없기에 적당히 눈치껏 보고 건너가야 했다. 승곤이 건널목 중간쯤에 이르렀을 때 식자재를 다 내린 트럭이 문을 닫고 천천히 후진하기 시작했다. 트럭이 도로 쪽으로 머리를 틀었을 때 갑자기 오토바이 한 대가 쌩하니 그 곁을 지났다. 트럭이 한 뼘만 더 나왔어도 부딪혔을 것이다.

오토바이가 멀어지는 것을 보며 승곤의 머릿속에서 불현듯 떠오르는 것이 있었다. 그날 미수를 다리에서 밀어버리고 달아나면서 건널목을 막 건넜을 때 뒤에서 들렸던 굉음. 벼락처럼 떨어진 그 소리는 마치 그가 한 짓에 대한 하늘의 경고 같았다. 돌아보지 않았다. 그 건널목도 신호등이 없었다.

당시 승곤은 자기가 한 짓 때문에 거의 제정신이 아니었다. 그래서 양방향에서 오는 차들을 살피지 않고 냅다 뛰었다. 만약 차들이 어린아이인 나를 피하려다 서로 추돌사고를 일으켰다면? 혹은 삼거리 모퉁이를 돌아 나온 오토바이가 나를 피하려던 차와 충돌했다면? 홍남이 살아서 셋이 죽었다고 했다. 어쩌면 그때 그런 사고가 일어나서 나는 살았고 둘이 죽은 거라면?

승곤은 그만 다리가 풀렸다. 하지만 주저앉을 수 없었다. 이러고 있을 때가 아니야. 승곤은 정신을 차리고 건널목을 건너 식당으로 들어섰다. 경선이 반갑게 맞아주었다.

"승곤이 왔구나. 아이고, 아직 손은 다 낫지 않았네. 눈은 괜찮아?"

"괜찮아요. 아저씨 뵈러 왔는데 어디 계세요?"

"창고 들어가셨어. 거기 앉아서 잠깐 기다려."

주방에서 나오던 정란이 승곤을 보고는 안아주려는 듯 팔을 휘저으며 다가왔다. 정란이 승곤의 양어깨를 다독이며 말했다.

"괜찮아 보이네. 홍남이랑 은새도 학교에 며칠 못 갔다면서? 미수는 하나도 안 다쳤던데."

"불이 났을 때 미수는 그 자리에 없었어요."

"하긴 미수가 그런 면이 있지. 방금 눈앞에 있었는데 어느 순간 도깨비처럼 휙, 하고 사라지곤 한다니까."

"맞아. 특히 홀 직원과 손님들 눈에는 귀신처럼 안 뜨이고 다녀."

경선이 고개를 끄덕였다. 정란이 테이블에 엉덩이를 걸치며 말했다.

"근데 홀 매니저랑 박 과장까지 여태 미수를 한 번도 본 적이 없다는 게 말이 돼? 그 두 사람이 여기 밥 먹은 지가 벌써 몇 년째인데."

"그 사람들 있을 때는 뒷문으로 주방 출입을 했나 보지."

경선의 말에 정란은 반박했다.

"아니야. 미수가 홀로 들어올 때 매니저랑 박 과장이랑 모두 있었던 거 내가 여러 번 봤어. 근데 미수가 그 사람들한테는 매번 인사도 하지 않고 그냥 지나가더라. 매니저랑 박 과장도 미수를 완전 없는 사람처럼 전혀 시선을 주지 않았고. 저게 무슨 상황인가 싶었지. 나중에 왜 그랬냐고 미수한테 물었더니 그분들이 저를 아는 척하지 않아서 그랬다는 거야. 그래서 내가 매니저랑 박 과장에게 왜 미수를 보고도 아는 척하지 않았냐고 했거든. 그랬더니 그 사람들이 그러더라. 사람을 봐야 아는 척을 하지 않겠냐고. 완전 도깨비놀음 같았다니까."

아주머니들의 이야기를 듣던 승곤이 물었다.

"두 분 여기서 일한 지 오래되셨죠?"

"거의 초창기 때부터지."

"미수 처음 봤을 때 기억나세요?

"여자애 노랫소리를 듣고 누가 노래를 이렇게 처량맞게 잘 부르나 싶어 나갔더니 마당에 인형처럼 예쁘게 생긴 애가 있더라고. 다리 보고 알았지. 사장님한테 다리가 불편한 딸이 있다고 들었었거든."

"나도 미수 노랫소리에 내다봤다가 처음 만났어."

승곤은 정란과 경선의 말이 무슨 뜻인지 분명히 이해했다. 그때 함봉규가 돌아왔다. 승곤은 그의 팔을 잡고 방으로 데리고 들어갔다.

"아저씨, 저랑 이야기 좀 해요."

"무슨 말을 하려고 이렇게 비장하냐?"

여기까지 오면서 이미 결심했기에 승곤은 돌려 말하지 않았다.

"아저씨도 사실은 의심해본 적이 있죠? 미수가 돌아왔을 때, 어쩌면 이미 죽은 사람이 아닐까 하고요."

함봉규의 표정이 굳었다. 사실은 늘 그런 의심을 품고 살았다. 미수가 살아 돌아오는 것이 불가능한 상황이었기 때문이다. 승곤은 함봉규의 눈빛이 흔들리는 것을 보았다.

"미수는 배에서 죽었어요. 어떤 남자가 가방에 미수를 담아 바다에 던졌다는 그 꿈 말이에요. 그건 꿈이 아니었을 거예요."

함봉규의 다른 꿈에서는 그가 미수를 가방에 넣어 바다에 던졌다. 둘 다 꿈이라면 미수는 사라지지 않아야 했다. 그러니 둘 중 하나는 현실이다. 어느 쪽이 현실이든 미수는 죽었다. 하지만 미수가 돌아왔으니 인정할 수 없었다.

"아니. 난 아직도 그때 배에서 무슨 일이 벌어졌던 건지 모르겠어."

"무슨 일이 벌어졌든 미수는 죽었어요."

"확실하지 않아."

"아저씨는 미수가 돌아오기 직전에 어떤 남자아이가 부르는 노랫말을 들었어요. 미수가 어릴 때 부르던 노랫말이었죠."

"그게 왜?"

"아저씨가 미수의 상상 속 친구라고 여겼던 그 아이가 부른 거예요. 우리는 그 노랫말 때문에 미수를 보게 된 거고요. 아주머니들과 좀 전에 이야기 나눴는데 미수를 본 분은 미수의 노래를 들었대요. 홀 매니저님과 박 과장님은 미수를 보지 못한다면서요? 미수의 노래를 들었던 적이 없는 거죠. 그 노랫말이 미수를 보게 하는 거예요. 아저씨, 죄송해요. 제가 사실은 미수를 다리에서 밀어 떨어뜨려 죽인 적이 있어요."

"뭐라고?"

"홍남이와 은새도 미수에게 그런 짓을 한 적이 있고요. 하지만 미수는 우리에게 나타나기 전에 이미 죽었어요. 허깨비였던 거죠."

"허깨비라니? 대체 뭐라는 거야?"

"학교에서 화재가 있던 날 미수는 우리와 함께 있었어요. 저흰 그날 노랫말을 부르는 놈을 불러냈고 놈에게서 이상한 말을 들었어요. 놈이 말하기를 미수는 5년 만에 집에 돌아왔다고 했어요."

"그래. 5년 만이었지."

함봉규가 체념한 듯 말했다.

"5년 만에 집에 돌아온 것이 미수뿐이었어요? 잘 생각해 보세요, 아저씨. 5년 만에 미수와 함께 다시 찾게 된 오래된 물건 같은 거 없었어요? 그 물건에 노랫말이 들러붙어 미수가 된 거예요."

함봉규는 곧 가슴을 부여잡고 얼굴을 찌푸렸다. 설마?

"가방이 있었어."

"가방이라면, 아저씨 꿈에서 미수와 함께 바다에 던져진 그 가방 말이에요?"

"그게 바다를 떠다니다가 해안으로 밀려 들어왔는데 상태가 좀 수상해서 발견자가 경찰에 신고했고, 경찰이 지퍼가 잠겨 있는 안주머니에서 내 신분증과 지갑을 발견해 가방과 함께 전해줬어."

"그 가방 지금 어디 있어요?"

"진작 버렸지."

"아뇨. 집 안 어딘가에 있을 거예요."

"그럴 리가 없어. 내가 확실히 버렸다니까."

"바다를 5년이나 떠돌다가 기어이 아저씨에게 돌아왔어요. 미수처럼요. 아니, 그게 미수예요. 찾아보세요. 틀림없이 그 가방은 아저씨에게 있어요."

함봉규의 꿈은 실제 일어난 일이고 미수를 죽인 범인은 함봉규의 가방을 뺏었던 남자다. 그렇다면 가방은 그 남자에게로 가야 한다. 하지만 산현은 말했다. 미수가 함봉규에게 돌아왔으니 물건도 그에게 있을 거라고. 승곤은 의문스러웠다. 왜 미수는 아저씨에게 돌아왔을까. 범인에 대한 원망보다는 아버지와 함께 있고 싶었던 걸까. 설마 미수를 죽인 범인이 아저씨일까. 아니, 그건 아닐 거야. 아저씨가 미수를 얼마나 사랑하는데.

"그 가방을 찾아서 태워야 해요."

"네 말대로라면 그걸 없애면 미수도 사라진다는 건데. 승곤아, 미수가 뭐든 난 미수 없이는 못 산다."

미수가 가버리면 그가 가진 재산은 하루아침에 모두 낙엽이 될 테니까. 미수가 그 저주받은 텅 빈 가방이라면 틀림없이 그렇게 될 것이다.

"너희도 그냥 이대로 살면 안 되겠냐. 두려움은 얼마든지 버틸 수 있는 거야. 나는 이미 오래전에 그 두려움을 내 죄에 대한 벌로 받아들였어."

"미수가 두려워서가 아니에요. 미수가 우리 곁에 있으면 우리 주변의 누군가가 우리 대신 계속 죽어요."

"그게 무슨 소리야?"

"미수는 우리 옆에 있기 위해 우리를 살려둬요. 걔가 원하는 게 바로 아저씨처럼 공포와 가책을 감수하며 살게 하는 거라고요. 그래야 자기도 계속 세상에 남아 있을 수 있으니까요. 그래서 우리가 죽을 위기에 처하면 대신 다른 사람을 죽게 해요."

"나한테는 그런 일이 없었어."

"그 일은 우리가 모르는 사이에 벌어져요. 저도 얼마 전에 알았어요. 분명 아저씨가 모를 뿐 그런 일이 있었을 거예요. 그러니까 아저씨, 그 가방을 찾아서 태우세요. 반드시 그렇게 해야 해요. 아니면 우리는 평생 살인자로 살게 되는 거예요."

함봉규는 곤혹스러워하며 고개를 저었다. 승곤이 잠시 뜸을 들이더니 사정했다.

"제발요. 아저씨가 고민하는 동안 또 우리가 모르는 무슨 일이 벌어질 수 있어요. 제가 오늘 미수 데리고 영화 보러 갈 테니까 그사이에 그 가방을 찾아서 반드시 없애버리세요. 꼭 그래주셔야 해요."

* * *

승곤을 보내고 함봉규는 서둘러 집으로 갔다. 육중한 철제

대문을 열고 마당으로 통하는 계단을 올라가면서 문득 그런 생각이 들었다. 어쩌자고 이렇게 큰 집을 샀을까. 함께 살 것도 아니면서. 미수는 이 집을 원했다. 특히 느티나무 가지가 창을 가린 방을 보더니 마음에 꼭 든다며 웃었다.

정원이 딸린 2층 주택의 여섯 개 방 중에서 안방과 미수의 방을 제외하고는 모두 가구 없이 비어 있었다. 볕이 잘 드는 거실에는 검은 가죽 소파와 붉은 무늬의 러그가 깔려 있었고 장식장과 수납장 대부분은 비어 있었다. 원래 단출한 살림살이였고 돈을 벌어 집을 산 후에도 달리 물건을 사서 모으거나 인테리어에 신경 쓰지 않았다. 그래서 집을 뒤지는 시간은 오래 걸리지 않았다. 창고와 다용도실, 베란다까지 샅샅이 뒤졌으나 가방은 없었다. 집 안이 아니면 집 밖인가?

창밖으로 시선을 돌리자 미수가 애착하는 느티나무가 보였다. 밖으로 나간 함봉규는 느티나무 아래 섰다. 갑자기 서늘한 한기가 밀려들면서 오한이 난 듯 몸이 떨렸다. 생각해보면 이 느티나무 그늘은 한여름에도 기이하리만치 서늘해 가끔은 등골이 시릴 정도였다. 바람에 나뭇가지가 흔들릴 때마다 묘한 소리가 들리는 것 같기도 했다. 고목이라 그런 것이겠거니 여겼다. 오래 산 것들이 가진 시간의 깊이가 생경한 경외심을 뿜기 때문이라고. 하지만 모든 오래된 것들이 이 느티나무처럼 불온하게만 느껴지지는 않는다.

나뭇가지들 사이로 비쳐드는 작은 햇빛 조각들이 땅에 드리워진 나무의 그림자를 이리저리 흔들어 불길한 무늬들을 만들어냈다. 함봉규는 어른거리는 무늬들 속에서 꿈쩍하지 않는 그림자 조각 하나를 발견했다. 그건 빛이 만들어낸 그림자가 아니었다. 땅속에 묻혀 있는 물건이 드러낸 어둠의 그림자였다. 그는 돌을 집어 들고 단단한 땅을 헤집었다. 이내 새까만 꼬리가 보였다. 뜯어진 가방의 손잡이라는 것을 알았다. 억지로 당겨 뽑으니 곱게 접힌 가방이 툭 튀어나왔다. 그리 깊게 묻혀 있지 않았다. 세상에, 이게 정말 여기 있었다니.

발견 당시 가방의 지퍼는 잠겨 있었는데 수년간 바다를 떠돌아다니면서 한 번도 열린 적이 없었던 듯 녹이 잔뜩 슨 채 녹아 붙어 있었다. 안에 뭔가 묵직한 것이 들어 있는 것처럼 무게도 제법 나갔고 부피도 있어 빵빵한 상태였다. 하지만 그 안에서 미수의 시신은 나오지 않았다. 가방에 갇힌 채 죽었으니 유골이 나와야 했다. 불가사의했다.

그런 일이 이전에도 있었다. 그 기억들이 떠오르자 함봉규는 감정을 주체하지 못한 채 알 수 없는 소리를 뱉으며 그자리에 주저앉았다. 아내가 죽은 후 그는 태어난 지 얼마 되지 않은 어린 딸이 울 때마다 달래주지 않고 이 가방에 집어넣곤 했다. 아이 울음소리가 미치도록 짜증이 났다. 뭘 원해? 대체 나한테 뭘 원하냐고! 네가 나한테 뭘 원할 자격이 있어? 넌 나한테서 아내를 뺏어갔어. 시끄러워. 아이는 가방

속에서 계속 울었다.

진탕 취해서 홧김에 그 어린 것을 밟았을 때도 가방에 넣었다. 그땐 아이가 울지 않아서 그랬다. 숨을 쉬지 않았다. 죽은 줄 알았다. 그런데 아침에 깨어보니 아이가 눈망울을 굴리며 자신을 내려다보고 있었다. 아이의 한쪽 다리가 뒤틀려 있었다. 하지만 아이는 고통스러워하지 않았다. 꿈이 아니었다.

그런 일은 반복되었다. 술에 취할 때마다 그는 미수를 가방에 넣었고 그러다가 배에서는 바다로 던져버렸다. 그러므로 배에서의 꿈도 꿈이 아니었다. 그렇게 죽은 줄 알았던 미수는 매번 다시 돌아왔다.

그는 정신을 차리고 당시 상황을 똑바로 기억해내려고 애썼다. 하지만 그 시절 그는 늘 술에 절어 있었기에 무엇도 분명하지 않았다. 그저 미수와 이 가방이 늘 곁에 있었다는 것 말고는. 어느 순간에는 미수가 보였고 어느 순간에는 가방이 보였다. 나는 어쩌면 가방을 미수라 여긴 채 가지고 배에 탄 게 아닐까. 생각해보면 선실에서 아이가 그렇게 우는데 아무도 신경 쓰지 않았다. 오직 그의 귀에만 시끄러웠을 뿐이었다.

단지 술에 취한 탓만은 아니었다. 뭐에 홀렸다. 그렇지 않고서야 가방을 미수로 착각하며 살 수는 없었다. 아, 미수가 불렀던 그 노랫말. 그거구나, 그것 때문이었어. 미수는 이 가방 안에서 몇 번이고 죽었다. 왜 이 가방인지 그는 깨달았다. 이 가방이 미수의 관이었기 때문이다. 이제 어쩐다지?

그는 떨리는 손으로 가방을 집으려다 문득 다가오는 기척에 흠칫 놀랐다. 돌아보니 미수였다.

"지금 네가 왜 여기 있어?"

"그게 그렇게 놀랄 일이야?"

미수가 놀리듯 되물으며 빙긋 웃었다. 그 미소가 어찌나 섬뜩하게 느껴지는지 그는 몸이 얼어붙는 것 같았다.

"그게 아니라, 승곤이가 너랑 영화 보러 간다고 했는데."

"승곤이가 그런 것까지 아빠한테 말해?"

"오늘 오전에 가게 와서 일하겠다기에 너랑 영화나 보러 가라고 했거든."

"아, 그랬구나. 근데 아빠, 그거 놔둬요. 없애봤자 소용없어. 나 봐, 아빠가 거기에 담아서 없애버렸는데 돌아왔잖아."

그는 아무 말도 할 수 없었다. 숨이 턱 막히고 입이 붙어버렸다.

"내가 없어지면 아빠는 가진 거 전부 잃게 될 텐데 괜찮겠어? 내가 돈 많이 벌게 해줘서 좋았잖아. 그러니까 그냥 둬. 그럼 지금처럼 계속 살 수 있어. 아빠랑 친구들이랑 같이 살려고 내가 얼마나 먼 길을 왔는데. 나를 두 번, 아니 그렇게 여러 번 죽였는데 또 죽이려고? 살려줘, 아빠."

그는 정신이 아득해졌다. 미수는 이미 내가 저한테 무슨 짓을 했는지 다 알고 있다. 알면서 모르는 척 사는 것과 모르겠거니 여기며 사는 것은 다르다. 그는 도망치고 싶어졌다. 더는 미수를 보며 살 자신이 없어졌다. 아무리 후회하고 잘해줘도 죽은 미수는 살아 돌아올 수 없다.

그는 이제 승곤의 말대로 해야 한다는 것을 알았다. 미수가 우리를 살게 하는 대신 다른 사람을 죽이는 것이 우리한테 주는 벌이에요. 내가 너를 죽였다는 것을 잊지 않게 하기 위한 거죠.

고개를 들고 보니 미수는 어느새 보이지 않았다. 내가 지금 누구와 이야기하고 있었던 거지? 그는 마당 한구석에 땅을 오목하게 팠다. 가방을 거기에 넣고 불을 붙였다. 불길한 썩은 냄새가 훅 올라왔다.

* * *

승곤은 여느 때처럼 친구들을 불러냈고 영화를 보러 가자고 유도했다. 그들은 미수의 눈치를 보느라 아무도 영화 내용에 집중하지 못했다.

화재가 일어났을 때 미수는 그 자리에 없었다. 그들은 그 순간 놈에게 들었던 말을 미수에게 전하지 않았다. 하지만 미수는 다 알고 있을 것이다. 어쩌면 지금 이렇게 다 같이 영화관에 앉아 있는 이유도 알면서 속아주고 있는 것일지 모른다. 그렇다고 달리 미수를 붙들어둘 방법이 있는 것도 아니라 그들은 불안했다. 영화관을 나오면서 괜히 영화 이야기를 꺼내려고 했는데 미수가 먼저 물었다.

"특집기사는 마무리했어?"

홍남은 심장이 덜컥 내려앉았으나 아무렇지도 않은 척 말했다.

"아직. 놈이 인터뷰도 제대로 해주지 않고 건물만 홀랑 태우고 도망쳤잖아. 그렇다고 그 인터뷰를 다시 하고 싶지는 않아서 그냥 알아낸 범위 내에서 쓰고 있어."

승곤의 휴대폰이 울렸다. 문자를 확인한 승곤의 표정이 살짝 구겨지자 은새와 홍남은 함봉규가 가방을 없애는 데 실패했다는 것을 알았다.

"너희 정말 내가 없어지기를 바라는 거야?"

갑자기 미수가 물었다. 이제 솔직해질 시간이었다. 제대로 된 사과를 해야 했다. 승곤이 작심한 듯 입을 열었다.

"바라는 게 아니야. 그게 옳은 방향이라고 생각하는 거지."

"너희에게 그럴 자격이 있어?"

미수가 세 사람을 차례로 보았다. 누구도 대답하지 못했다.

"이미 날 한 번 죽였잖아. 그런데도 나는 너희를 살렸어."

"대신 더 많은 사람이 죽었어."

홍남이 가라앉은 목소리로 중얼거렸다. 미수가 소리 없이 웃었다.

"너희가 시작한 거야. 원인이 있기에 결과가 따르는 거지."

"알아. 우리가 저지른 잘못을 돌이킬 수는 없어. 하지만 다른 사람이 그 잘못에 대한 대가를 치르게 하는 것은 옳지 않아."

승곤이 미수의 눈을 피하지 않고 말했다.

"모든 희생에는 대가가 따르는 거야. 아니면 너희가 죽었지. 그러니까 나한테 왜 그랬어?"

"미안해. 우리가 잘못했어. 그러니 제발 더는 우리가 모르는 사이에 무서운 일이 벌어지지 않게 해줘."

"그러자면 내가 없어져야 하는데 어쩌지."

미수가 돌아서서 천천히 걸음을 옮기며 노래하듯 말했다.

"날씨가 화창한 어느 오후 덤프트럭이 돌진해 너를 깔아 뭉개지. 너는 납작하게 짓눌린 채 입으로 창자를 뱉어내며 죽어. 건널목에서 무단 횡단을 하다가 오토바이에 치여 날아간 작은 몸을 승용차 바퀴가 밟고 지나가. 어린 뼈가 부서지면서 장기를 찔러 너는 피를 토하며 즉사해. 네까짓 거 죽어버렸으면 좋겠다는 말이 돌고 돌아 어느 날 너의 머리 위에 떨어지고 너는 그 무게에 압사당해. 너흰 그렇게 죽었어야 했어. 그랬다면 나는 없어. 내가 너흴 지켰지. 앞으로도 그럴 거야. 언젠가 너희가 죽으면 더는 나를 볼 수 없게 되겠지. 너희의 미수는 그때 사라질 수 있어."

선택

　집으로 가는 골목길에서 홍남은 뒷모습이 어딘가 낯익은 남자를 보았다. 한참을 따라 걷다 알아차렸다. 주연과 몇 달 사귀다가 헤어진 박예성이었다. 그는 헤어질 때 주연에게 아이스크림을 사줬다. 쿨하게 헤어지자는 의미라고 했지만 그걸 먹은 주연은 견과류 알레르기로 죽을 뻔했다. 예성은 아이스크림에 견과류 성분이 있다는 것을 몰랐다고 했다.

　주연은 그 말을 믿지 않았다. 헤어지자는 말에 앙심을 품고 고의로 한 짓이 분명했다. 주연이 예성과 헤어지려는 이유가 바로 거기 있었다. 예성은 겉과 속이 다른 사람이었다. 주연은 예성이 무서워졌다. 아니나 다를까 예성은 계속 스토커 짓을 했고 주연은 위협을 느꼈다. 접근 금지 가처분이 떨어지자 예성은 더는 나타나지 않았다. 그래서 홍남은 내내 잊고 있었다.

홍남은 얼마 전에 주연이 골목길을 올라오면서 수상한 사람 못 봤냐고 물었던 기억이 났다. 그때 주연이 지나치게 놀랐던 이유를 깨달았다. 불길한 예감이 들었다. 예성의 손에 들린 검정 비닐봉지가 수상쩍었다. 뭔가 위험한 것이 담겨 있을지도 모른다고 생각하니 조급해졌다. 모퉁이를 도는 예성의 걸음이 갑자기 빨라졌다. 홍남도 서둘러 뒤쫓았다.

예성의 앞쪽에 주연이 걷고 있는 것이 보였다. 예성은 발걸음 소리를 죽이며 주연의 뒤에 바짝 따라붙었다.

"큰누나!"

홍남이 주연을 부르며 미친 듯이 뛰어갔다. 주연이 뒤돌아보았다. 예성을 본 주연의 눈이 휘둥그레졌다. 예성은 검정 비닐봉지에 든 병을 꺼내 뚜껑을 열고 주연을 향해 뿌렸다. 그 순간 홍남은 그들 사이로 몸을 던졌다.

액체가 얼굴에 닿았고 타는 듯한 뜨거운 통증이 엄습했다. 주연은 비명을 질렀고 예성은 염산이 든 병을 내던지고 달아났다. 주연이 들고 있던 생수병의 물을 홍남의 상처에 다급히 들이부었다.

홍남은 알았다. 산현이 말한 함정, 어려운 선택을 해야 한다는 상황이 바로 지금이었다는 것을. 이게 그가 모르는 사이에 벌어질 무서운 일이었다는 것을. 무방비였던 주연은 눈코입을 모두 잃고 목숨까지 위험해질 뻔했다.

***

"다들 내 말 잘 들어. 진짜 중요한 걸 지금부터 말해줄 테니까."

윤이를 돌아오게 했던 염주는 결국 태우지 못했기에 산현은 사실을 말해야 했다.

"미수의 물건을 찾는다고 해도 태워 없애는 것이 불가능할 수도 있어. 하지만 물건이 무엇인지 분명하게 밝혀지면 자초지종을 풀어나가는 것이 수월해지지. 만에 하나 물건이 타 없어지면 다행인데 그러지 않을 경우 너희가 모르는 사이에 벌어지는 무서운 일을 막을 방법은 하나뿐이야. 너흰 어려운 선택을 해야 해."

산현은 그 선택이 지닌 심적 어려움을 어떻게 전달할 수 있을지 깊이 고민한 뒤 최선을 다해 설명했다.

"너희가 모르는 사이에 벌어지는 무서운 일이라지만 알다시피 나중에 알게 되는 것일 뿐 벌어질 때는 너희도 그 어딘가에 있을 거야. 너희를 살리기 위한 함정이니까. 너흰 그 함정에 대비해 기다렸다가 피하지 말고 받아."

은새가 격앙된 어조로 반문했다.

"지금 우리보고 죽으란 거예요?"

"죽으란 게 아니라 죽음을 각오해야 한다는 거야. 미수가 너희를 계속 살리는 건 자기를 볼 수 있는 사람 앞에서만 존재할 수 있기 때문이야. 너희가 저지른 짓이 없던 일이 될 수 없기에 미수도 사라지지 않는 거니까. 그렇다면 미수를 보는 쪽인 너희가 사라져야 하지."

"우리가 죽을 수도 있다는 건 사실이잖아요. 다른 방법은 없어요?"

홍남이 물었다.

"내가 아는 방법은 그것뿐이야. 너희가 살아서 다른 사람이 죽는 그 함정에서 너희가 어떤 선택을 하느냐가 유일한 기회라는 거."

덕환은 말했다. 죽음은 죽음으로 갚아야 한다고. 그게 답이었다. 산현이 죽을 뻔한 상황에서 덕환은 자기 목숨을 걸고 살렸다. 덕환이 그랬던 것처럼 이 아이들도 죽을 각오로 타인의 죽음을 막아야 했다. 무슨 일이 벌어질지는 산현도 예상할 수 없었다. 그저 이 아이들이 잘해주기만을 바랄 뿐이었다.

"그러다 정말 죽으면요?"

은새의 회의적인 물음에 산현은 대답을 망설였다. 저 아이들과 그의 상황이 다르다는 것을 알기 때문이다. 너는 예외라고 했던 덕환의 단언에 그도 어느 정도 동의했다. 그래서 모르는 사이에 벌어지는 무서운 일이 왜 자신에게 일어났는지 의아하게 여겼다. 하지만 덕환은 죽지 않을 거라 믿는 예외의 그를 살리고자 죽음을 불사했다. 이는 구하고자 하는 대상이 누군지 상관없이 당사자의 선택이 관건이라는 뜻이다.

다만 그래도 장담할 수는 없었다. 산현은 솔직하게 말했다.

"맞아. 죽을 수도 있어. 그러니까 진심이어야 해."

* * *

염산이 뿌려질 때 홍남은 오른쪽으로 고개를 돌리며 피했기에 왼쪽 귀와 두피 일부만 녹았고 얼굴과 목에 군데군데 화상을 입었다.

"귀는 두 개니까 하나쯤이야 뭐. 왼쪽에만 장난감 귀가 달린 부분가발을 쓰면 될 것 같아. 귀는 초록색으로 하고 싶어."

홍남의 농담에 내내 훌쩍이던 엄마와 주령은 간신히 얼굴을 폈다. 하지만 주연은 여전히 눈물범벅인 채로 통곡했다.

"우리 막둥이 어떡해. 이게 다 나 때문이야. 미안해. 정말, 미안해."

"큰누나 진정해. 난 괜찮아. 이 정도로 끝난 게 얼마나 다행이야."

"그래, 언니. 막둥이가 언니를 구했어. 덕분에 언니도 무사하고 우리 막둥이 잘생긴 얼굴도 그럭저럭 보존했잖아."

가족들 모두 박예성 그 미친놈을 욕하며 괜찮은 척 애쓰고 있었다. 홍남은 정말 괜찮았지만 어쩌면 죽을 수도 있는 상황이었다. 문병을 와 있던 승곤과 은새도 그 사실을 잘 알고 있었다.

흙빛이 된 얼굴로 입을 꾹 다물고 있던 은새가 조용히 병
실을 나갔다. 홍남이 승곤에게 눈짓했다. 승곤은 병실 복도
구석에서 덜덜 떨고 있는 은새에게 다가가며 물었다.

"괜찮아?"

"아뇨. 너무 끔찍하고 무서워요."

"그래도 살았잖아."

"나도 결국 저렇게 될 수 있다는 건데. 그만할래요. 여기서
빠질게요."

"뭘 빠져?"

"편집부 그만두겠다고요. 특집기사에서도 제 이름 빼주세
요."

"하고 싶은 말이 뭐야?"

"도시락 자원봉사도 선배 좋아하는 것도 다 그만할 거고,
앞으로 미수 선배가 보여도 안 보이는 척할 거예요."

"그래. 다 그만둬. 근데 미수를 보고도 못 본 척하는 건 네
마음대로 안 될 거야. 그리고 네가 모르는 사이에 너 대신
사람이 죽는 것도 멈추지 않을 거고."

"그럼 어쩌라고요? 편집부에만 들지 않았다면 이런 일은
없었어요. 전 그냥 억울하게 엮인 거라고요."

"편집부의 다른 아이들은 괜찮아. 그러니까 편집부가 아
니라 네 탓이야."

"그래요. 제가 미수 선배를 밀었어요. 근데 제가 민 건 미수 선배가 아니라 가방이잖아요. 제 눈에만 미수 선배로 보이는 허깨비였다고요. 전 미수 선배를 죽인 적이 없어요. 그전에 이미 선배들이 미수 선배를 죽였으니까요. 어쩌면 선배들이 죽이기 전에 이미 죽었을 수도 있고요."

"네 말대로 우리 모두 미수가 가방이 아니라 사람으로 보였기에 밀었어. 미는 순간 사람이라고 여겼다고. 그러니까 사람한테 한 짓이야. 사람이 아니었어도 하면 안 되는 짓이었고."

"하지만 우린 이제 잘못을 뉘우치고 있잖아요. 용서받을 수 없는 죄는 없어요."

은새는 씩씩거리며 반감을 드러냈다.

"네가 용서를 강요할 수는 없어. 용서는 미수가 하는 거니까. 미수가 그랬지. 우리가 죽으면 자기는 없다고. 산현 선배도 그렇게 말했잖아. 우리가 저지른 죄를 없던 것으로 하려면 미수가 아니라 우리가 사라져야 한다고."

"그래서 우리한테 죽으라고 하는 게 말이 돼요? 그 선배는 자기 일 아니라고 진짜……."

"그런 식으로 말하지 마. 자기 일처럼 도와주고 있으니까. 자기도 겪었거든. 그래서 그 방법밖에 없다는 것을 아는 거야."

그랬기에 산현은 승곤의 절박함을 바로 알아보았다. 산현은 노랫말에 대답한 사람 중에 유일하게 자기 대신 사람이 죽는 일을 겪지 않았다. 구전 교칙의 학생이 정말 죄와 가책의 형상을 한 허깨비라면 산현은 세상에 드문 선한 사람이었다.

"홍남이는 이제 괜찮을 거야. 그러니까 용서를 구하려면 너도 정신 똑바로 차리고 제대로 된 선택을 해. 미수를 잃는 건 어쩔 수 없이 받아들여야겠지만 너까지 잃고 싶지는 않아."

"정말요?"

은새는 승곤의 말에 감동한 듯 되물었다. 승곤의 말은 더는 사람이 죽기를 바라지 않는다는 의미였지만 은새는 다르게 받아들였다. 이 모든 상황이 지나가면 미수는 우리에게서 사라진다. 그땐 정말 온전히 셋만 남는다.

미수는 끝내 홍남의 문병을 오지 않았다.

* * *

쉬는 시간에 복도를 걷고 있던 승곤은 갑자기 느껴지는 기척에 돌아보았다. 깜짝 놀라는 승곤을 보며 미수는 그림처럼 웃었다.

"언제부터 따라온 거야?"

"난 늘 네 곁에 있어. 알잖아?"

"하긴 우리 같은 단짝이 세상에 또 있겠냐. 이따 수업 끝나고 홍남이 보러 갈 건데 같이 가자."

승곤은 측은함과 섬뜩함이 공존하는 기묘한 기분을 억누르고 평소처럼 말했다. 미수가 정체를 밝혔는데 나는 어쩌면 이렇듯 태연할까. 아무 일도 없는 척 구는 것이 내 재능일지도 모르겠다.

"난 안 갈 건데."

"홍남이가 너 안 온다고 서운해하고 있어."

"궁금한 게 아니라? 곧 알게 될 테니 서두를 거 없어."

미수의 표정은 어딘가 쓸쓸해 보였다. 서운한 쪽은 오히려 미수일지도. 복도 맞은편에서 권혁준이 걸어오고 있었다. 그에게 인사를 하고 지나가는데 문득 미수가 승곤의 팔을 잡으며 속삭였다.

"비밀 하나 알려줄까?"

"무슨?"

"잘 봐."

미수의 숨소리가 바람처럼 살랑거렸다. 미수는 승곤의 팔을 놓고 권혁준의 뒤를 따라 천천히 걸어갔다. 절뚝절뚝. 미수의 불편한 다리가 수평을 놓칠 때마다 그녀의 머리 위로 노란 햇살이 부서졌다. 승곤은 눈이 부셔서 시선을 내렸다. 그러자 미수의 발끝에 걸린 길쭉한 그림자가 눈에 들어왔다. 장대처럼 길었다. 장대 끝에서 작은 원들이 아지랑이처럼 피어오르며 아롱아롱 맴돌았다. 승곤은 안구가 자꾸자꾸 부어오르는 듯 이상한 열감을 느꼈다. 미수가 승곤을 돌아 보았다. 미수의 목소리가 승곤의 귓가에 전해졌다.

"그 아이가 정말 그 아이일까? 궁금하면 노랫말대로 해봐. 그럼 내가 보는 것을 너도 보게 될 거야."

미수가 눈을 가늘게 뜨면서 손으로 어떤 모양을 만들어 보였다. 승곤은 뭐에 홀린 듯 미수의 눈짓과 손짓을 흉내 내기 시작했다. 미수의 발끝에 걸린 길쭉한 그림자에서 아지랑이처럼 피어오르던 작은 원 그림자들이 바닥에서 떠올라 권혁준의 주변을 에워싸며 춤을 췄다. 권혁준의 어깨 위에 붙어 있는 뭔가가 어슴푸레하게 형체를 드러냈다. 일그러진 새까만 얼굴에 푹 팬 빰을 가진 바짝 마른 어린 남자아이가 권혁준의 목을 꽉 끌어안고 있었다.

승곤은 숨이 턱 막혔다. 자신이 누구의 눈으로 무엇을 보고 있는지 알았다.

승곤은 노랫말처럼 자신의 눈을 장대로 찌른 적이 없었다. 하지만 방금 깨달았다. 화재 때 그의 눈에 열상을 입힌 것은 불길이 아니라 놈의 손끝이었다는 것을. 놈이 그의 눈을 찔렀다.

더는 그 자리에 있을 수 없어 그는 운동장으로 뛰쳐나갔다. 뒤에서, 아니 머릿속에서 미수의 웃음소리가 따라붙었다. 오래전에 미수를 다리에서 밀어버리고 달아날 때의 기

억이 생생하게 되살아났다. 그때부터였겠지. 미수가 늘 내
곁에 있었던 게.

* * *

은새네 가족은 주말에 호텔 스카이라운지에서 점심을 먹
기로 했다. 은새의 생일이라고 아버지가 마련한 자리였다.
태어나 처음이었다.

아버지는 이벤트로 당첨된 누군가의 6인 가족 식사권을
아주 싼 값에 살 기회를 얻었다. 그래서 1인 식사권 하나 정
도는 기꺼이 제값을 내고 구입했다. 아버지는 일곱 식구 중
누구 한 사람도 뺄 수 없었다. 기왕 온 가족이 외식을 나가
기로 한 마당이라 아버지는 택시도 불렀다. 관절이 좋지 않
아 걸음이 시원찮은 할아버지와 어린아이의 지능을 가진 통
제불능의 몸집 큰 삼촌을 데리고 대중교통을 타는 건 아무
래도 무리였다.

"우리 딸 생일인데 이 정도는 써야지."

아버지의 말은 그랬으나 정작 주인공인 은새는 택시에 탈
수 없었다. 택시는 한 대뿐이었고 삼촌과 할아버지와 보호
자인 아버지는 무조건 타야 했다. 쌍둥이 둘이 서로 타겠다
고 싸웠고 결국 가위바위보로 정해진 후 진 놈이 울음을 터
뜨렸다. 은새는 가위바위보에 져서 온갖 성질을 부리는 동

생을 데리고 엄마와 함께 지하철을 탔다. 택시 기사 보기가 너무 창피해서 타라고 해도 탈 생각이 없었다.

고층 유리창을 통해 스며든 햇빛은 실내조명과 어우러져 찬란했고 아버지는 이 자리가 몹시 자랑스러운 듯 한껏 들떠 있었다. 한편으로는 어색해서 어쩔 줄 모르는 표정이었다.

"이게 브런치라는 거구나."

아버지뿐 아니라 할아버지와 삼촌도 난생처음 보는 그림처럼 생긴 음식들을 앞에 놓고 눈이 휘둥그레졌다. 하지만 곧 식탁은 엉망진창이 되었다. 삼촌은 에그베네딕트에 곁들여 나온 당근을 손으로 조물거리며 접시 밖으로 빼냈고 할아버지는 트러플크림리가토니를 한 입 먹고는 오만상을 찌푸렸다. 엄마는 텔레비전에서만 보던 루꼴라피자의 루꼴라가 아무 맛도 없다며 시금치만 못하다고 불평했다. 쌍둥이는 아까 택시 일로 계속 투닥이며 싸워댔다.

은새는 오는 과정부터 이곳에 앉아 있는 저들의 모양새와 행동까지 그냥 다 수치스러워 짜증이 날 뿐이었다. 그래서 한 테이블에 있지만 나는 가족이 아니라는 듯 시선을 돌린 채 음식 사진만 찍었다.

그때였다. 화재경보가 울렸다. 사람들은 웅성거리면서도 자리를 지켰다. 누군가는 창을 통해 밖을 내다보기도 했는데 대부분은 먹던 밥을 먹으며 분위기를 살필 뿐이었다.

오작동이겠거니 혹은 오작동이 아니더라도 이렇게 큰 호

텔 건물인데 소방시설이야 당연히 잘되어 있겠거니 여기는 것이다. 어딘가에 작은 연기라도 나면 당연히 스프링클러가 작동하고 각층의 방화벽이 내려와 보호할 거고 높은 건물에서는 섣불리 이동하는 것보다는 그 자리에서 구조를 기다리는 것이 안전하니까.

창밖으로 연기가 올라오는 것이 보였다. 건물의 왼쪽 라인 중간쯤에서 시커먼 연기가 뿜어져 나오며 주황색 불길이 날름거렸다. 불길이 빠른 속도로 번지는 중이었다.

그제야 사람들이 자리에서 일어나 우왕좌왕 비상구를 찾아 나가기 시작했다. 누군가 옥상으로 나가는 문이 잠겨 있다고 외쳤다.

"밥 먹다가 이게 무슨 일이래?"

엄마가 쌍둥이의 손을 잡고 불이 난 지점의 반대편인 오른쪽 라인 비상계단으로 향하는 사람들을 따라갔다. 아버지가 삼촌의 손을 잡으며 은새에게 할아버지를 부탁했다.

"할아버지 손 놓지 말고 잘 부축해드려."

비상계단은 사람들이 몰려 인산인해를 이뤘다. 다급한 상황이었지만 사람들의 물살은 달팽이처럼 느리게 움직였고 할아버지의 걸음은 더 느렸다. 꽤 시간이 걸려 다섯 층 정도 내려왔을 때 아래쪽에서 고함이 올라왔다.

"올라가요. 올라가래요. 아래에 이미 연기가 다 찼대요."

우르르 내려가던 사람들이 왔던 방향을 거슬러 다시 올라

가기 시작했다. 할아버지는 내려갈 때보다 더 느려졌고 연기는 빠르게 쫓아 올라왔다. 불길이 오른쪽 라인까지 번졌다. 공기는 점점 뜨거워졌고 숨이 가빠왔다. 다들 소매로 옷깃으로 코와 입을 막았지만 역부족이었다. 고통스러운 만큼 빨리 여기서 벗어나려는 마음이 앞서 서로 밀쳐댔고 그 와중에 은새는 할아버지의 손을 놓치고 말았다. 다시 잡으려고 손을 뻗었으나 할아버지는 자꾸만 아래쪽으로 멀어졌다. 올라가야 하는데 할아버지는 무거운 돌처럼 점점 가라앉았다.

그래도 아직은 잡으려고 들면 닿을 수 있는 거리였다. 하지만 은새는 숨 쉬기가 너무 힘들어 딱 죽을 것 같았다. 그나마 견딜 수 있을 때 올라가야 했다. 아버지와 삼촌은 어떻게 됐을까? 엄마와 쌍둥이는? 먼저 나갔으니 저 아래 있을 것이다. 그들도 올라오고 있겠지. 그래, 엄마와 아버지가 올라오는 길에 할아버지도 데리고 올라오면 되겠네. 은새는 저 혼자 악착같이 위를 향해 계단을 올랐다.

* * *

은새는 산현이 꽂은 향에서 피어오르는 연기를 멍한 표정으로 바라보았다. 천년만년 엉겨 붙어 있을 것만 같았던 가족이 하루아침에 연기처럼 사라졌다. 다들 영정 사진 속에서 금방이라도 튀어나올 것 같았다. 이대로 집으로 돌아가면 여전히 좁은 집 안에 옹기종기 모여 앉아 있지 않을까. 너무 비현실적인 상황이라 눈물 한 방울 나오지 않았다.

은새를 제외한 가족 전부 화재 진압 후 비상계단에서 유독 가스에 질식한 시신으로 발견됐다. 할아버지는 계단에서 넘어졌는지 다리가 부러졌다. 엄마는 쌍둥이의 손을, 쌍둥이는 아버지의 손을, 아버지는 삼촌의 손을, 삼촌은 할아버지의 손을 그리고 할아버지는 엄마의 손을 꼭 잡은 채였다. 모두 할아버지 곁에서 서로의 손을 꼭 잡고 있었다. 손을 놓은 건 은새뿐이었다. 손을 놨기에 살았다.

내 탓이 아니야. 난 분명 가기 싫다고 했어. 근데 아버지가 내 생일이랍시고 억지로 데려간 거잖아. 은새는 아버지를 탓했다. 왜 가기 싫어? 네가 주인공인데. 우리 은새, 아버지가 못나서 불만 많은 거 알아. 그래도 늘 참아주고 공부도 잘해줘서 아버지는 우리 딸이 너무 자랑스럽고 고마워. 아버지는 그렇게 은새를 달랬다.

사실은 은새도 아버지 탓이 아니라는 것을 알고 있다. 내 생일만 아니었으면 우린 애초에 그런 데 가지 않았어. 나 때문이야. 그러므로 그 일은 벌어질 일이었다. 하지만 나는 홍남 선배처럼 하지 못했어.

가족은 할아버지의 곁을 떠나지 못했다. 차마 할아버지를 두고 갈 수 없던 아버지와 차마 아버지를 두고 갈 수 없던 엄마와 죽어도 엄마를 놓을 수 없던 쌍둥이들이 뒤엉켜 죽었다. 내가 할아버지를 거기 두고 가지 않았더라면, 어떻게 해서든 함께 붙잡고 올라갔더라면 가족들이 거기 멈춰서 죽음을 맞지 않았을지도.

산현은 말없이 그저 은새의 어깨를 다독였다. 은새의 뺨을 타고 그제야 눈물이 뚝뚝 떨어졌다. 친척들의 위로에도 내내 종이처럼 묵묵하게 자리를 지킬 뿐이던 은새는 이 모든 상황을 아는 산현 앞에서 비로소 단단히 응어리져 있던 마음을 풀었다. 어린 상주가 울음을 터뜨렸다.

"무서웠어요."

산현이 가라앉은 목소리로 말했다.

"알아. 아무도 널 비난할 수 없어. 그 상황에서 당연히 이렇게 했어야지, 하고 정해진 건 없으니까. 용기가 필요한 일이야."

"저 이제 어떡해요?"

"살아야지. 또 기회가 올 때까지."

이 아이는 극복하지 못했다. 이 아이의 선택이 그러하다면 어쩔 수 없다. 무엇을 선택하고 어떤 삶을 살아갈지는 각자의 몫이다.

"그래봤자 답은 정해져 있어요. 제가 죽어야 끝나는 거잖아요."

은새는 억울하다는 듯 원망 어린 시선을 드러냈다. 그녀의 말이 틀리지 않았다. 덕환은 백번 천번 잘못을 말했지만 결국 한 번 건 목숨으로 간신히 벗어났다.

"진심이 통한다면 진심 어린 사과도 통해야 하는 거잖아
요. 뭐가 이래요?"

"말만으로는 아무것도 해결되지 않으니까. 그 사과가 진
심이라면 결국 진심 어린 행동을 하게 될 거야. 홍남이 봐서
알겠지만 그 결과로 꼭 죽어야 하는 것도 아니고. 그러니 절
망할 수만은 없어."

산현이 밖으로 나오자 승곤과 홍남이 다가와 인사했다.

"일이 이렇게까지 될 줄이야."

산현이 안타까워하며 말했다.

"그러니까요. 은새가 해내기를 바랐는데."

승곤이 침울하게 말했다.

"아냐. 그게 잘하고 자시고가 없어. 겪어보니까 생각과 말
이 필요 없는 순간이더라고."

홍남의 말에 승곤은 잠시 뭔가 생각하더니 곧 이해했다는
듯 입을 열었다.

"정해진 게 없단 말이지. 그래서 '녹의 풍향'의 종장이 없
는 거구나. 무대가 현실로 옮겨 오고 내가 등장인물이 되니
까 형우가 범인에 대해 뭐라고 말했을지 알 것 같아."

"뭔데?"

"너희 모두가 나를 죽였어."

"그렇구나. 우리 모두가 미수를 죽인 것처럼."

홍남은 고개를 끄덕였다. 우리가 너를 밀었다. 그렇게 우리 모두 한 번씩 너를 죽였다. 너는 바다에 떨어져 죽었고 하천 돌바닥에 처박혀 숨이 끊어졌다. 상가건물에서 떨어져 즉사했고 트럭에 치여 부서졌다. 그 순간 우리가 저지른 짓이다. 그러므로 각자가 가진 기억이 진실이고 각자가 범인이다.

"그래서 대본에서도 모두가 용의자가 될 수 있었던 거야. 그걸로 종장의 이야기도 가능할 수 있지."

산현이 말했다. 그들은 죽은 가족의 영정 앞을 지키고 있는 은새를 보며 '녹의 풍향'의 마지막 무대를 그릴 수 있었다. 지금 이 장면은 종장의 이야기 중 하나였다.

친척과 문상객들이 모두 떠나면 은새는 혼자 남게 된다. 하지만 은새의 곁에는 미수가 있다. 저택의 고용인들이 모두 떠나도 안락의 어머니에게는 안락이 있다. 어쩌면 그런 이야기가 아닐 수도 있다. 어떻게 상상하든 무슨 상관일까. 허구에서 현실이 된 이야기는 온갖 형태로 변할 거고 어차피 우리는 그걸 다 알 수 없는데.

* * *

용훈이 승곤의 집 문을 두드렸다. 다급해 보였다.

"형, 꼬치가 찢어졌어."

좁은 상자 안에서 막 탈태를 시작한 나비의 날개가 나뭇가지에 걸려 구겨져 있었다. 저러다 날개가 꺾이거나 찢어질까 걱정스러웠다. 서둘러 밖으로 가지고 나와 상자 뚜껑을 열었다. 멀리서 개 짖는 소리가 들렸다. 뒷산 공원에 그 개가 또 묶여 있는 모양이다.

"개가 나비를 잡아먹으면 어떡하지?"

"개는 나비 안 먹어."

탈태를 끝낸 나비가 좁은 상자를 벗어났다. 난생처음 해보는 날갯짓이 어설퍼 오락가락했다. 바람을 타고 한동안 이리저리 기우뚱거리더니 마침내 요령을 터득한 듯 균형을 잡고 훌훌 날아올랐다. 용훈이 신이 나서 소리를 지르며 나비를 쫓았다.

용훈의 뒤를 천천히 따라가던 승곤은 지금 가고 있는 방향이 뒷산 공원이라는 것을 깨닫고 정신이 번쩍 났다. 용훈의 비명이 들렸다. 승곤은 미친 듯이 달려갔다. 줄이 끊어진 개가 순간 용훈에게 달려들었다.

승곤은 고민하지 않았다. 언젠가 이런 일이 벌어질 줄 알고 있었다. 그게 지금일 줄은 몰랐지만.

개는 끊임없이 사람들을 향해 짖으며 덤벼들려고 했기에 늘 목줄이 팽팽하게 당겨져 있었다. 게다가 견주는 목줄에 노끈을 이어 묶어 길이를 늘여놨다. 노끈에는 지속적으로 힘이 가해졌을 테고 언젠간 결국 닳아 끊어질 것이었다.

승곤이 용훈의 몸을 감싸 덮었다. 조금만 머뭇거렸어도 용훈이 물어뜯겼다. 진짜 공포는 비명이 나오지 않는다. 투견으로 악명이 높은 사나운 개가 승곤의 목덜미를 물었다. 승곤은 죽음이 목구멍을 타고 넘어가는 것을 느꼈다. 뱃속이 조여들었다. 온몸이 징처럼 울렸다.

생각과 말이 필요 없는 순간이라던 홍남의 말이 무슨 뜻인지 깨달았다. 아무리 각오하고 있어도 막상 상황이 닥치면 어떻게 될지 모른다. 진심이라면 생각할 겨를 없이 몸이 움직여야 했다.

내가 원래 이런 캐릭터는 아닌데. 미수야, 너 아니었으면 난 평생 남의 호의를 멋대로 오해하고 짓밟아대는 삐뚤어진 놈으로 살았을 거야. 그러니까 이 결과에 대해 나는 너를 절대 원망하지 않아.

* * *

홀의 문이 거칠게 열리며 후줄근한 점퍼 차림에 모자를 눌러 쓴 젊은 남자가 들어섰다. 짤랑짤랑 방울 소리가 요란했다. 홀에 나와 있던 정란이 바로 알아보았다.

"은표가 여기 웬일이야? 엄마 보러 왔어?"

은표는 정란을 무시한 채 홀 안의 손님들을 한번 훑어본 후 곧장 주방을 찾아 걸어갔다. 정란이 은표를 따라가며 말했다.

"엄마 뒷마당에 있을 거야. 뭐 좀 가지러 갔거든. 저쪽 빈 테이블에 앉아서 잠깐 기다려. 온 김에 밥이라도 먹고……."

정란이 은표를 제지하기 위해 팔을 잡으려 하자 은표가 정란의 손을 쳐냈다. 그 흉폭한 힘에 정란은 밥을 먹고 있던 손님의 테이블 쪽으로 밀려났다.

"죄송합니다."

정란이 사과하며 얼른 뒤로 물러섰다. 손님들이 불안해하며 주방으로 향하는 은표를 쳐다보았다. 함봉규가 다가와 물었다.

"무슨 일이에요?"

"경선 언니 아들이 왔는데 뭔가 좀…… 사장님, 경선 언니 좀 불러줘요. 빨리요."

정란이 서둘러 은표의 뒤를 따라 주방으로 갔다. 정란은 은표의 눈동자가 초점 없이 허공을 오가는 것을 보았다. 경선을 찾고 있는 것이 아니었다. 머리 큰 벌레의 머릿속에 무엇이 꿈틀거리고 있는지 알 수 없어 불길함이 밀려들었다. 어쩌면 경선을 불러와도 감당할 수 없을 거란 생각이 들었다. 경선이 아니라 경찰을 불러야 할까.

우당탕 소리와 함께 뭔가에 놀란 듯한 주방장의 짧은 비명이 들렸다. 홀의 손님들이 웅성거렸고 함봉규는 손님들에게 별일 아니라며 자리를 지켰다. 그리고 다른 직원에게 경선을 찾아오라고 말했다.

　주방에 들어선 정란은 비명을 삼켰다. 주방장이 피를 흘린 채 바닥에 쓰러져 있었다. 그는 괜찮다는 눈짓을 하며 왼팔 상박을 부여잡은 오른손을 떼고 몸을 일으키기 위해 바닥을 짚었다.

　정란이 그를 부축하려고 다가가자 식칼이 휙 날아왔다. 칼날이 정란의 머리카락을 스치며 뒤쪽 어딘가에 떨어졌다. 정란은 소스라치며 식칼이 날아온 방향을 돌아보았다. 조리대 앞에 선 은표가 미간을 찌푸린 신중한 표정으로 칼을 고르고 있었다.

　선반 뒤에 몸을 숨긴 직원 하나가 뒷문으로 나가려 했다. 그 순간 은표는 집어 든 칼을 던졌다. 공기를 가르는 살벌한 소리와 함께 칼날이 그 직원의 귓불을 찢었다. 피가 후드득 떨어졌다. 비명을 지르려는 그 직원을 향해 은표가 검지를 제 입술에 댔다. 쉿! 그 직원은 그대로 기절해버렸다. 은표가 히죽거리며 말했다.

　"소리 지르면 바로 하나 더 던져서 목구멍에 꽂아버리려고 했는데."

　은표는 벽에 걸려 있는 칼걸이와 조리대 위에 놓여 있는 칼꽂이의 칼들을 마치 피아노 건반 위를 미끄러지듯 손가락 끝으로 훑었다.

　"지금부터는 어떤 시도도 봐주지 않을 거야. 내가 쓰러뜨려야 하는 적은 하나뿐이고 다른 불필요한 희생은 원하지 않아. 그러니 다들 얌전히 구경만 해. 신고는 나중에 내가 떠난 후에 하고. 그때쯤이면 난 이미 내 세계로 돌아가 있을 테니까."

은표의 입꼬리가 올라갔다. 웃지 않는 눈동자에서 서늘한 살기가 번졌다. 은표는 다시 칼을 고르기 위해 등을 보이고 돌아섰다. 하지만 아무도 달아날 엄두를 내지 못했다. 은표의 앞에는 잘 벼려져 있는 칼들이 있었고 누구라도 잘못 움직였다간 이번에야말로 목숨을 잃을 것을 직감했다.

은표는 칼들이 마음에 들지 않는 듯 하나씩 살펴보곤 고개를 갸웃거리다가 전부 주머니와 허리띠에 닥치는 대로 꽂아넣었다. 정란은 등골이 오싹했다. 경선은 인정하지 않았지만 정란이 아는 은표의 상태는 반쯤 미친놈이었다.

은표가 중얼거렸다.

"악마의 목소리가 암흑의 소용돌이 속에서 끝없이 솟아올라 나를 미치게 해. 우틀루는 위선적인 하얀 마녀 군단과 전쟁 중이지. 나는 우틀루의 왕을 모시는 전사 나야모크. 하얀 마녀가 나를 미치게 하기 위해 보낸 목소리를 처단한다."

정란은 창밖의 목련나무들을 보았다. 참 평화로운 풍경이었다. 경선을 불러오면 안 된다는 것을 깨달았다. 자신을 나야모크라고 여기는 은표가 처단하려는 목소리의 주인은 경선이다. 은표는 여기서 일하다가 집으로 돌아간 경선이 그에게 건넸던 모든 말에 적의를 품고 벼르다가 마침내 칼을 뽑고자 쳐들어온 것이다.

은표는 날렵하게 생긴 육류용 칼을 마지막으로 집어 들더니 고개를 끄덕였다. 날이 어찌나 잘 서 있는지 아무리 질긴 심줄도 단박에 끊어낼 수 있을 것 같았다. 칼을 쥔 은표가 천천히 돌아섰다.

정란은 마음이 급했다. 빨리 경찰에 신고하고 경선을 숨겨야 했다. 정란과 시선이 마주친 은표가 씩 웃으며 다가와 정란의 옆구리에 칼을 들이댔다. 칼날의 끝이 맨살에 박혀들며 뜨끔했다.

"앞장서. 어디 있는지 알잖아."

은표가 칼을 떼지 않고 정란에게 몸을 바짝 붙였다. 정란은 숨도 제대로 쉬지 못한 채 천천히 몸을 일으켰다.

"다들 뭐 해? 빨리 안 움직여. 내가 멋진 장면을 구경시켜 준다잖아."

은표가 신경질적으로 외쳤다. 피범벅이 된 주방장과 직원들이 머뭇거리며 홀로 나갔다. 그들의 등장에 놀란 손님들이 자리를 박차고 일어섰다. 위험을 느낀 손님이 밖으로 나가려고 문쪽으로 손을 뻗는 순간 날아온 칼이 손님의 손등에 정확하게 꽂혔다. 칼을 맞은 손님은 쓰러졌고 사람들은 비명을 질렀다. 함봉규가 은표를 향해 외쳤다.

"이게 무슨 짓이야?"

"사장님, 자극하지 마세요."

정란이 다급히 말렸다. 은표가 평소 방에서 수시로 다트핀을 던진다고 했던 경선의 말이 떠올랐다. 우리 모두 과녁이 될 수 있다. 직원과 손님 들이 알아서 천천히 벽쪽으로 붙어섰다.

그때 안에서 무슨 일이 벌어졌는지 알지 못한 채 경선이 들어섰다. 경선을 본 은표가 포효를 지르며 정란을 거칠게 밀어냈다. 정란이 테이블에 부딪치며 바닥에 쓰러졌다.

정란은 생각했다. 여기 이렇게나 많은 사람이 있는데 은표 하나를 막을 수가 없어. 정란이 경선을 향해 소리쳤다.

"언니, 도망쳐. 언니가 목표야."

하지만 경선은 칼을 든 아들에게 압도당한 듯 꼼짝하지 못했다. 은표가 출입문을 막아선 채 중얼거렸다.

"처단한다. 처단한다. 마녀의 목소리를 가진 자를 처단한다."

"이봐, 좀 진정하라고."

함봉규가 한 걸음 앞으로 나서며 은표를 달래려고 했다. 그러자 은표는 눈썹을 찡그리며 허리에 꽂고 있던 칼을 뽑았다. 양손에 칼을 쥔 은표의 눈동자가 분노로 이글거렸다.

"내 사냥감 앞에서 비켜. 그러면 너는 죽이지 않을 테니."

함봉규는 자기 뒤에 서 있는 경선을 보았다. 경선은 바들바들 떨고 있었다. 함봉규는 생각했다. 분명 여기 있는 사람들 중 누군가 경찰에 신고했을 것이다. 제발 그러기를 바랐다. 어떻게든 저놈을 출입문 앞에서 유인해내기만 하면 경선을 도망치게 할 수 있을 것이다. 놈이 경선을 쫓아 밖으로 나가면 손님과 직원 들의 안전은 일단 확보할 수 있다. 하지만 경선이 위험해진다. 어떻게 하지? 함봉규는 양손의 칼을 자유자재로 놀리는 은표의 손놀림을 보며 바짝 긴장했다.

정란은 저 칼이 언제 어디로 날아갈지 알 수 없어 조마조마했다. 하지만 용기를 냈다. 정란은 경선을 향해 눈짓했다. 내가 시선을 붙들 테니 도망쳐. 정란이 말했다.

"은표야, 그러지 마라. 엄마한테 그러면 안 돼."

"닥쳐라. 우틀루의 왕을 모시는 나야모크는 한시도 왕의 곁을 떠날 수 없다. 그런데 저 마녀의 목소리를 가진 자가 끊임없이 나를 방해하고 귀찮게 한다. 진작 제거하려 했으나 몇 번이고 관대함을 베풀었다. 하지만 이제 더는 용서하지 않겠다."

정란은 눈앞이 캄캄했다. 말이 통하지 않았다. 그렇다 해도 정말 제 엄마를 죽이지는 않겠지.

"은표야, 네 엄마는 널 사랑해."

"나야모크에게는 엄마가 없다. 그래서 나야모크는 사랑할 사람이 필요했다. 왕이 나야모크를 구원했고 나야모크는 왕을 사랑한다."

은표의 뒤쪽으로 슬금슬금 움직이던 경선이 출입문을 향

해 달려갔다. 기척을 느낀 은표가 사나운 얼굴로 돌아보며 망설임없이 칼을 던졌다. 그 순간 출입문이 열리고 미수가 들어섰다. 경선은 움찔 놀라며 걸음을 멈췄다. 그래서 출입문을 나가는 경선의 등이나 목에 박혀야 할 칼날이 미수의 가슴에 푹 꽂혔다. 경선이 비명을 지르며 그 자리에 주저앉았다.

은표가 인상을 쓰며 오만 쌍욕을 줄줄이 내뱉었다. 함봉규와 경선이 바닥에 쓰러진 미수에게 다가갔다. 가슴에 칼이 박힌 미수는 숨을 헐떡이며 애틋한 표정으로, 동시에 한없이 서늘하고 허무한 눈동자로 함봉규를 바라보았다. 은표가 허리춤에 끼워둔 식칼을 뽑아 꼬나세운 채 달려들었다.

"안 돼."

함봉규가 양팔을 벌리며 막아섰다. 그의 뒤에 미수와 경선이 있었다. 그러므로 칼을 맞는 한이 있더라도 막아야 했다. 하지만 그럴 수 없었다. 함봉규가 몸을 틀어 피하며 외쳤다.

"경선 씨, 도망쳐요."

출입문이 바로 뒤에 있으니 경선은 그냥 문을 열고 나가면 된다. 미수는 이미 오래전에 죽은 몸이니 죽지 않는다. 아니 죽어도 다시 돌아온다.

바람과 달리 경선은 그 자리에서 꼼짝도 하지 않았다. 오히려 미수의 몸을 가리며 그 위로 엎어졌다. 은표의 칼이 경선의 등을 찔렀다. 경선의 몸이 경련을 일으켰다. 은표는 씩씩거리며 경선이 자기를 볼 수 있도록 몸을 돌려 일으켜 세웠다. 그러고는 벽으로 밀어붙인 후 경선의 몸 여기저기를 가리지 않고 지속적으로 무자비하게 찔러댔다. 경선과 은표의 발치로 피가 줄줄 흘러내렸다.

미수가 몸을 일으키며 두 손을 뻗어 은표의 한쪽 발목을 잡아당겼다. 피 웅덩이에 젖은 발이 미끄러지며 은표는 쓰러졌다. 은표는 그대로 바닥에 드러누운 채 거친 숨을 뱉으며 광기와 희열로 가득찬 미소를 드러냈다.

경선의 몸이 천천히 벽을 타고 내려앉았다. 아직 숨이 붙어 있었다. 정신이 점점 빠져나가고 있는 듯 눈동자가 풀린 경선의 흐릿한 시선은 은표가 아닌 미수를 보고 있었다.

미수가 함봉규를 향해 말했다.

"아빠, 도와줘요. 살려줘요."

함봉규의 심장이 벌떡벌떡 뛰었다. 오래전에 가방 속에 넣어 버린 아이의 목소리였다. 함봉규는 자신이 모르는 사이에 자기 대신 사람이 죽었으며 앞으로도 죽을 거라던 승곤의 말을 부정했다. 그는 그런 일을 겪은 적이 없다고 생각했다. 하지만 아니라는 것을 깨달았다. 알면서 모른 척했을 뿐이었다. 아내가 죽어가는 것을 알면서 모른 척했고 죽은 미수를 처음 가방에 넣었을 때도 모른 척했다. 미수가 아무 일 없었던 것처럼 돌아왔기에 그도 아무 일 없었던 것처럼 계속 모른 척했다. 그리고 지금도 그는 아무것도 하지 않은 채 여전히 모른 척하는 중이었다.

경선은 생각했다. 서른 번 찔렀네. 미수가 발목을 당겨 은표를 쓰러뜨리지 않았다면 몇 번을 더 찔렀을까? 우리 아들이 화가 많이 났네. 근데 왜 그렇게 화가 났을까? 아침에 끓여놓은 생일 미역국이 입에 맞지 않았나? 그러고 보니 제 생일에 제 나이만큼 찔렀네. 지난 30년 동안 나를 향한 증오를 차곡차곡 쌓아두었던 것처럼. 은표는 태어나는 순간부터 나를 미워했나 보다. 내가 뭘 어쨌기에. 이윽고 경선의 시선이 허공에서 멈췄다.

경찰이 왔다. 은표는 순순히 칼을 버리고 투항했다. 경찰에게 끌려나가는 그의 얼굴은 한없이 평온했다. 그는 생각했다. 이들은 나를 처벌할 수 없다. 이 세계는 내 세계가 아니기 때문이다. 나는 너희 세계의 평화를 위해 잠시 다녀가는 구원자일 뿐. 그러므로 이 세계에 속한 존재가 아니다.

정란이 처참하게 난자당한 경선의 시신을 붙들고 울부짖었다.

"내가 그랬지? 머리 큰 벌레한테 잡아먹히기 전에 뭐라도 하라고. 벌레 새끼한테 고기는 왜 그렇게 가져다 먹였대? 짐승도 제 먹이를 주는 주인에게는 이렇게 하지 않아. 그 벌레 새끼는 내버리고 언니 자신이나 챙기라니까……."

아니다. 다 내 잘못이다. 경선이 팔을 다쳐서 왔을 때 신고했어야 한다. 분명 그때도 죽이려고 했을 테지. 살 수 있었는데, 내가 조금만 적극적이었어도 살 수 있었는데. 무슨 인생이 이따위야. 아니다. 내가 나섰어도 결국 죽었을지도. 여기 사람들이 이렇게 많은데 아무도 경선을 구하지 못했다. 밥 먹다 날벼락 맞은 손님들이 두고두고 남을 끔찍한 기억을 가지고 현장을 떠났다.

경선의 시신이 실려 나가고 정란은 멍하니 서 있는 함봉규를 보았다. 그제야 생각났다. 세상에, 어떻게 미수를 잊고 있었지?

"사장님, 미수는요?"

"미수는 괜찮아요."

함봉규는 넋이 나간 듯한 표정으로 고개를 끄덕였다.

"괜찮다고요? 어떻게 괜찮을 수가 있어요?

그러고 보니 구조대원들이 주방장과 손등에 칼이 꽂힌 손님까지 실어 갔는데 미수는? 경찰이 왔을 때부터 미수는 아예 보이지 않았다.

"괜찮아요. 정란 씨도 그만 집으로 가서 쉬어요. 당분간 영업 못 할 것 같으니 휴가 줄게요. 주방장도 치료받아야 하고 직원들도 휴식이 필요할 거예요."

"사장님은 괜찮으세요?"

"괜찮아요."

미수가 대뜸 방에서 멀쩡한 모습으로 나왔다. 정란은 어리둥절해서 물었다.

"어떻게 된 거야?"

"옷 좀 갈아입으려고요."

"너 칼에 맞았잖아?"

"아뇨. 그냥 스치면서 옷만 찢어졌어요. 전 다친 데 없어요."

아닌데? 분명 칼날이 가슴 깊숙이 박히는 걸 봤는데? 하지만 돌이켜보니 갑자기 헷갈렸다. 아닌가? 내가 착각했나?

"걱정하지 말고 가세요. 아빠는 제가 볼게요."

정란은 어쩐지 미수가 웃고 있는 것처럼 느껴졌다. 아마도 괜찮다는 것을 억지로 표현하려는 것이리라. 불쌍하고 가여운 것.

"그래도 나라도 같이 있는 편이 낫지 않겠어? 여기 다 치우려면……."

"제가 다 해요. 저 일 잘해요. 아시잖아요. 아줌마 지금 힘들어 보여요. 아빠랑 저는 괜찮으니까 아줌마는 그냥 푹 쉬고 오세요. 그래야 우리 또 장사할 수 있잖아요."

정란은 마지못해 돌아갔다. 함봉규는 미수와 둘만 남자 갑자기 공포가 밀려들었다. 미수가 싱긋 웃으며 두 팔을 벌려 함봉규를 꼭 끌어안았다. 그러고는 덜덜 떠는 함봉규에게 속삭이듯 말했다.

"우리 아빠 많이 놀랐구나. 이런 일로 장사 망할 일 없으니까 걱정하지 마. 내가 있는 한 아빠는 계속 잘먹고 잘살 거야."

종장

느티나무 아래에 서서 승곤은 뻣뻣한 고개를 들고 마른 나뭇가지 사이로 스며든 석양빛을 올려다보았다. 상처는 아물었지만 큰 흉터가 남았고 목을 움직이는 것에 제한이 있었다. 용훈이 같은 어린아이였다면 목숨을 잃었을 것이다. 하지만 운동신경이 좋은 승곤은 순발력을 발휘해 가까스로 급소를 물리는 것을 피했다. 초록귀와 부분가발이 달린 모자를 쓴 홍남이 다가와 청람 100호를 내밀며 말했다.

"이거 산현 선배한테 네가 갖다 드려. 난 알바하러 가야 해서 시간이 안 돼."

사고 이후 그들은 더는 미수를 볼 수 없었다. 미수가 사라진 것은 아니었다. 미수는 여전히 학교에 자기 집에 식당에 있었다. 다만 그들 눈에 보이지 않을 뿐이었다. 그리고 다른 사람의 기억에서도 미수는 이제 그들과 관계없는 사람이었다. 하지만 그들은 생생하게 기억했다. 또한 죽을 때까지 잊히지 않을 것을 알았다. 그래야만 했다. 승곤이 말했다.

"너한테 고맙다고 말해야 할 것 같다. 어쨌든 네가 이걸 시작하지 않았더라면 우린 아무것도 몰랐을 테니까. 모른 채 당했을 거고 염치도 없이 억울해했겠지."

"내가 아니라 미수한테 고맙다고 해야지. 너도 알다시피 내가 구전 교칙 특집기사를 써야겠다는 생각이 그냥 뜬금없이 떠오른 게 아니었잖아. 미수가 우리에게 기회를 준 거야. 우리가 한 짓을 다시 돌아보고 정면으로 마주할 수 있도록 말이지."

승곤은 고개를 끄덕였다. 어릴 적 생각 없이 저지른 잘못이었다. 후회하고 또 후회했다. 그럼에도 돌이킬 수 없기에 죽은 이가 아무 일 없이 다시 눈앞에 나타나기만을 죽자고 바랐다. 죽은 네가 살아있는 것을 봐야 우리도 뻔뻔하게 살아나갈 수 있기 때문이다. 너는 정말로 다시 나타났다. 그리고 우리의 기억이 원하는 대로 조작됐다. 그러고 보면 인간은 참 자기 편리한 대로 사고하는 야비한 존재다. 그렇게 우리는 그 순간에 우리가 했던 행동을 멀리 버려둘 수 있었다. 하지만 그건 착각이었다. 그 행동의 결과물은 언제나 곁에 있었다.

아이들이 모두 하교한 텅 빈 교정은 적막에 잠겼다. 이제 곧 겨울방학이다. 느티나무의 거대한 그림자가 길게 늘어지고 바람이 불어들 때마다 이미 져버린 이파리들이 스산한 소리를 내며 흩어져 날렸다.

* * *

집에 들어서자마자 은새는 숨을 헐떡이며 가방을 내려놨다. 그 순간 쾅쾅쾅, 하고 현관문 두드리는 소리가 났다. 은새는 화들짝 놀라 주저앉았다. 집에 오는 길에 미수가 따라오는 것을 보았다. 같이 가자고 말했다. 못 들은 척 못 본 척했다. 미수가 절뚝거리며 다가오는데 그 속도가 비현실적으로 빨라서 은새는 비명을 삼키며 뛰었다.

승곤과 홍남은 이제 미수가 보이지 않는다고 했다. 그래도 그들은 미수를 기억했다. 하지만 다른 아이들은 그들과 미수가 늘 붙어 다녔다는 것을 전혀 기억하지 못했다. 은새는 이제 미수가 그들 대신 자신과 함께하려 한다는 것을 깨달았다. 어디를 봐도 미수가 있었다. 미수만 사라지면 승곤과 홍남 사이에서 자신이 그 자리를 대신하게 될 줄 알았다. 그 기대는 여지없이 깨졌다.

"문 좀 열어줘."

미수가 말했다. 은새는 숨 죽인 채 대답하지 않았다.

"거기 있는 거 다 아는데 왜 없는 척하지? 왜 자꾸 나한테서 숨으려는 거야? 나랑 숨바꼭질하고 싶어? 그렇게 도망쳐

봤자 소용없어. 너한테서 내가 사라지려면 네가 먼저 사라
져야 하거든. 근데 넌 죽기 싫잖아."

은새는 엉금엉금 기다시피 안방으로 들어가 문을 잠갔다.
이제 그 방은 은새의 방이었다. 은새는 이불을 둘러쓰고 귀
를 막았다. 그 순간 이번엔 쾅쾅쾅, 하고 안방 문 두드리는
소리가 났다. 등골이 당기고 오금이 저렸다.

"네가 원하는 대로 해줬잖아. 이제 더는 집이 좁다는 생각
이 들지 않지?"

아니야, 난 그냥 내 공간이 필요했을 뿐이야. 가족을 모두
잃고 고아가 되고 싶었던 게 아니라고. 은새는 쏟아지려는
울음을 억지로 참았다.

"근데 혼자 남아서 외롭잖아. 내가 있어줄게. 앞으로도 넌
계속 혼자일 테니까."

은새는 결국 참지 못하고 소리쳤다.

"닥쳐. 이 나쁜 년아! 너 때문에 내가 혼자가 된 거잖아.
네가 나를 혼자로 만들었어. 대체 나한테 왜 이러는 거야?
이만큼 했으면 됐잖아!"

"왜 내 탓을 하지? 다 네가 바라고 선택한 일인데."

미수의 목소리가 은새의 폐부를 쥐어짜는 듯 아프게 했다.
낮고 음산한 웃음소리가 뒤따랐다. 그 웃음소리는 놈의 것
이었다. 구석 놀이를 했을 때 들려왔던 노랫말의 목소리. 그
목소리가 말했다.

"미수가 너를 살린 걸까, 죽인 걸까? 너를 살리는 것이 너를 죽이는 것이지. 너를 대신해 주변을 죽이고 그렇게 너를 홀로 남겨 무덤 속에서 살게 하는 거야. 네가 누군가 새로운 사람을 사귀려고 하면 그 사람도 결국 너로 인해 죽게 되지. 그러니 다음번엔 진심으로 잘못을 뉘우쳐봐. 어른이 되기 전에. 아직 기회가 있어. 근데 넌 어쩐지 안 될 것 같다. 이를 어쩌나."

* * *

산으로 돌아가기 전에 덕환은 산현의 집에 들렀다. 문을 열어주는 산현의 꼬락서니가 밤새 한숨도 못 잔 듯했다. 거실과 서재까지 온통 끄집어낸 책과 자료들로 난장판이었다. 산현은 책자 한 권을 들고 있었다. 청람 교지였다. 산현이 한때 교지편집부장이었다는 것이 생각났다. 83호였던가. 당시 산현은 구전 교칙에 대해 다루고 싶어 했다. 그래서 노랫말에 고의로 대답했다. 그렇게 산현은 윤이를 만났고 그 애를 데리고 학교를 나가버렸다.

"그거 청람 교지네."

"어, 100호."

"벌써 100호구나."

"구전 교칙에 관한 특집을 실었더라고."

"그 선배에 그 후배들이네."

"읽어봐. 꽤 잘 썼어."

산현이 특집기사가 실린 쪽을 펼쳐 덕환에게 건네주며 말했다.

"그래서 말인데 이제 나도 슬슬 그 구전 교칙으로 이야기를 하나 써볼까 싶어."

덕환의 표정이 순간 어두워졌다.

"제2의 '녹의 풍향'이 되면 어쩌려고?"

"그럼 난 대박이지."

덕환이 질색하며 말했다.

"절대 하지 마라."

"걱정하지 마. 윤이 이야기 쓸 거야."

과거의 윤이 이야기가 아닌 현재의 윤이 이야기를. 그리고 윤이를 죽인 그가 어떤 선택을 하는지 지켜볼 것이다.

에필로그

〈은밀하지만 은밀하지 않은 우리들의 구전 교칙〉

…… 선배들이 우리에게 경고한 규칙은 다음과 같았다.

"너에게 뭘 묻는 여학생의 노랫말에 대답하지 마라. 대답하면 그 여학생은 네 눈에만 보이게 된다. 하지만 교내에서 보고 스치는 수많은 여학생 중 누가 그 여학생인지는 구분할 수 없다. 만약 그 여학생이 누군지 알고 싶다면 그 노랫말대로 해보면 된다."

A는 초등학교 때 학교 운동장에서 친구가 부르는 그 노랫말을 듣고 그게 무슨 노래냐고 물었다. B는 중학교 때 하굣길 골목에서 그 노랫말을 듣고 재수 없다고 소리쳤다. C는 고등학교 입학식이 끝나고 강당 어딘가에서 들려오는 그 노랫말에 겁을 먹고 장난치지 말라며 화를 냈다. 그리고 훗날 기억도 나지 않는 그 사소한 대꾸를 했던 그들은 모두 미수를 보게 되었다.

미수는 눈썹이 세도록 오래 산다는 뜻이다. 미수는 그렇게 오래 묵은 무엇이다. 하지만 아무도 미수가 그 여학생인지 몰랐다. 이제 그들은 미수가 누군지 안다. 미수가 누구든 무엇이든 무슨 상관일까. 있어야 할 자기 자리에 있는 것인데.

그러니 다시는 돌아올 수 없을 거라 여겼던 사람이 아무렇지도 않게 네 곁에 돌아와 있는 것이 의심스럽다고 해도 두려워할 것 없다. 어쨌든 그 사람이다. 너에게 할 말이 있는 것이다. 그 사람이 너에게 바라는 것이 무엇인지는 오직 너만 알고 있다.

만약 너에게 그런 사람이 있다면 너는 그 노랫말에 대답하게 될 것이다. 아니 대답해야만 한다. 다시 기회를 얻고자 한다면. 더 늦기 전에……

원담시 괴사건 보고 ④

청람고등학교

이것은 원담시 이면에 존재하는 그들에 대한 기록이다.

#0

오래된 것에는 그 시간만큼의 상념이 켜켜이 쌓인다.

한 세기가 지나도록 무너지지 않은 청람고등학교에는 지독히도 오래된 무언가가 있었다.

H는 청람고등학교에서 그것을 만난 뒤 사라졌다.

내 선택을 이해해줘. 네가 끝내 이해하지 못한 Y의 선택도. 그래야만……

그 말을 끝으로 더 이상 그의 자취를 찾을 수 없었다.

어째서인지, 발자국이 끊기자 길이 보였다.

원담시 유명 식당 '미수가든'에서 살인이 벌어졌다. 한 명이 현장에서 즉사했고 몇 사람이 다쳤다. 사망한 피해자 이 모 씨는 식당 종업원이었는데, 안타깝게도 가해자는 그녀의 아들이었다.

미친 것 같았어요. 제 엄마더러 마녀라며, 마녀를 제거해야 한다며 찾아왔는데 말이 전혀 안 통했어요.

H는 사건 생존자인 이 모 씨의 동료 종업원을 만나 이야기를 나눴다. 대화 내용은 암호 폴더에 녹음 파일로 남아 있었다. 비밀번호는 13XX3. 이전 사건의 현장인 원담힐타운하우스의 우편번호였다. 내가 확인할 것을 염두에 두고 설정한 듯했다.

나는 그가 남겨둔 배턴을 주워 들고 점점이 이어지는 그의 발자국을 뒤따랐다. 이번에도 미심쩍은 부분이 있었다.

그날 분명 가게 사장님 고등학생 딸아이도 칼에 찔렸는데, 은표가 던진 칼이 그 어린 것 가슴팍에 꽂힌 장면이 아직도 이렇게 생생한데…… 살았어요. 상처 하나 없이. 그 애는 정말 괜찮을까요? 무서워서 찾아가보지도 못했어요. 사장님도 직원들도, 그 집 딸 미수도 다 걱정됐는데 그것보다 무서운 마음이 더 커서요. 참 못됐죠?

대화는 더 이어지지 않았다. 일부러 편집한 것인지 인사말도 없이 끊겼다.

고등학생 여자아이가 칼에 찔리고도 상처 하나 없이 살았다는 이야기. 괴사건이라 의심할 만한 흔적이었다. 보통은 충격적인 사건을 겪은 이의 착란이라 치부하겠지만 H라면 자세히 파헤쳤을 것이다. 더 캐묻고 그것을 녹음해 남겨두었어야 하는데, 왜인지 그는 그러지 않았다.

아직 녹음 파일을 재생 중인 이어폰에서는 얄궂게도 깨끗한 정적만이 흘러나왔다. 대화가 끊긴 지 한참이 지났는데도 재생 시간은 2분 20초가량이나 남아 있었다.

매번 이런 식이지. 수수께끼만 던져놓고 사라져버리잖아.

원망스러웠다. 수개월을 그가 남긴 발자국만 따라 밟아왔는데 여전히 모든 것이 오리무중이었다. 왜 무엇 하나 속 시원하게 알려주지 않는 걸까.

답답한 마음에 이어폰을 빼려는데, 나지막한 숨소리가 정적을 흐트러뜨렸다. 이어 그의 목소리가 흘러나왔다.

듣고 있지? 여기까지 오는 동안 무사했기를 바란다. 잘 들어둬. 어쩌면 이게 내 마지막 기록이 될지도 모르니까.

#2 —————————————————————————

처음이었다. H는 나를 지목해 메시지를 남겼고 돌려 말하지 않았다. 마지막일지도 모른다며. 나는 거칠게나마 나 있던 길이 사라진 것을 뒤늦게 알아차렸다. 불안과 공포가 삽시에 뒤섞였다.

원담시에서 일어나고 있는 일들은 우연이 아니야. 미지의 존재들이 헤아릴 수 없는 힘으로 인간을 죽이고 있어. 그들은 언제나 인간들 사이에 있어왔어. 아주 오랫동안. 난 이곳에서 가장 오래된 사립학교, 청람고등학교에서 100년도 더 된 그들의 흔적을 발견했어.

그는 확신하는 투였다. 반신반의하던 나를 일깨우듯 단언했다. 다만 무언가에 쫓기고 있는지 그의 말은 점점 빨라졌다.

난 미수를 만났어. 눈썹이 세도록 오래 산 그것을. 그건 내가 기회를 얻은 순간에 올바른 선택을 하기 전까지는 날 떠나지 않아. 얼마 전 그림자가 제멋대로 움직이는 걸 보았어. 곧 그 선택의 순간이 오겠지. 그런데 난 내가 올바른 선택을 할 수 있을 거라 믿지 않아. 도리어 영영 사라질지도 모르지. 네가 이곳으로 온다고 했을 때, 내가 한 말 기억하지? 믿을 사람이 너뿐이었다는 말. 그게 원담시, 이 지옥 같은 도시로 널 부른 이유야. 나와 넌 청람고등학교의 구전 교칙과 무관하지만 미수를 만날 수 있어. 그런 규칙은 다른 곳에도 다른 식으로 존재하곤 하잖아. 우린 또 다른 규칙에 얽매여 있으니까. 먼저 청람고 교지편집부 아이들을 찾아. 내 말이 무슨 뜻인지 알 수 있을 거야. 그리고 명심해. 미수는 그들 중 하나야. 죄지은 인간을 벌하지. 메아리산장의 괴물이나 성모학원의 천사들처럼. 난 너만이 그들 앞에서도 올바른 선택을 할 수 있을 거라고 믿어.

지금까지 내가 찾은 것은 불분명한 단서들뿐이었다. 문서 파일에 숨겨져 있던 글이며 원담역 물품보관함의 카메라, 얼굴 없는 그림, 의문스러운 인터뷰 원고까지 전부 대상을 특정하지 않은 수수께끼에 불과했다. 이번엔 달랐다. 이건 분명하다 못해 섬뜩할 정도로 나를 직시하고서 내뱉은 말이었다.

미안해. 이것 외엔 다른 방법이 없어. 내 선택을 이해해줘. 네가 끝내 이해하지 못한 Y의 선택도. 그래야만……

그의 목소리가 뚝, 끊겼다. 사과였을까. 아니면 경고였을까. 비밀스레 고백하는데 누군가에게 들킨 것처럼 녹음이 중단됐다.

나는 한 부분만을 홀린 듯 곱씹었다. 네가 끝내 이해하지 못한, Y의, 선택도……. 그 말이 다른 어떤 말보다 육중하게 나를 짓눌렀다. 그와 Y는 서로 알아서는 안 되는 사이였기 때문에.

#3 ——————————————————

비극은 여전히 반복되고 있었다. 두 학생은 더 이상 미수를 보지 않게 되었지만 한 학생과 한 어른은 아직 미수에게 사로잡혀 있었다. 먼저 또 다른 그것을 보았던 이들 중 둘은 벗어났고 하나는 벗어나지 못했다. 그런 일은 나와 H 그리고 Y 사이에서도 진행 중이었다. 이제 내가 미수를 만날 차례였다.

청람고 교지편집부 아이들은 말했다. 100여 년 전 만들어진 위저보드 대본 '녹의 풍향'을 무대에 올리려 할 때마다 사람들이 죽었다고. 다만 그건 사실 그런 의도로 만들어진 것이 아니었다고.

'녹의 풍향'은 안전장치였어요. 산현 선배가 그랬어요. 구전 교칙의 노랫말이 현실을 침범하니, 누군가가 그걸 막을 방편으로 그 대본을 쓴 거라고. 하지만 인간의 욕심이 그걸 재앙을 불러오는 위저보드로 만든 거죠. '녹의 풍향'의 작자가 한 것처럼 안전장치를 다시 만든다면, 이 일들을 멈출 수 있지 않을까요?

이제 따라 밟을 H의 발자국이 없으니 내가 직접 길을 찾아야 했다. 나는 아이들의 말을 이정표로 삼았다. 하나하나, 눈앞의 죽음을 직접 막아서며 나아가기로 마음먹었다. 그래야만…… 이 도시의 비극과 그것을 너무나도 닮은 내 삶을 헤아릴 수 있을 테니까.

바꿔볼래?

1쇄 발행 2024년 10월 28일

지은이 조선희(바꿔볼래?)
　　　　　호러블가든 개발팀(원담시 괴사건 보고)
펴낸이 배선아
펴낸곳 고즈넉이엔티

출판등록 2017년 3월 13일 제2022-000078호
주　　소 서울특별시 마포구 성지1길 35, 4층
대표전화 02-6269-8166 **팩스** 02-6166-9199
이 메 일 gozknockent@gozknock.com
홈페이지 www.gozknock.com
블 로 그 blog.naver.com/gozknock
페이스북 www.facebook.com/gozknock
인스타그램 www.instagram.com/gozknock
X(트위터) https://x.com/Horrible_Garden

ⓒ 조선희, 2024
ISBN 979-11-6316-606-1 03810
'원담시 괴사건 보고'의 저작권은 고즈넉이엔티에 있습니다.